清洁的石头

马忠静◎著

杨宏峰◎主编

回族当代文学典藏丛书

黄河出版传媒集团
宁夏人民出版社

图书在版编目（CIP）数据

清洁的石头／马忠静著. 一银川：宁夏人民出版社，2015.7
（回族当代文学典藏丛书／杨宏峰主编）
ISBN 978-7-227-06073-4

Ⅰ. ①清… Ⅱ. ①马… Ⅲ. ①小说集一中国一当代 Ⅳ. ①I247

中国版本图书馆CIP数据核字（2015）第185540号

回族当代文学典藏丛书　杨宏峰　主编
清洁的石头　马忠静　著

责任编辑　贺飞雁
封面设计　石　磊
责任印制　肖　艳

黄河出版传媒集团
宁夏人民出版社　出版发行

地　　址　银川市北京东路139号出版大厦（750001）
网　　址　http://www.yrpubm.com
网上书店　http://www.hh-book.com
电子信箱　renminshe@yrpubm.com
邮购电话　0951-5052104
经　　销　全国新华书店
印刷装订　宁夏报业传媒印刷有限公司
印刷委托书号　（宁）0017674

开　　本　880 mm × 1230 mm　1/32
印　　张　8.375
字　　数　180千字
印　　数　2200册
版　　次　2015年8月第1版
印　　次　2015年8月第1次印刷
书　　号　ISBN 978-7-227-06073-4 / I · 1532

定　　价　30.00元

回族当代文学典藏丛书

主　编　杨宏峰

副主编　石彦伟　石舒清　李有智

马忠静

生于1962年，回族，毕业于湖北大学中文系。1998年至2000年就读于北京鲁迅文学院文学创作班和影视剧作班。中国作家协会会员。1999和2007先后出版小说集《夏天，没有诱惑》（入选“21世纪文学之星”丛书）和《终极放逐》。多篇小说被《小说选刊》《中华文学选刊》和《小说精选》转载，并入选多种版本小说年选。中篇小说《秋飒爽还想在北京打工》获全国首届“鲲鹏文学奖”小说类二等奖；短篇小说《植物*动物*人》获《上海文学》短篇小说大赛三等奖。短篇小说《旅途》被《小说选刊》和《新华文摘》转载，并荣登现代文学排行榜。

承智慧世，回族文学之时代乐章[1]

杨宏峰

在全球化语境中，面对世界文学与中国文学的迅速发展与变化，民族心理结构的重组与来自各种渠道的文化交汇，当下的回族文学正处于觉醒与嬗变、返璞与升华之阶段，明显表现出一种认知本土、多维建构之态势，并取得了令世人瞩目之成就。这是广大回族作家选择既开放又坚守之文化策略，以其先进性与科学性认知回族文学的价值取向与民族现代性之建构。

回族文学是中国文学这个大系统中的一个重要组成部分。拥有丰富多样的民间口头文学遗产，其历史悠久、区域性影响广泛，同中亚与西亚以及世界历史文化有着密切联系，同时拥有众多作家创作的书面文学传统，构成现代文学之雄厚基础，成为考察其回族现代民族性之前提与依据。华夏独特的地理环境形成的文化积淀，孕育了丰富多彩而又极具特质的物质与精神文化，从古代回族神话、口头文学一直延续到当代回族作家文学，其间浩浩乎经历了几百年之历史烟云，成就了璀璨的回

①本文系第二批“回族当代文学典藏丛书”之总序，本“总序”在第一批丛书“总序”的基础上做了部分修改。

族文化。尤其是近代以来，回族作家文学浸润着古老的民族文化精神，凸显着一股蓬勃鲜活之气。回族文学在新时期以来的发展，基础扎实、步伐持重，故成就突出，百花满园，涌现出了强大的文学队伍，老中青三代回族作家形成了一个特殊的文学艺术共同体，共同体成员拥有丰富的民族文化遗产，并在文化想象与文化表达上具有一致性，皆能展现出其独特的自我意识。他们共同努力，勤奋耕耘，一批叫得响、立得住、受读者欢迎的精品力作不断涌出，不仅在少数民族文学界形成优势阵容，在中国文学长廊里亦是一道亮丽的风景。宁夏人民出版社历来关注和助推回族文学的发展，力荐优秀作家与作品，为回族文化留下丰富的心灵传记与动人的时代乐章，这是我们一贯坚持的主张。在20世纪八九十年代，我们就曾推出一套"当代回族作家丛书"，相继编辑出版了木斧、胡奇、张承志、马犁、马连义、张宝申等在中国文坛具有代表性的一批回族作家的作品。

后来，又陆续策划出版了一批以回族题材为特色的文学作品和理论著作，有力地促进了回族文学的持续发展与繁荣。这一时期的回族文学，在历史记忆、文化想象、族群认同等方面，具有特别重要的意义，并呈现出一派欣欣向荣之局面。文学的民族性是以该民族的世界观、价值观、美学观作为一种本质性之精神实体，艺术地表达一定社会与民族独特的历史与精神生活，在精神与实践之具体运动过程中不断变化与深化，并在文学文本中圆满地得到反映。民族文学一方面体现民族历史、社会特征，另一方面展示地域文化形态，两方面皆存在于民族文学的每一个结构层面里，最终体现在多层面组成的民族文学总体风格特色中。一个民族总是生存在特定之社会环境中，传承着特定的文化基因，有同其他民族文化特定之交汇，这是寻觅民族文化心理轨迹之出发点。长期的游牧农耕文化铸就了少数民族有别于其他民族之特性，这就是少数民族文学生存繁荣之土壤。在民族社会生活之表层，揭示出一种深刻的意蕴，亦即那些能够左右一个民族的生存与发展之特质，民族赖以生存之自然地理环境，特有之历史文化氛围以及特定的文化归属、情感归属、灵魂归属、信念归属、民族心理结构与民族性格。回族作家追溯本民族特定之精神文化与族群记忆，并对文化的积淀、地域的影响、生活的特质与当下现实进行深入探索，通过异彩纷呈的民族生活、特有的民族韵味，创作出了具有民族审美特质的作品。作品挖掘民族精神，向世人展示回族人民的勤劳质朴、豪爽宽厚、勇敢机智的性格内涵；让世人真实地了解到这一民族之所以在历史长河中生生不息、不断发展之内在因素。与此同时，回族有着很强的内聚力，这是回族人民生存之需要。有许多有识回族作家反思内聚力之二重性，在讴歌本民族这种内聚力所形成的勤奋耐劳、不屈不挠的精神之同时，还揭示了这种内聚力的消极之一面，即它所带来的封闭、对新事物的不敏感等，皆是阻碍本民族进步之痼疾。很多回族作家的作品触及与揭示了这些心理细节之复杂内涵，这表明了回族作家已经认识到困扰本民族发展之因素，这种反思与觉醒，对于文学的发展有着积极的助推作用。

每个时代的乐师，皆应弹奏出自己时代之乐章。时代精神既包含着现代意识，又囊括了当下人们可以感知的文学风格、审美习性、哲学思考、价值取向、社会情绪等多种社会基因。由于历史的变迁与各民族之融合，回族文学正处于动态变化与不断被创造之过程中。当下民族经济生活从自然形态逐步向市场化形态转变，从而导致了民族心理结构之重组与来自各种渠道的文化交汇。全新的经济格局以及新的社会心理与理念，既令人惶惑又令人兴奋地进入现代场景的五彩生活之中。在这种精神交汇、思潮辐辏之当代场景里，一向以稳重、庄严著称的少数民族文化也与其他文化一样，表现出顺应与参与之积极态度。在当今社会转型期，这种特质遭遇着前所未有之文学嬗变，新时期以来回族文学之实践也愈来愈表明了这种嬗变之不可抗拒性。故现在对回族作家作品或某种文学现象进行界定时，我们已失去了往日文学批评所表现出的轻松与从容，已经很难用回族固有之思维习惯、审美判断、情感表达方式来明确界定，这是回族文学自身在发展中带来的质的增生，也是对新的叙事模式的一种激情召唤。在这种文化愉悦交汇与思潮尽情辐辏的当代场景中，自然亦形成了现代理念与传统理念双重意识观照下的当代回族文学的时代特征与价值判断。特别是进入20世纪80年代以后，回族文学的发展出现了崭新之局面，涌现出了一大批作家作品。这个时期的回族作家较之五六十年代的回族作家，显然有了更自觉更强烈的民族文化归属感，对于民族文化、民族精神也有了更深入之认识与感受。在创作上，他们不满足于从表象上表达民族特色，而是努力深入到民族生活、民族思维、民族心理、民族情感的更深层次中去，深入挖掘民族文化、民族精神在人物内心世界中之积淀及其变化，力求在创作中将民族化与现代化、民族意识与现代意识、民族特色与时代精神较好结合起来，从而将民族的生存状态与文化性格揭示出来。从20世纪80年代到世纪末的回族文学，在民族性上，显然得到了极大的强化与普遍认同。这个时期的回族文学创作，其现代生态主义写作已进入了他们的写作视野，突出表现了在中国最浩渺、广阔的人文地理空间、人与环境及其他生态之特殊遗存关系。宏大叙事不再“一枝独秀”；许多作品视角下移，通过描绘普通人、底层与草根故事，把时代精神、民族精神的成长还原为具体人的精神成长，放大了人性描写，从而受到文坛关注。在创作方法上也主张多元共存，叙事类型、叙事视角、叙事模式与叙事手法皆逐渐呈现出多样化与个性化之趋势。很多回族作家在通过作品体现民族性上，有了一种自觉意识，有了文化归属感；在创作中描绘民族生活、表现民族的生存状况，皆更加凸显了民族性。这个时期的作品，与作为主流文学的汉族文学作品相比，没有停留在表现民族性的表象上，而是从精神之层面，从思想理念与心理情感之层面去揭示民族性，作品所呈现给读者的更多的是一种异质文化表象图景。在很大程度上，读者与社会也正是从这种异质文化图景来接受作品的。这种异质文化图景与民族性是一致的，并且凝结为一种精神动力，一种文化品格。

很显然，文学的民族性之形成与获得是一个建构的实践过程，在这个过程中，身份认同、文化想象具有特别重要之意义。人类学家科班说：“任何地域共同体，只要其成员意识到自己作为一个共同体成员的存在，并希望维持他们的共同体的整体性，就是一个民族。”(耶尔·塔米尔：《自由主义的民族主义》，上海世纪出版集团，2005年版，第59页)对作为民族实体的共同体之认同，将自己看成是共同体中之一员，在共同体中确定自己的文化身份，这是形成民族性之首要一步，也是最关键之一步。如果没有这种身份上之自觉认同，也就不会有民族性之形成。但这里的认同，不仅仅是一种身份之认同，不是那种一厢情愿地认为我就是那个民族的简单表述，更重要的是，它体现了一种文化的归属感。即是说，认同共同体的历史记忆，认同共同体的文化行为与文化价值，认同共同体的精神信仰；在想象中，将自己的命运与共同体的命运联系在一起，将自己的信仰、情感、价值理念等归属于共同体中，从共同体中寻找历史渊源、精神渊源、文化渊源、情感渊源，在共同体中塑造与被塑造。在很大程度上，我们可以说，文学的民族性是在文化想象中建构起来的。

决定一个共同体之成为共同体的是文化，体现民族文学中民族性的也是文化。民族文学怎样获得民族性，说直接一些就是怎样表达民族文化与民族精神。从本质上来看，文化是日常性的，就是人们日常之生活，人们的行为模式、思维方式、情感形式，人们的精神信仰，以及人们为表达精神信仰所创造的一系列仪式符号。建构民族文学的民族性，就是要求作家在文学中表达民族的生活，关注民族个体生命的存在状态与现实处境，从民族之日常生活中发现民族精神与文化品格，皆是民族命运。而要表达民族生活，揭示民族命运，更重要的是需要我们的回族作家有丰富的文化想象力与感受力，而这种想象力与感受力则是在回族作家对民族文化、民族传统、民族日常生活有皈依感之前提下才能获得的。回族作家对民族文化、民族传统、民族生活之认同，对于作品民族性之获得，是具有决定意义的。“生活在自己的民族中具有更多的优点。它提供了被重要的他者承认的可能性，不管这个他者是自己的长辈还是同辈。他们理解我，就像我理解他们一样。而这种理解在我的内部创造了在这个世界上我并非无足轻重的感觉……民族生活使个体能够享受到一定程度的、光凭自身不能体验的自我实现。”(耶尔·塔米尔：《自由主义的民族主义》，上海世纪出版集团，2005年版，第80页)当民族与民族生活对我们的回族作家有这样的意义的时候，回族作家创作中的民族性，就一定是一个自然之过程。亦即说，回到民族文化中去，回到民族传统中去，回到民族生活中去。这样，回族文学的民族性就一定能够得到彰显与强化，这是保证回族文学获得民族性之根本。

透过这些散发着浓郁回族民族特色的文学作品，我们看到了一个承载着坚韧、清洁、挺拔与希望的博大、宽厚的精神载体，看到了记录时代、紧贴大地、挖掘普通人内心世界的民间情怀，此乃源于回族作家对生活的丰厚积累和深刻洞察。这些作品，是对回族优秀文明及其精神信仰之依赖与传承，也是对当下时代的某种浮躁之风的抵阻。因为昨天的文化自觉，回族作家开始了对自我的审视与书写；因为今天这些作品的呈现，使我们对未来的回族文学充满更多的文化自信与美学期待。

我们由衷地希望这套“回族当代文学典藏丛书”所传递的民族精神延伸至全国与世界。因为回族文学的意义与价值，不仅在于对本民族的精神表达与民族性建构，还为构建文化强国贡献着独有的精神智慧；即便在全球化语境中，回族文学对维系民族文化的多样性、丰富性，并拓展华夏文明与世界文化对话，仍有不可替代之效用。我想，这正是“智慧天下”之意涵所在。

目 录 CONTENTS

马琳，马琳

一

认识马琳，我得感谢被炒鱿鱼。

五年前，我在上海天涯路旅行社实习。门市头头整天黏糊一个湖南来的女实习生，大概觉得我碍事，就以不会讲上海话为由，给我开了一张实习合格证明信让我“提前回家白相（上海话，玩儿）。”母亲不希望我提前结束实习，怕在家闲出事儿来，就托朋友介绍我到上海新港大酒店打工。

我被分配在西餐厅。

西餐厅的服务对象绝大多数都是外国海员，一个个鹰钩鼻子鹞子眼，带着海洋的浩瀚之气，很会花女孩子，会说的几句中文都是什么“你是东方美女”“你好性感”“我可不可以单独约会你”。其实人贵有自知之明，我既没有抢眼的美丽外表，也谈不上性感，他们花也是白花。我天生不喜欢外国人，根本不可能跟他们出去约会。当然，我妈也把我盯得紧。

西餐厅着实让我新鲜了几天。换上宝蓝色小西服，扎上黑底白点小领结，口袋装着打火机、开瓶器和笔，忙前忙后挺像回事。可没过几天就觉得无趣，一无趣就觉得郁闷。每天上班，顾客点菜我写菜单，顾客点酒我启瓶盖，顾客抽烟我来点火，熬到下班就想找个人猛说一通国语，我不愿意这个人是我的母亲，而那时下班之后，我面对的只能是母亲。

母亲总想让我吃点苦，见我穿着高跟鞋一站就是八小时，脚肿得像馒头，又心疼得不行。下班回来，母亲给我端热水泡脚，按我的口味做点好吃的。很快我就烦了她的老三样：清炖三黄鸡、麻辣鱼块和糖醋藕片，我说只想吃家乡回民饭店的羊肉炒面。母亲一听高兴了，说好办，我们所在的新港中心街新开了一家回民饭店，想吃炒面现在就去。

二

新港面朝大海，海岸造得很精致，像是为了不负海岸的美，天空经常出现惊世骇俗的云。走在中心街，总有海风裹挟的鱼腥灌入鼻腔，让我烦透了来自深海的鱼类，一辈子不沾海鱼也不后悔。当地人不同，对深海的鱼有着不可理喻的偏爱，哪怕看上去已经不够新鲜，也笃悠悠地往兜里装、往家里拎。

到底是湖北的回民，打小我就偏爱牛肉汤、羊肉面之类的东西。

回民饭店门面不大，门框陈旧，在整条街很不起眼。店门外支一个自制的横槽铁烤箱，炭火正旺，一个戴白帽的小伙儿握着两把羊肉串烤得嗞嗞冒油。母亲让我看烤羊肉串的小伙子像不像童星阿尔法。我瞅了一眼，觉得很像。

小伙儿扭脸朝我们笑笑，说他叫马琳，问我们想吃点什么，请到屋里坐。我说：一盘羊肉炒面。

马琳喊尔萨，尔萨说下着面条呐。马琳又喊小季（后来知道不是小季是小弟）来替他盯会儿烤箱，他要炒面了。

给我们倒了两杯水，马琳进厨房。他看上去一米七六左右，面部轮廓很像阿拉伯人，只是线条要比阿拉伯人柔和，面庞红润，像熟透的红富士，黑眼仁大而晶亮晶，清澈得山泉似的，眼眶稍稍下陷，鼻梁挺括、鼻翼丰盈，嘴唇红润厚实，说话时眼睛含满笑意，嘴角往里嵌，略带点女孩子的妩媚。

大概一刻钟左右，一盘香喷喷的炒面搁在我面前。马琳问我母亲吃点什么。我说我妈晚上不吃东西，怕胖。

马琳炒的面很可口，搁了不少羊肉。我咬了半截面条咀嚼几下说：好好吃哦！马琳揉着抹布说喜欢吃就好。

三

毕业后，我成了国富民强旅行社一名导游，报到那天我正在填表，听见喊马琳接传真，手里的笔给哆嗦掉了。马琳？一个久违的名字，我把他忘记多久了？四下张望，连马琳的影子也没看到。我问管事儿的，这儿是不是真有马琳。对方说有，比我早来半个月。他在回民饭店做过是吗？你可真逗，人家是应届毕业生，怎么会跟回民饭店搭介呢？

说来有趣，这位名叫马琳的同事以为我对他有特殊的好感，当晚请我到衡山路喝咖啡，说同事之间应该加深印象。要知道，那里的咖啡可不便宜。嗅着香喷喷的咖啡，透过袅袅升腾的雾气，我把这位纯中国版的马琳和半阿拉伯版的马琳作了替换。我有些恍惚，对同事问的问题答非所问，对方察觉话不投机，没有恋座。

本来我该对同事说声抱歉，但仔细一想，我还是只对马琳感到歉疚，曾几何时，马琳把对我的感情融入一支支肉串、一盘盘炒面，把我的胃，抑或精神一并垄断了。而后来，我竟然把他忘了，忘了很长一段时光了。

四

第二次去回民饭店，知道了马琳的简单经历。

那一天，戴白帽的马琳仍然在烤羊肉串。海边的风不紧不慢地吹着，把烤箱的炭灰渣撩起来，马琳只能眯缝着眼睛操作。眼巴巴望着羊肉串快点烤好，我并不是真饿，我是馋，馋透了。母亲不急不缓地和马琳说话，像个户籍警察。他们的对话里挟着烤羊肉的香气，不断灌进我的耳朵。

马琳你有二十岁吗？

我已经快二十二了，阿姨。

看不出来。

我看你戴着白帽子，应该有伊玛尼吧？

马琳眼睛倏忽一亮：有的，我有伊玛尼！

妈妈连声说好。

那时我刚满十八，任性，不示弱，别人有的我一定得有，接过他们的话茬儿，说自己也有伊玛尼。马琳侧目看我，笑盈盈地说：我们都有信仰，真好！

马琳把羊肉串翻了个面，刷了一遍油，告诉我母亲他的父母在兰州农村务农，还有一个妹妹，长得和我很像。他以前在家乡清真寺当过满拉。

我琢磨着满拉是什么意思，听母亲说：

哦，曾经准备当阿訇吗？

是的，学了几个月，进入阿语语法部分就学不下去了。

什么原因呢？

可能是汉语底子太薄了吧。

哦。

家里出一位阿訇，曾经是全家人的梦想。唉……后来，就跟伙伴们出来做生意了。

我在想：他要是当了阿訇，就不会在新港遇到他了。

母亲发起了感慨：梦想的事都是有难度的。当不了阿訇，做个好穆民也不错。

马琳点了点头。我觉得老妈挺有趣的，走哪儿都喜欢教育人家。据我仅有的一点伊斯兰教知识，知道做个好穆民也是不容易的。真担心母亲的碎嘴把马琳烦着了。她把人家当成自家孩子了吧？马琳在给羊肉串刷最后一遍调料，然后按数量分发给几个顾客，也包括我。

我分了一半给母亲，她只接了两支。

我迫不及待咬下焦黄油腻的一坨咀嚼，烫得直吸溜。凭良心说：这是我吃过的最鲜美的烤肉串。母亲也说好吃。

马琳说：我们是正宗的回民饭店，羊肉不是从冻库进的，是郊区清真寺阿訇念经宰的。

母亲说从冻库进羊肉成本要低一些。马琳说他们只进阿訇宰的羊。

母亲让我带着意念吃，会觉得味道更鲜美。我眯起眼睛细品，正如她说。

马琳烤羊肉很有技巧，每个羊肉串，肥瘦搭配，洒上的配料是葱姜孜然和辣椒粉，油而不腻，咸淡正好，几支肉串吃下去，解饿又解馋。我到底还是馋，肚子饱了，嘴巴还想吃。我已经想好，下次来回民饭店甩开老妈，她总是用发胖威胁我，影响我快乐进食。那时的我，正值吃得饱吃不够的年龄段。

五

有格言说，女人要想抓住男人的心首先要抓住男人的胃。换过来说也成立，男孩儿要想抓住女孩儿的心也得首先抓住女孩儿的胃。我的胃稀里糊涂被马琳抓住了。那时的我，一天到晚没心没肺的，只要有空，总是想着去回民饭店吃东西。

有一段时间回民饭店只有马琳和他的小表弟，另外三位一个回去结婚，一个回去侍候月子，一个回去相亲。人手不够，烙饼和烤羊肉串就做不过来了。

马琳对我说：

薇珍，你想吃羊肉串我还是会给你烤的。

谢谢马琳，在新港大酒店上班的确是太忙了，不然的话，我会来给你们帮忙的。

你能瞧得起我们的小饭店吗?

唔……怎么会……瞧不起呢?

我嘴上这么说，心里也在划算，从规模上看，回民饭店是没法跟新港大酒店比的。在那儿叫上班，在这儿只能叫打杂。

我把回民饭店的小变动告诉母亲，她神经兮兮地说：

照我说，你是不是得和回民饭店保持点距离?

怎么了，妈?

干脆跟你明说吧，马琳虽然是个好孩子，可他没有前途可言，知道吗?

我并不反感母亲这么说，并有些得意，她的话让我知道自己是有前途的。而马琳有没有前途与我有什么关系呢?只是直到如今，我也没搞清楚，我的前途在哪里。

母亲叮嘱我，在回民饭店吃东西，不许少给钱，不许多吃多沾，否则以后不好办。我知道母亲有些神经过敏，告诉她回民饭店又不是马琳一个人的，我是按价格表付钱的。母亲说那就好。她说从马琳对我表现出的热情看，多少有点那个意思。我说哪个意思啊?她说恋爱的意思呗。我说绝对不可能。母亲松了口气，说她绝对不可能接受马琳这样的女婿。我不屑地说她是杞人忧天。她说只是给我打个预防针。

六

就在“打预防针”不久，马琳约我看他打篮球。原来，马琳是个很好的中峰，敏捷又有耐力。

老妈像个双面人，爱对我瞪眼，对马琳又变得和颜悦色。那天马琳约我看球赛，我说母亲不许我和男孩子单独出去。马琳说帮我找母亲请假。还好，母亲给马琳面子，叮嘱快去快回。

我能想象母亲坐卧不安的样子。

看完篮球赛回家，母亲询问马琳是不是牵过我的手，有没有把手放在我的肩头，说了什么甜言蜜语。母亲担心的都没有发生。我反问她是不是存心惹我自卑，马琳没有碰过我的手，也不会甜言蜜语，唉，我觉得挺遗憾的！

老妈抬手敲我脑瓜蹦，我躲开了。她长舒一口气说：我可告诉你哦，宝贝女儿，吃人家的嘴软，拿人家的手短，别弄到以后不好收场！

我嘴上说知道，还是频频接受了马琳送的东西：一盒巧克力、一张歌碟、一条丝巾。

这就把母亲急坏了，这些东西虽然算不上值钱，但样样都在表情达意，收下就欠人情，退回去又怕伤人自尊。

母亲边注意我和马琳的行动，边琢磨着还人情。当时有两个单位请她写报告文学，她一推了之。那段时间，我可怜的老妈像患了焦虑症，买了不少物品让我转交马琳，尽量把一方送礼变成礼尚往来。而我傻乎乎地认为，妈妈送东西，多多少少还是喜欢马琳的。

我仔细想了想，马琳还是给过我那方面暗示的。有一次，我正埋头吃羊肉炒面，马琳坐到我对面说：

薇珍，好吃吗？

很好吃的。

知道为什么这么好吃？

羊是阿訇宰的呗!

只说对一半。我是用心做的，我把感情当佐料炒进面里了。

嗯，吃出来了，你今天的感情一定是胡椒面，呛得我直流眼泪!

哦哦，胡椒面蘸多了，不好意思啊! 小妹，你要一直来这儿吃我做的炒面哦!

当然。你不知道吧，家里的饭和工作餐都被你做的炒面比下去了，现在真想把回民饭店当成我的食堂。

马琳知足地笑了，笑得嘴角往上翘。马琳的笑就是和别人不一样，别人是用嘴角拉动面颊肌肉，摆出一个笑的状态，而他是用眼睛笑，笑是从心底往外播散的。

七

渐渐的，我对马琳有了依赖感。远远看到戴白帽的他就满心的豁亮，说不出的踏实。上班给外国海员点烟，打火机的火光会让我想到马琳烤箱的火光；写菜单，我会想到马琳也在写菜单。洋大叔们呷酒，我会想回民饭店是绝对不卖这东西的。我幻想马琳也西装革履地坐在这儿，由我为他服务。但我知道，马琳是根本不会来这儿吃东西的，因为这里不清真。

对马琳的感情有着隐形升温，每次我去回民饭店，都渴望多待一会儿。而马琳做事的时候也像患了偏脖病，就算眼睛看别的，眼梢也朝我坐的位置勾带着。

母亲是明眼人，看出端倪，对我们的关注程度也提高了。

那时候母亲已经是做得较顺手的自由撰稿人了。那些日子，我上班，她写作；我下班，她赶紧关电脑。对我亦步亦趋。我问她累不累，我只是去吃马琳做的饭，不会和他单独出去的。老妈瞪着我说：

给你半小时吃饭时间，够吗？

根本不够。路上去来十分钟是要的吧；做饭十分钟也是不够的吧；我总得一口一口把饭嚼碎了吞下去，而不是割了脖子倒下去吧！

母亲有些火，不客气地说：自觉一点儿，快去快回。

老妈那时候真是过分得很啊！

有天晚上，马琳用食品袋装着包好的饺子来我家。他说这些牛肉饺子是他亲手包的。母亲看看我又看看马琳，说包饺子很费事，不能白吃，掏出三十元钱给马琳。马琳怎么也不肯接，说已经付过钱了。

我觉得心里挺舒坦，我喜欢马琳的热情和诚恳。母亲看上去很矛盾，喜欢吃饺子，又不敢白吃。马琳来，她就堆一脸不自然的笑，又是让人坐，又是拿点心倒茶水；马琳一走，她对我就有些不客气。假如接受马琳的东西相当于撕口子，那老妈一直都在努力地补口子。她曾独自跑到市区去给马琳的妹妹和母亲买风衣和羊毛衫。她很清楚，我们会在感情上亏欠马琳。

八

终于，送东西拉锯战愈演愈烈。我感到眼晕的时候，母亲已为人情所累，招架得很吃力。她对我说，心不静会影响创作的，不如一起回老家待一阵子，让我和她一起回去。

我其实不想回去，新港大酒店刚做顺手，又和马琳混得很熟，无论怎么说我都不想回去。母亲去意已定，我也奈何不得。后来，我领会了她的意思，她哪儿是自己要回去，她是要把我送回去。目的是隔开我和马琳。

不容我表态，她已给市区文友打电话订火车票了。她让我去酒店辞职。我只能照办。等我退工作服、领剩余工资回来，她把两个旅行箱都收拾好了。

我一直在想，去和马琳说什么。我其实舍不得马琳，猜想他也同样舍不得我。进屋之后，母亲见我脸色难看，就柔和了语气教我怎样去和马琳告别。她说：

你这么去给马琳说，妈妈要回去写作，一个女孩子待在这里没有监护人不行，所以得一起回去。我还小，还得两年才毕业，到时候不一定来上海工作，多半会出国。

母亲说得很投入，朝她翻眼睛都也不知道，她只按自己的思路说：

你一定要告诉马琳，他比你大四岁，认个哥哥就很好。告诉他，妈妈这辈子没有儿子，有儿有女会很高兴的。

老妈施计让我回去，却又编出这么真诚的话语，真不知道她是怎么想的。

我步履沉重地走在中心街，望着天边着火的云霞，只想流眼泪。

母亲编出的一番话严丝合缝，凭我的智商，没听出半点问题。后来才知道她着实厉害，把一份情感幼苗连根掐断，让当事人觉得痛还叫不出声儿。

尔萨看到我，立即进厨房把马琳换出来。我说有话出去说。马琳笑了笑说等一会儿。他站到汤锅边，捞了三碗面条，分别端到三位农民工面前，擦手，取围裙。

走出回民饭店，马琳从口袋掏出一个新手机，说头天买的，很便宜，今晚开始练习发短信。听他这么说，我更加难受。这部手机也许就是为我买的，而我却要回家了。我请他拨打我的手机，我要把他的号码储存起来。马琳边念号码边拨号，铃声一响，快乐得像小孩儿。过了一会儿，可能看我一脸忧伤，问我有什么事。我说我和妈妈要回家了。他问回家做什么。我没吱声。两个人茫然地走着，不知不觉，站到中心街西头一座铁塔下了，我狠狠心，开始说母亲教的那番话。说完之后，望着铁塔，我想：我可能是这座铁塔生的，不然我不会转述铁塔一般冰冷的话。马琳自然听得懂的，眼眶泪影儿闪动，伤心得嘴唇泛紫，脸色竟和铁塔成了一样的。他声音发颤，哦哦了几声说：薇珍……我……薇珍……

这是马琳留给我的告别语。

九

母亲问我，马琳是怎么说的。我说什么也没说。我怕眼泪掉下来，赶紧跑到洗手间。望着镜子里那张无计可施的脸，我突然觉得自己窝囊极了，憋屈极了，为什么凡事都得听老妈的。我回到客厅，质问母亲：干吗非得回去？折腾什么呀！母亲说：我们的家又不在这儿，迟早不都是要回去的。想想她的话也没错，我无法反驳。

火车上，我准备给马琳发信息，母亲把手机拿过去，说她的手机没电了，她要和我爸联系，第二天开车接我们。之后，她把上海的卡取下来说替我保管。

回家就有同学找我玩儿。老妈撺掇我和几位学友一道去青岛游玩，说是假期难得，出去见见世面是必要的。没想到这也是母亲的连环计。果然一趟青岛，我已经把马琳忘得差不多了。也许马琳还在为我吃不下饭、睡不着觉，而我已经有了意中人，我的男朋友就是那次去青岛认识的。

十

前些时候，母亲独自去西海固回民区待了一段时间。母亲告诉我，在那里得到了阿訇的教诲，被多位穆民的事迹感染了。我发现她的笔记本里有阿訇亲笔写下的“换水”程序，在以前写有“清真言”的下方写上了“做证言”。母亲会在空闲时阅读几页中文版的《古兰经》。

有一天，母亲突然对我说：唉，不该那样对待那孩子。问她在说哪个孩子。她说还能有谁，马琳。如果你现在结识马琳，我会同意你俩发展感情的。

母亲说这话的语气，很像错过了一位乘龙佳婿。而我已不是当年的小女生了，我已经到了谈婚论嫁的年龄。我没她那么矫情，猴年马月的事儿了，我都忘了她还记着。固然知道马琳可贵，但我已经有了男朋友，而且是直奔结婚目的的男朋友，开不得玩笑的。

虽然母亲的叹惜不是千年一叹，但也撩拨出我的遗憾之情。看来，只要人好，是不用担心被人遗忘的，怎样遗忘还会被怎样想起，而且会保值、加分。渐渐的，对男友不满的时候，我会想念马琳。我猜想，母亲常常拿我的男友和马琳相比。其实这样对我的男友也挺不公平，我们是拿马琳的优点来和他的缺点作比，比的结果自然是越比越有差距。不过，我男友有些方面的确没法和马琳相比。

用母亲的话来说，这孩子的胃口总是好得不得了，所以长得胖乎乎的。母亲还不满意他的性格，又犟又闷，这种蜜罐封装的孩子，经不得事的。

说归说，母亲还是协助我把男友弄到上海一家超市冻库上班。我们把家安在嘉定，离原来的新港有两个半小时路程。

十一

浮出记忆的马琳，似乎很能挤兑我的男友。

那天我们三人到碧海金沙游玩，还有几分钟就到家了，我的男友说了声口渴，没等我和母亲作出反应，他就一下子买了三瓶饮料。母亲边喝边嘀咕：看到了吧，仅凭这一点就不如马琳。这孩子怎么会这么没忍性。我同意她的观点，还有几步路就到家了，家里又不是没喝的。

我想起那年夏天看马琳打篮球的事。太阳虽然下去了，可球场上的水泥地面把吸足的热量赌气似的往外泼，我坐在看台上，边煽风边喝水还汗珠直淌，念及马琳热得不轻，瞅比赛暂停，我给马琳递上一瓶水。他感激地望我一眼，拧开盖，刚送到嘴边，突然想起什么，朝我看了看，拧紧瓶盖，扔给我，说：“不能喝，封着斋哩！”

我生长在半回半汉家庭，从没封过斋，仅仅知道封斋的意义。

背着男友，我和母亲嘀咕，其实可以和马琳联系联系，约好哪一天到新港看他去。母亲摇摇头头说：晚啰，联系不上了。马琳的手机已经打不通了。我想了想说，我还有回民饭店尔萨的手机号码哩。母亲问我知道号码吗。我说知道。她问号码在哪里呢。我说存在那个卡里。母亲说那个卡早就扔掉了。扔掉怨谁呢?

十二

急着到人民广场接旅行团，走前耽误了一会儿。男友今天不上班，在家睡懒觉。准备出门的当口，男友睡眼惺忪地问：我的中饭怎么办啊？我告诉他头晚就把菜炖好了，搁在冰箱保鲜，起来后自己得放到微波炉热热。

这时我格外想念马琳。

没想到，紧接着一桩事让我更加想念马琳。

我在人民广场刷卡乘地铁，哪知刷卡不顺，指示灯没亮，不放行，听见后面有人催，又听见地铁进站的声音，我慌了，往下一蹲，蜷缩身子钻过去。我突然想起那年的开斋节，我和马琳、尔撒、小季（是小弟，马琳这么喊，我也喊顺口了）坐地铁去清真寺礼拜。他们看着手里的磁卡车票却不会刷，几个小伙子听见地铁开进站，交换一下眼神，起身一跃跳过去。我跳不过去，只能从护栏下面钻过去。工作人员走过来，问他们是不是没买票。他们说买了，把磁卡递给工作人员，只是没人教他们怎样使用。

工作人员说：

不用教，按箭头指示的方向插入，指示灯一亮就可以过了嘛。

头一回乘地铁，请原谅。

下次不许了。

知道了。

这一次，我从栏杆底下钻出，蓦然回首，似看到戴白帽的马琳在人群中浮沉。

怔神间，错过的一班地铁呼啸而过。

十三

我多了个进回民饭店的习惯，不管吃不吃饭，喜欢进去看看。也许潜意识一直在寻找马琳。老实说，许多回族小伙儿看上去都是有些相像的，他们都戴着白帽子，又有回民特征，怎么看都像马琳，好几次我都认错了人。直到对方说，我姓马，但不叫马琳，我叫马超然，我叫穆萨，我叫努海。我记得马琳的经名也叫努海。

有时我会要一碗羊肉炒面，几个羊肉串，叮嘱人家多放些孜然和胡椒粉。

在我眼里，母亲一直像个资深狐狸精，我和她几乎没法比。她都快知天命了，仰慕她的男士仍对她趋之若鹜。而我，从进入青春期，一直没碰到所谓的精英男士穷追猛打。唯一对我表现出非凡热情的就是马琳这位个体经营者。他和他的伙伴来大都市打拼，社会地位是谈不上的，赚上大把钞票成为富人的可能性也是很小的。马琳尚未入围就被我的母亲挡在门外，似乎也合情理。

我的男友也没给我争气，性格弱点一天天暴露出来，弄得我和母亲真像丢了宝贝似的叹惜错过了马琳。有一天，我被母亲唠叨得有点烦，揶揄她如此伟大的策划天才也有搞砸的时候。母亲不急不恼地说：信仰很难得。马琳到上海这种地方还坚持封斋，三伏天打球都不沾一口水，这样性格的孩子什么不能战胜？你那个连半分钟口渴也不肯忍受的男友是不能比的。

母亲说的没错，可我还是要跟我的男友结婚的。马琳毕竟淡出我的生活多年，渐渐变得像一位远房亲戚。

十四

随着婚期临近，加上母亲频繁念叨，寻找马琳的念头变得强烈起来。我非常想知道他过得好不好，是和妻子在老家务农，还是拉家带口来城里开夫妻店了，孩子是不是长得像童星阿尔法。

母亲真切的沮丧着，而我并不比她轻松。

我问过母亲，马琳到底怎样了呢，按常理，他应该会到家里打听我的。而母亲独自回新港之后，马琳是有可能见她的。母亲笃定地看着我说：嗯，我就知道，总有一天你会问到关键的问题。

原来，撺掇我和同学们去青岛之后，母亲在老家只待了几天就回了新港。当天晚上，马琳兴冲冲跑去敲门。母亲问他怎么知道家里有人。他说看见灯亮了就来了。

母亲告诉我，那是初秋时节，有着盛夏的热度，马琳穿得中规中矩，送去亲手包的饺子。进屋还没落座就拿眼睛四下睃。她的心隐隐地疼着，但立即对自己说：切不能心软，心软就会贻误女儿终生。她告诉马琳我没来，已经快开学了，这丫头，一个假期玩野了，野得收不住了。马琳说他猜到我快开学，问能不能把我的新号码告诉他，他不会打扰我学习的。母亲告诉他，我所在的学生宿舍是有一台座机电话，可是白天上课没人接，晚上倒是有人接，一屋的青春期女孩儿，电话多得不得了，根本打不进去的。

马琳并没要到座机电话号码和我的新手机号码。

揣度不了马琳当时的心情，只能想象他半张着嘴、一脸茫然的样子。他一定十分明白这辈子都无法和我见面了。

我问后来怎样了，马琳又到家里去了吗。

母亲说没过几天又去了，不再四下睃，也不问电话号码，只把他包的饺子放在桌上就走了。给他饺子钱也不要，说给店里付过了。

我同样猜度不了老妈吃饺子的心情。要是我，真该包些沙子给她吃！只是，马琳不是我。母亲表现得很不安，认定马琳这辈子拿她当仇人。

十五

男友不愿在超市冻库工作，说扛一天冻肉，晚上连饭也吃不下去，看见脸白的人都想吐，想重新找个事做。我说不要轻易换工作，让我妈知道又该拿马琳说事儿了。我和男友商量，先在家待一段时间，结婚前事情很多的，晚点再找工作。男友赋闲在家的事，打算对母亲瞒一天算一天，好在老妈经常外出采访。

这天带团到金华，估计晚上八九点钟回家，我让男友出去吃点饭，然后到兰州拉面馆打包一盘羊肉炒面给我带回来。可男友吃饭以后忘了给我带饭。回到家，我是又累又饿，让他给我把炒面热一热，他拍拍额头说：该死该死，咋忘了给你带饭呢！对不起，这就出去买去。我没发火，但觉得心里很酸涩，我知道，今天这事要是换作马琳，他是无论如何不会忘记的。

和男友一起看房子的时候，物业人员手里的钥匙叮铃铛啷响，像是提醒我即将告别单身。真该找一个人来告别单身。我再次想到马琳。

拿不定主意，我找母亲咨询，问这样做是不是合适。母亲面无表情地望着我，叹了口气说：我要是你，就永远不找马琳，既不制造重逢，也不告别单身。我问为什么。她说明明知道他好容易忘了你，在自己的轨道上正常运行，何苦再去招惹人家呢。知道他在一个地方过得好好的就行了。我说问题是不知道他现在哪里，不知道是不是过得好好的！

母亲想了想，觉得我说的有道理，答应适当的时候打听马琳的下落。

十六

打开男友父母给的存折，一排汉字叠映在阿拉伯数字之上：这辈子你彻底错过爱你的人了。惊异心里话如何会出现在存折上，仔细再瞅，那行汉字神奇消失，阿拉伯数字显示的数额清晰地排列着。

母亲安慰说：假如你和马琳结婚，是没有常人眼中实惠的。唔，当然，顶多能生一个酷似阿尔法的漂亮孩子，其他方面么，不好说，马琳这样的女婿仍然会使我们在亲戚朋友面前没面子。

不能说母亲虚荣，生活中谁能完全抛开虚荣去惊世骇俗一把呢？但我想不通，当初接纳马琳，抓住女儿一生的幸福和亲戚们的眼光有什么关系呢？谁说和马琳结婚没有实惠呢？不光是能生一个酷似阿尔法的孩子，主要是有信仰，共同的信仰能使婚姻更牢固。

母亲揶揄道：你是不是想跟男友退婚呢？我被噎住，望着首付合同、购房发票和钥匙，望着一天之间减少若干位数的存折，说什么都显得底气不足。

见我哑然，这位资深狐狸精，再次露出世故的、模糊了年龄的笑。我恨自己摊上这么一个自作聪明的妈。为什么什么事都在她的掌控之下。她踱过来安慰我，说她也非常留念马琳，虽然和我留念性质不一样。年轻人会留念一些感情方面的细节，而她留念的是马琳清洁的精神、仁义和执着。她现在才知道有信仰的男人魅力无穷。而现在，我们离马琳已经很远了。

我对母亲的确有些怨恨，当时生怕甩不掉马琳，而现在我都快要出嫁了，她倒左一个“精神”，右一个“魅力”的，到底想干什么呢！

十七

工作性质决定母亲是家里的“游牧民族”。只要母亲回来，我俩会不可避免地谈到马琳。最近一次谈起他，母亲一脸的怅然，说前不久她到马琳老家附近的山村采访，知道那里的青年男女结婚都很早，马琳也不可能例外，多半已经结婚生子了。我说我比他小四岁，不也是快要结婚的人了，我只想和他重逢，当面对他说这辈子认他做哥哥，我还想看看他的孩子长什么样儿。我一定像他当年宝贝我那样宝贝他的孩子。

母亲哑然，侧目望着窗外，重重地吞咽。

其实我很佩服老妈，我天生不具备她的魅力。她有足够的能力让周旋在她身边的精英男士相互吃醋。和父亲离异后，她更是变态般地把一拨崇拜她的叔叔弄得坐立不安。她会对写文章的叔叔说会赚钱的男士多么难得；她会对能赚钱的叔叔说一个人要是不会写文章魅力将会大打折扣；她会把写大企业家的稿子发给小企业家看，也会把小企业家的人生经历写得风生水起。天知道我可怜的父亲怎么和这样一位杀手级的母亲生活了二十多年！我劝老妈，不能这么折腾人，没意思的。她说当然有意思了，这样能让同胞弟兄们不骄傲，永远有上升的空间。社会就是这样进步的。其实我知道，母亲多少有点心理问题。

既然母亲如此喜欢折腾，善于算计，那她连自己的幸福也没算计好，终究有些优秀的叔叔被她折腾累了，她也把自己弄成了烫手的山芋。当然，除了她自己，她也没把我的婚姻大事盘算得尽如人意。这就叫人算不如天算。在她看来，我现在的男友从根本上说是不能和马琳相比的，从一系列行动上看，她为拨开我和马琳彻底后悔了。

十八

期待已久的冠亚军争夺赛就要开始了。马琳和王皓一蓝一黑地上场，我赶紧放下碗筷，迅速进入状态。手机不合时宜地响了。母亲问我希望今天谁得冠军。我说我很矛盾。我既希望“马琳”这个名字赢，也非常希望她的偶像王皓赢。母亲说我没有自己的立场。我说立场是有的，但有时会左右为难。母亲说她听不明白。她不明白更好。没再饶舌，比赛开始了。

几年带团下来，全国许多大城市已被我跑遍了，回民饭店也被我跑得差不多了，然而与马琳的重逢一直没有实现，似乎天天都可能重逢，但天天都被失望代替。

不知我和马琳属于一种什么缘分。

这一天，我带一个旅游团去绍兴，我在车上昏昏欲睡，母亲发来短信息，告诉我有位文友愿意帮我们查找马琳。我问怎么查找。她说有办法。

开始我有些怀疑母亲的能力，怂恿她赶紧查找，我想知道马琳生活得怎么样。得知她动真格地查找，我又害怕了。前面说过，老妈一直喜欢反常规出牌，去年金融危机，旅游行业遭到一定程度冲击，旅行社头头已经给员工们吹过风了，随时可能裁员，我到现在都没想好被裁之后能“下嫁”给哪个部门。真担心她找到马琳后，把我扔给他的“旗舰店”。不是我看不上回民饭店的规模，而是我不能利用马琳对我曾经的痴情去和另一位女子PK。再说，我怎么可以伤害我的男友呢？仔细想想，男友也不错，为表达对我爱的程度，脸不红心不跳地坑他父母，一下子撬动了全家积攒了半辈子的家当。60万哪！是他们这种家庭的天文数字哩。别说我，许多女孩子都会为这个数字动心的。既然接受了这个数字，那么不结婚就谁也对不起。

我打算带这趟团回去，就和男友一起去试婚纱、拍结婚照，然后去挑选那种有独特创意的喜糖，比如：在小鞋子的造型里放四粒德芙巧克力；在鲜活欲滴的玫瑰花蕊嵌套夹心糖。现如今谁都不稀罕吃糖，只要喜糖捎带的一份喜庆。

我在返程途中给母亲打电话聊天。我说马琳未必还待在上海，也许结婚以后就待在老家了。母亲说是有这种可能，唉，真想写写他啊，马琳真该成为你们这代孩子的楷模。我揶揄道：早干吗去了？那么狠心地拨开我和楷模，根本不考虑当事人的感受，不文明哩。她也不客气：那是你没福气嫁楷模！我懒得跟她斗嘴，省得浪费话费。

十九

又是一些日子过去，母亲那边没消息，我也没问。感觉再次把马琳放冷的时候，我竟有了去新港的机会，当然，只是路过，带团到碧海金沙踏海，新港是必经之路。我兴奋得两个晚上都没睡好觉。我已经想好，路过新港时，请司机停一会儿，到回民饭店看看去。运气好的话能见到马琳，就算运气不济，也能打听到马琳的下落。

踏海的团出发了，一路我都喜忧参半，心里像打翻了五味瓶。大客车好像比以往任何时候都开得慢。在我望穿秋水般的期盼中，新港到了。说来有趣，到了中心街，我正要请司机停车，一位旅客捂着肚子说要下去方便，正好对我是个成全。

停车的地方离回民饭店不过十几米，连招牌上的回民饭店字样都清晰可见。店面还是从前的样子，不显眼但从容沉稳。也许潜意识里想缓解紧张情绪，抬眼看天，有一朵白云，像镶了釉，白得剔透、白得虚幻，一声悠长的汽笛适时划过新港上空，把我从前世拉回到今生。想到马上就能见到久违的那个人，我心跳不已。大脑像是指挥不灵，我走得时快时慢，后来，干脆停了下来。是眼前的景象让我止步，还是我的止步引出眼前景象，说不清。我看到一个三岁左右的漂亮男孩儿从店里出来，一个年轻女子撵出来，喊着宝贝儿别往马路上跑，好多车哩。我想看看里面还有谁，迟疑间，一个人举一张小桌子出来，只能看到那个人的胳膊和膝盖以下。女子让他搁到左边，那男子缓缓地把桌子搁到了左边。那男子搁好桌子直起身，我看清男子戴着白帽，耀眼的白晃得我一激灵。那个背影非常像马琳。我张开嘴又闭上嘴，心都快蹦出嗓子眼了。不知该不该喊马琳，要是转过身来不是马琳怎么办呢？

这样的停顿是折磨人的，也是幸福的。如果说盯着“马琳”的背影很幸福，那么，幸福又是瞬息而过的。司机在后面喊上车，说是耽误不得，好几个景点上午必须跑完，踏海的时间非常紧。

侧目望着车窗外，脑子断电一般。路边一家新饭店吸引了我。这家新饭店的门面要比回民饭店大许多，不少人进进出出，能看出生意红火。客车缓缓开动，没再想那个背影是不是马琳，我只为新饭店无时无刻不在挤兑回民饭店焦虑。有一种可能，回民饭店撑不到冬天就得关门。当然，我也坚信马琳的能力（假如那人是马琳的话），凭他的执着和清洁的精神，把回民饭店永远支撑下去不是没有可能。

回家后，我打电话向母亲讲述今天的事。母亲连连叹气，说宁愿那人不是马琳。我说的确太像马琳了。

母亲反问：你不是看过许多回民饭店吗？像马琳的还少吗？

是啊，打眼看上去像马琳的回民小伙儿，细瞅的话，都不是马琳。

二十

男友和我商量是买婚纱好还是租婚纱好。我说都好都不好。我们只结一次婚，买件婚纱搁衣橱里看很浪费。租婚纱也挺烦人，被N个新娘试穿过的婚纱，融进的各种体味，一定会影响我的情绪，扰我清梦的。男友说我太难侍候。我说想打退堂鼓还来得及。

商量不出眉目，我有些烦，躲开男友，跑到书房给母亲发E-mail。我说别再找马琳了。她问我怎么了。我说先前巴心巴肝地渴望重逢，现在我非常害怕重逢。母亲问我发哪门子神经。我说马上就要结婚，这么做有些不地道。她说就算结了婚寻找马琳也是一件光明正大的事，保存一份干干净净的美好没什么不妥。见她这么坚决，想到她曾经的残忍，我挑衅地问：本来你是为我寻找马琳，现在我本人都决定放弃，你还那么坚持，请问为什么？母亲不假思索地说：那孩子身上有我们缺失的一种东西，它的名字叫信仰。那孩子吃苦耐劳，宽厚仁义，节制隐忍，就算感情受挫，也能以德报怨。是日渐俗气的我们把马琳衬托得不一般了。薇珍，妈妈真想写写他，你告诉我，怎么写才合适呢？

我无言以对，因为我从没想过这个问题。

母亲的这番话，把我内心深处的"重逢情结"再次撩拨出来。

二十一

第二天，母亲来电话说，帮忙查找马琳的那位文友，在网上一下子查到三十九位马琳，逐一按年龄、性别、原籍排除，弄到后来，还剩七位，也是都像又都不像。母亲已经给七位马琳发了帖子，请"马琳"们各发一张照片到她邮箱。见母亲把工作做到这个份上，我又变得紧张起来，干吗搞得风声鹤唳的，七位马琳都该不安了吧？母亲问我要不要继续查下去。我想了想说算了，就让真正的马琳虚拟在七人中间吧。虽说没有找到马琳本人，但从心理上讲，我觉得已经找到了。何苦非要见真人呢？见了真人又怎样呢？告诉他我要结婚了？让他再为我难过一次？不能这样！

电话断线，传出忙音，不知是自己断线，还是母亲刻意挂的。猜想她会坚持续排查到最后一位。她要一查到底是她的事，我要忙结婚的事。

就在和母亲通话的第二天，发生了一件怪事，一个陌生的手机号码发来一条短信息，是一首诗：

你见，或者不见我　我就在那里　不悲不喜
你念，或者不念我　情就在那里　不来不去
你爱，或者不爱我　爱就在那里　不增不减
你跟，或者不跟我　我的手就在你手里　不舍不弃
*注："部分文字丢失"。

我的第一反应是马琳。哆嗦着拨号，对方不接。我只好发信息询问对方是不是马琳。对方回复："请问马琳是谁？"我回复：是一位断联系的老朋友。对方回复："哦，薇珍，我对你的执着充满敬意。谢谢！同时也感谢你的母亲！"

对方知道我的名字？还说感谢我的母亲？不是马琳还能是谁？

我不知道说什么，但必须说点什么，于是把那首诗返还给对方，并附言：今天是一个特殊的日子，请它替我捎去一份歉意，明天，我结婚！

良久，收到回复：祝福你！

（发表于2011年《太湖》第5期）

清洁的石头

一

《民族诗刊》笔会开幕式结束，与会者纷纷下到一楼大厅就餐。海娆想了想，觉得把相机、笔记本拿到餐厅有些不便，不如放回宾馆房间，还能顺便上趟洗手间。等海娆赶到餐厅，几十张餐桌已基本满座。所有人都像在说话，可一句也听不清，凝结成高分贝的抽象噪音，觉得直锥脑芯。室友晓枫也不知坐哪儿去了，全都是陌生面孔，海娆决定随便坐下，吃完走人，于是往右迈半步，就近入席，这样就坐到了郎清阿訇旁边。

海娆后来仔细想过，看似随意一坐，多半还是受到某种吸引，更像天意。没错，一百多号人，各式各样的民族服装，形色各异的帽子，就数白帽子显眼，闪着亮眼的光芒。虽是《民族诗刊》笔会，也有一定数量的回族诗人，但戴白帽子的只有郎清一人，大伙儿都在不紧不慢地汉化着，包括海娆这个本来就游移于回汉之间的，老是在诗作者前面加括号的回族女子。

一位操着广东口音，有着和帕瓦罗蒂一样款式胡子的、大爷级的诗人，问海娆怎么称呼。海娆客气地介绍自己名叫海娆（后来总被他喊成海妖，而她在心里喊他“老帕”），37岁，回族，来自南方海城。说到“回族”二字，海娆咬字轻快，故意让它滑过去。没办法，只要介绍自己的民族，她就显得尴尬、缺底气，自己是“民族大团结”的“产物”，父亲是回族，母亲是汉族，当年他们逃离家庭结合，强加给她两不靠的身份。

“老帕”起身，谦恭地偏着脑袋，介绍海娆旁边戴白帽子的男士：这位是郎清阿訇，来自宁夏西吉明目乡郎村清真寺，三十五岁，代表作是《奉至仁至慈的真主之名》和《致伊犁的亲人》，是两个女儿的父亲。一位眉目清秀、忽闪着长睫毛的小女孩儿轻声道：昨天才报到，怎么对阿訇这么了解啊？“老帕”不无得意地说：我和郎清阿訇同寝室。

满桌唏嘘。

海娆起身给阿訇鞠一躬，问阿訇好。阿訇还礼，道色俩目。海娆记得自己也会说色俩目，只是长时间没机会说，忘了。

海娆亲近阿訇是从父亲去世开始的。如果没有阿訇劝解、指引，及时充当心理医生，一根筋的海娆，肯定很难走出那段暗无天日的时光。至亲的人突然从生活中消失，那样的弯子，不太好转。家乡的阿訇当时才从一所伊斯兰教经文学校毕业，来到海城。他的阿文念得和原声磁带一样好听。海娆接受最初的伊斯兰教知识是从家乡阿訇开始的。海娆不懂阿语，但只要听阿訇念《古兰经》，就会感到心灵长上翅膀，仿佛被一缕白光被牵引在高处飞翔，能清晰地看到逝去的亲人，过往的情感和另一个世界的光景，给灵魂一个栖息地。海娆庆幸自己有一半伊斯兰血质，不然不可能听懂阿訇那极具密码意味的声音。

海娆虽然作为回族诗人被邀请，来到遥远的南疆开笔会，但面对纯正的穆斯林，多少还是心虚的，毕竟在伊斯兰教文化方面她还知之甚少，说白了就是个带括号的回族，遇见阿訇级别的人，惹她自卑是很自然的。一顿饭，海娆吃得心不在焉，不时打量一下阿訇，不时想想自己的穿着打扮是不是得体。阿訇偶尔朝海娆投来温和一瞥，这样一来，海娆就捕捉到自己和阿訇两双眼睛的定格：一双笃定，一双飘忽；一双明澈坦诚，一双蒙昧未开化。海娆又把郎清阿訇和家乡的阿訇做着比较，觉得他们十分神似，神似的地方也是眼睛。家乡的阿訇只会念经，不会写诗，郎清阿訇会写诗，但不知经念得怎么样。另外，他们都有着小麦肤色，泛着如瓷器般饱满的光泽，全都单眼皮，眼仁黑白分明，和蔼中透着犀利，天真而又任性，让人无法对这样的眼睛撒谎。

《民族诗刊》笔会是有些民族气魄的，几道菜上来不久，皮焦肉嫩的、冒着油香的羊羔被戮在小推车上，绕大厅一圈，随即被师傅削成薄片分发到每张餐桌。

“老帕”正在劝海娆“多自杀”（多吃虾），“杀”是好东西啦。见到烤全羊推上来，立马改口：啊呀，别“自杀”啦，还有更好的啦！海娆很激动，咽了咽口水说：好可怜的小羊羔！其实她想说的是终于吃到烤全羊了。阿訇平和地笑笑说：凡是奉主命合法宰牲的羊都是幸运的。海娆的脸顿时红成了一面旗帜，感叹一个人的虚伪容易掩饰，无知却很难包藏，一句话就把身份暴露了。

当地领导笑容可掬地端着酒杯来给诗人们敬酒，海娆所在的一桌，无论端酒杯、端茶水、端饮料，反正都毕恭毕敬站立，伸出盛有不同内容的杯子去和领导的酒杯碰，频频撞出友好的声响和其乐无融融的气氛。

眼梢告诉海娆，郎清阿訇没有举杯，只是垂着双臂，礼貌地站着。领导走完这个议程，就到其他桌上碰杯去了。海娆悄声问阿訇，不端茶杯和领导意思意思，不怕他们生气？阿訇只微笑，不回答。海娆想了想，觉得阿訇的表情就是答案：淡定中透着坚持，一种不伤和气、无伤大雅、求同存异的坚持。

二

阿訇的白帽子和“不碰杯”使郎清很快成为笔会的焦点人物。名声大振，竟不是因为诗，而是诗以外的东西。

有人说郎清作为阿訇，是不应该离开清真寺的，为这样一个笔会，千里迢迢来到南疆，多少都算失职。也有人说郎清从报到到诗歌研讨都显得无组织无纪律，吃饭要人等、开会要人等，早早晚晚都带几个人出去。

至少海娆是不允许有人误解阿訇的，她迫不及待地把听来的话，变成自己的版本转告阿訇本人。

郎清阿訇说话不疾不缓，平和、笃定地看着海娆说：文友们说得不错，阿訇是不应该离清真寺的，来前心里也矛盾得很。这样的聚会不多，不来也可惜。好在寺里还有一位刚分配来的阿訇能胜任寺里工作，就是对村里情况不太熟悉，我人在这里开会，心里也很不安，每天都要打电话回去询问。和几位回族诗友去附近的清真寺礼拜，影响大伙儿吃饭、开会，我以后会尽量注意。

这样的答案正是海娆期望的，快人快语的她，立即发布新闻，顿时让各式议论哑然。

既然阿訇成了焦点人物，想让部分诗人闭嘴也不太容易，但较之头两天，现在的议论变得中性了一些。诗人大多活跃，喜欢彼此打趣，阿訇作为诗人介入，不放过他也是自然的。阿訇用手机发短信或接听电话，有人调侃他真是一位与时俱进的阿訇，连这么先进的武器也使用得这么利索。见阿訇抽空就读诗、写诗，又有人戏说他都当阿訇了，还放不下写诗这类红尘之事。郎清阿訇终于被逗乐了，说《古兰经》也是诗，而且是世界上最完美的独一无二的诗，当阿訇和写诗应该是不矛盾的。

这话很经典，海娆和“老帕”忍不住为他鼓起掌来。

正说着，阿訇手机响，有人说：看看，红尘之事又来了。

阿訇接完电话，说：《古兰经》不是说了么，拴好你的骆驼再去礼拜。

面对阿訇的智慧，许多人发出会心的笑。海娆左思右想，觉得没什么好笑的，她只是想不通，拴骆驼和做礼拜有什么关系。海娆问阿訇：做礼拜干吗还要先拴骆驼？一群人都乐得不行。“老帕”说，借（这）位师妹造诣比我还差，我算初级班学生，你顶多只算学龄前儿童，我们都得抓紧向阿訇学习。

“拴骆驼”只是个比喻，相当于把现实生活的事情处理好，这样才能把礼拜做好，饿着肚子是做不了礼拜的，二者之间互为前提，相辅相成。

海娆恍然大悟。

三

游览天山途中，大巴停过两次，一次是看盐湖，一次是看风能发电。回到大巴，有些才思敏捷的诗人已经做出了诗的毛坯，要求借导游小姐的话筒，开始赛诗会。几位诗友念毕，郎清阿訇要话筒，宣讲了一段《圣训》，又用阿语念了一段《古兰经》，临了说自己不能这么快写出一首完整的诗，只谈谈自己对“风车”的理解。风能凭借的是团队精神，一个风车就算能量再大，靠单个儿的力量是发不了电的。而一个民族，只要同心协力，是能强盛起来的。阿訇的发言引发长时间的热烈鼓掌。最后，阿訇念了自认为还不成熟的诗《虔诚者》：

暮色中比肩齐的弟兄/孤独地轮转铁臂/祈求真主恩赐/天地间遍洒光明

阿訇念完，车内出奇地安静，好一会儿，掌声雷动。

“老帕”直竖大拇指。有人喊：再来一首要不要？回答：要！阿訇说：没有了，再有的话，随时奉献给大家。

大巴在天山脚下的停车场停下，导游小姐说：上天池有两种选择，不愿爬山的，可以留在车上，待会儿直接上去；愿意爬山的，现在可以下车，大约一个半小时能够登上天池。

海娆选择步行，走了一会儿，在稀稀拉拉的爬山队伍中发现了白帽子，她快步撵上去。

海娆告诉郎清阿訇，自己是几家诗刊的骨干作者，以后可以帮他推荐一些诗作。郎清阿訇显得很高兴，说自己的诗写得一般，加上宗教色彩浓郁，有些刊物不大好用，这下好了，作品有出路了。海娆说：

您都喜欢喜欢谁的诗？

莱蒙托夫、泰戈尔还有聂鲁达。

您发表了多少诗？

唔，也就是《民族诗刊》用了几首。到现在也没写出令自己满意的。

谁都不能说自己已经把诗写好了。写诗也是功修，无止境的。

说的是哩。

走到一个山坳，大家都已经汗流浃背、气喘吁吁了。这里游人营造了一个景点。瀑布边，有哈萨克族父子搭建的凉棚，可以喝茶，看歌舞，合影留念，当然，都是要收费的。海娆问阿訇要不要到凉棚坐坐。阿訇迟疑着。一个十岁左右的小男孩儿抱一只小羊羔过来，问要不要和他合影留念，合一次影，只收二块钱。海娆很感兴趣，问小男孩儿怎么照。他说怎么照都行。海娆蹲下，一手抱着羊羔，一手揽着小男孩儿，请郎清阿訇帮忙摁快门。海娆付给小男孩儿两块钱。海娆让阿訇也来一张，阿訇摇摇头，掏出一把零钱，抽出两张一元纸币递给小男孩儿，招呼海娆走。阿訇说：这么大的孩子不上学，跑到山上弄这些，长大该咋办？我像小男孩这么大的时候，已经在清真寺当满拉了。考虑到海娆不懂，他向海娆解释满拉就是学生，是定向培养阿訇的。

海娆问阿訇，阿拉伯语好学不好学。他说任何一门语言都不好学。小时候为学阿语，可没少挨父亲的戒尺。十一岁就被送到寺里当满拉，从阿文字母开始学，字母比汉语拼音难学，一个字母要变出一百多种意思，二十八个字母要变出三千多个意思，要完全熟背，一点假也掺不得。完全背会之后，阿訇父亲才会讲解意思。背经只算经堂教育的开场白，《辨字学》才是经堂教育的铁门槛儿。许多伙伴都是到了这一关掉队的，过不了这一关，等于前功尽弃，只能卷铺盖回家。满拉要学的知识很多，有《圣训》《波斯文》《法学》《注解文》《白雅尼》，是帮助理解《古兰经》的。必须得过了《辨字学》的铁门槛儿才能继续后面的课程，才可望成为一名阿訇。父亲对其他孩子温和些，对自己的儿子苛刻些。

海娆问阿訇和其他学者比有什么不同。阿訇望着大山深处说：我以前写过一首诗，念给你听听，题目是《阿訇是这样“炼”成的》：

> 盐碱水若干年浸泡/烈日下无尽的烘烤/黄土岗上浓重的熏蒸/凤凰涅槃似的蜕变/一路感恩/配以传播《古兰经》的业绩/划出攀援主道的轨迹/再请安拉审视/祈求慈悯降下特赐/一个幸运的阿訇得以“炼”成。

海娆让阿訇回去后，把这首诗从网上发给她。大概每一位阿訇都是这样“炼”成的，海娆琢磨。

游人太多，熙熙攘攘的，阿訇刚才还在海娆旁边，一会儿就推搡开了，她只能在看着白帽子在赤裸的脑袋中沉浮，直到淡出视线。

对海娆来说，登天池的后半段，变成孤旅。

四

晚饭后，海娆和晓枫抱了个哈密瓜去看望阿訇。“老帕”搓着手说：有朋自东区来不亦乐乎！阿訇起身，客气地挪凳子，说请坐。“老帕”说有哈密瓜吃了，和阿訇同寝室沾光多多啊。

晓枫问有没有打扰他们写诗。阿訇说没有，正和室友探讨写小说写诗哪个更好。“老帕”说：写小说就是比写诗好，现在文坛上几位改行写小说的，都火了，写诗的要是入了小说门，会灭了那些写小说的。大概顾及到阿訇，就把那句不中听的改得软性了些。唔，写诗的要是入了小说门，是会夺写小说人的饭碗的。因为写诗的文字功底更好、逻辑思维更好、驾驭结构的能力更强。小说哩，似乎比诗好写那么一点点，而且容易发表，稿费也比诗歌拿得多，一首好诗基本上弄不出什么大动静。晓枫问：徐志摩的《再别康桥》，舒婷的《致橡树》动静大不大？“老帕”说：遗憾的是，只有一个徐志摩和一个舒婷。“老帕”接着陈述：现在所谓的好小说，说到底就是故事，只要有一个奇特的故事，捣鼓得文学点儿就能发表，发表以后哩，被影视编导看上，卖个版权就是名利双收，就算卖不出版权，随便获个什么文学奖也够本了。阿訇，怎么样，咱俩都改行写小说吧？阿訇笑着摇头。晓枫让“老帕”自己改去，别撺掇阿訇，阿訇在清真寺工作，与外界隔绝，没什么故事值得写成小说。阿訇说：故事还是不少的，估算一下，七年时间，解决了一百六十多件大事，其中两件还是命案。海娆不解地问：命案还不交司法部门，清真寺私下解决得了？阿訇说：不是私下解决，而是参照伊斯兰教教义教法协调解决矛盾纠纷。周边都是纯回族村，一般情况下，在这里伊斯兰教对村民日常生活起到规范作用，一定程度上与国家法律法规是互补的，特别是在调解矛盾纠纷方面作用很大。

“老帕”兴致很高，请求请阿訇务必讲讲，他保证，不征得阿訇本人同意，决不肆意动用半个字。海娆笑着说：那可没准儿。

郎清阿訇讲了两件事，一件是邻村小伙子的情感纠纷，一件是本村俩妯娌引起的刑事案件。十分吸引人。海娆、晓枫一致叫好，“老帕”摩拳擦掌，连说这就是小说，不可多得的小说，剧作家坐在家里十年也编不出来。两件事，情感和暴力，囊括了两个有卖点的门类，剧情也曲折多变，不可多得呀。海娆挖苦道：“老帕”，我已经知道你是什么类型的剧作家了。

“老帕”感叹：郎清阿訇啊，您真是太有生活了，在底层生活的人们真了不起啊！我要是和您一样有生活，老早都成著名剧作家了。

两位女诗人瞪大眼睛看着“老帕”。

五

说来也怪，阿訇只讲了两个法律与《古兰经》结合的典型范例，而他“准备改行写小说”的消息，像长了翅膀似的，传得沸沸扬扬。有人还专门跑来问郎清，到底是不是改行写小说了，是不是不当阿訇了。阿訇说：写诗、写小说都不重要，重要的是我会永远当阿訇。

这样一来，对阿訇的议论更热烈了。

有人说：阿訇永远都不会像我们这些普通诗人，不管社会怎么变，都不会利欲熏心，钻到钱眼儿里去。

有人说：别忘了，阿訇也是人，有着七情六欲的正常人，作为诗人，至少他和我们一样，渴望发表自己的诗作。

诗人想发表诗作没有错。

没说有错，只是说明阿訇照样有私欲。

言重了吧！

我只是说出了真实想法。

更多人坚信郎清阿訇的人品。

诗人们出于好奇，三五一堆地忽而亲近阿訇，忽而疏远阿訇。无论亲疏，阿訇看上去总是气闲神定。海娆对那些对阿訇忽冷忽热的人感到不屑，只要可能，她总会靠近阿訇，即使无法靠近，眼眸也会不自觉地搜寻那个白影子。

晚上无安排，自由交流。海娆靠在床上看电视，听见手机响了两声，告诉卫生间的晓枫有手机短信。晓枫从洗澡间出来，看手机，看得咯咯笑，伸手递给海娆：看看吧，“老帕”

的短信息，发来了阿訇新写的《无字心声》：

十多岁的尕娃/十个月的羊娃/看太阳数星星算月亮/唯独看不到前程/熙来攘往鼓堆堆的人/唯独听不见放羊娃怜怜的心声

海娆感叹诗作者才思敏捷，晓枫却茫然地嘟囔：天知道写的什么。海娆说：前天上天池的时候，阿訇在山坳看到陪客人合影的小男孩儿和一只小羊羔，怜惜小男孩儿都过了入学年龄却不能念书。他这是有感而发。

晓枫盯着海娆问：你怎么会和阿訇一起上天池？海娆说：谁让你喜欢坐车来着，失掉受教育的机会了吧？

正说着，晓枫又收到一条短信息，还是“老帕”的，说自己那天也是步行上山的，也碰见过那个小男娃，也生产出一首和阿訇一样的产品。晓枫朗读一遍让海娆评判。

小男孩啊/抱着奶羊/东望升起的太阳/西眺染红的夕阳/啊，你的将来会怎样？

不用比较就知道，“老帕”写的，只有两句还马马虎虎。

海娆和晓枫对望一下，“扑哧”笑了，达成共识：“老帕”的艺术感觉还是不错的。

六

海娆一直撺掇晓枫靠近阿訇坐。晓枫让她放明白点，可不光是我们两个愿意靠近阿訇，阿訇也从不偏向我们两个人。“白帽子”属于大家，虽然看似和大伙儿若即若离，但一直均匀地把热情投给大伙儿。

海娆一琢磨，觉得还真是这么回事，无论研讨还是出游，无论用餐还是参观，“白帽子”总在不远不近的地方，总是十分公平地把大伙儿的眼睛亮点。

诗人们总是不会在诗作研讨时冷场，几乎人人都激情满怀地谈诗、念诗，也有人撇开诗，谈自己的创作经历以及人生与诗的关系。海娆和晓枫是既要谈诗还要谈自己的人生经历，似乎不这样就没人肯理解她们的诗。还有“老帕”，简直就把这样的机会当成推销自己的商品洽谈会。阿訇不同，尽管已经有新诗出炉，但他却闭口不谈诗，而是用阿语念一段《古兰经》，再用汉语讲解。海娆特别痴迷郎清阿訇念的《古兰经》，中低音有些沙，很磁性，高音区洪亮，让人想到冰川融化，高原雪水流淌，绸缎丝绒被风吹拂。海娆第一次知道，声音是有颜色的，挑开混沌播撒镶了釉的纯白；声音也是有光的，如朝阳晨曦月光倾泻大地，银光闪耀。

掌声过后，话筒被一位白白净净的回族小诗人接过去。他给大家念了几首过去写的诗，有《新月》《聚礼时分》和《我们一起去朝觐》。也许还没从阿訇的声音走出来，也许还在琢磨诗的意思，会场变得异常安静。阿訇像是想起了什么，欠起身，伸手要过话筒，用洪亮的声音说：我非常喜欢这位同胞的诗，我突然想补充发言一次，我想再一次告诉大家，宇宙间，除了真主之外，绝无应受崇拜的。我还想提两个问题，请在座的各位诗人一起探讨。第一个问题是：回回人为什么这么优秀？可以从郑和下西洋一直追溯到现今。第二个问题是：有一天，当世界干枯了，我们中国的穆斯林是否存足了粮食？

会场寂静无比。

七

葡萄棚下，海娆给阿訇占了个座位，叮嘱晓枫看好，她到那边拍点风景马上就来。晓枫说：这个任务也太艰巨了，怕是完成不了。海娆问为什么。晓枫说阿訇带了几位同胞到东头清真寺做礼拜，回来又不是他一个人，你只给阿訇一个人占座位，其他人怎么想？海娆想了想，觉得也是，但又不甘心，让晓枫看到阿訇就上前告诉他，这儿有位置，就算拽他过来也应该理直气壮，一个想成为纯正穆斯林的人，靠近阿訇能有什么错。晓枫说：那我再次郑重地告诉你，阿訇属于大家，如果你把自己弄成唯一的粉丝大伙儿就不待见了。海娆说：管不了那么多，我把小包搁上面，别让其他人坐就是了。晓枫笑了笑说：尽力把阿訇拽过来。

海娆回来，见阿訇已经坐在占好的位子上看新疆歌舞，也惬意地坐下来，仔细打量阿訇。只见他微笑着，双眼晶亮，额头泛光，不紧不慢地吃葡萄、品茶。热腾腾的油香、大盘鸡、手抓羊肉一一端上来，海娆不断把自己认为好吃的东西往阿訇面前挪。晓枫小声说：看这殷勤献的，总得让大伙儿看得过去啊。海娆说：不是献殷勤，热爱阿訇发自天然，一个连阿訇都不热爱的人，就该怀疑他的人品了。晓枫白她一眼说：德行！海娆说：绝对不是夸张，坐在阿訇身边，我感到内心安静，神清气爽，似乎享受到充分的休息，感到愉悦温暖而无杂念。

晓枫认真地抽了几下鼻子说：你的话也许是真的，阿訇天天念经、做礼拜，可能带着一种神秘神圣的气场。海娆说：你的悟性很好。她们边吃边看节目，没曾想，哈萨克族姑娘、小伙儿竟从台上走下来，邀请诗人上台同舞。晓枫率先被请到台上，红着脸模仿哈萨克族舞蹈。

海娆让郎清阿訇准备好，等会儿就该请他了。阿訇说自己不会跳舞，在学校倒是跳过，可不是这样跳的。海娆问阿訇：《古兰经》关于天堂的描写是下临渚河、葡萄美酒、鲜花、水果、美丽少女，眼前景象算得上天堂美景么？阿訇顿了顿说：这里算得上人间天堂，和五功全美之后，求得进入真主特赐的天堂还不是一回事。海娆还要问问题的时候，一位哈萨克小伙子礼貌地朝阿訇鞠一躬，邀请一起上台共舞。

阿訇客气地说：对不起，我不会跳舞，看你们跳，我给你们鼓掌。海娆也说：你们好好跳，给你们鼓掌。

八

大漠绿洲博物馆一楼，“老帕”努力挤到海娆和晓枫跟前，告诉她们最新消息：本馆三楼有两具木乃伊，男性，装在玻璃箱，先告诉一声，让你们心里有底，免得到时候一惊一乍，惹人笑话。两位女诗人谢过他，声称自己胆子都不小。

人太多，海娆、晓枫很快和“老帕”挤散了，前后也看不到白帽子了。海娆又在心里念叨着孤旅啊孤旅，稀里糊涂就被人群推搡到了三楼。两具木乃伊就在近前玻璃箱内，海娆深呼吸一下，往跟前走，鼓励自己大胆看一眼不碍事的。这是长见识的机会，过了这个村就没这个店了。海娆本能地阖上眼睛，但后面有人催，也有人挤，说看了的同志请闪开，该我们看了。海娆一着急，睁开眼睛对准了玻璃箱子。老实说，原本不那么吓人的，但很恶心人，真好比癞蛤蟆粘在脚背上，不咬人有点恶心人。男性木乃伊衣服勉强遮体，皮肤是红烧牛肉色的，毛发、眼睛、瞳孔都跟活人一样生动。海娆不愿多看，看完就闪到一边去了。这时，晓枫气喘吁吁来到海娆跟前问：木乃伊吓不吓人？海娆说：不吓人，只怕以后吃不下红烧牛肉了。晓枫凑近玻璃箱，前后打量，突然发出一声凄厉的尖叫。有人说：哟，谁在喊“海豚音”！管理员立即跑来问情况。晓枫说：没事儿没事儿，有一具木乃伊和我看对眼了，眼珠子直放电，像调情，又像诉说。跟前的参观者笑开了：

这位女诗人太邪乎了！

情商太高，高得连木乃伊放电也能收到。

海娆帮晓枫回击那些议论者：

情商不高怎么写诗嘛！

当然，海娆觉得，晓枫是有些“八卦”。

当晚，晓枫说：那一瞬，灵感被激活，构思了一首叙事长诗。海娆不得不承认，室友才情过人，称得上才思敏捷。海娆一直觉得，自己已经算是写作快手了，今天才知道，人外有人天外有天。她从室友身上看到了自己，有些英雄惜英雄的意思了。

我是想告诉你，我已经问过阿訇了，他说，无常的人，还是入土为安。斑鸠亮蛋似的摊在那儿，好看吗？有意思吗？

晓枫起身起来，看着海娆，说：不一定吧，永远被陈列、被观展、被研究多好，也是对世界文化作贡献吧？海娆也坐起来，有些不屈不挠：阿訇说了，人就是应该回归土地，那样才尊严、才人道。

空气骤然紧张，海娆知道有一双眼睛在黑暗中逼视自己，偏转脑袋说：

不许瞄我，白天你和木乃伊看对眼了。

德行，你明明知道我已经换水了。

女人的情绪此一时彼一时，虽是各持己见，但很快不再剑拔弩张，而是各自无声地钻进被子。好一会儿，晓枫讨好地说：这几天我们和阿訇多接触，多学些伊斯兰教的知识，不能老是加括号的回族诗人对吧？

我就是这样想的。可是接触阿訇也不容易哩，阿訇显然是大家伙儿的阿訇，一会儿礼拜去了，一会儿被某宗教团体请去做嘉宾去了，就连开会、出游也总是被一帮男诗人撵前撵后地霸着了。

那我们以后回家了，多给阿訇打电话聊天儿，弄不懂的事就请教他。

也只能这样了。

晓枫，你的家教可能比我还强点儿，你可能不知道，我母亲是汉族，父亲是回族，可父亲的伊斯兰教文化知识也懂得少，父母都没法教育我们。说来不怕你见笑，父亲那年去世，按伊斯兰教规，应该去清真寺请阿訇到家里过尔麦里，就是纪念。当时，清真寺有一老一小两位阿訇，我主张请年轻阿訇，因为他是正宗的阿訇专业毕业，造诣可能比老阿訇更深，听说老阿訇是自己勤奋好学当上阿訇的。母亲竭力要请老阿訇，她的理由是老阿訇年纪大，教门上的关系更熟些。母亲眼里，真主是一个人，一个男性的人，得道成仙的人。说起来实在惭愧。

晓枫叹口气，说：这样看，我家情况比你家稍微强那么一丁点儿，起码在我很小的时候，我爸妈就告诉我真主的名字叫安拉，他不是神，不是仙，是超绝万物的，不被生，也不生谁，世间一切都是他创造的。

真羡慕你，接受启蒙教育比我早。

笔会还有三天，还有时间交流，不懂就去问阿訇，不用讲客气的。

海娆打了个哈欠，说：夜深了，不能再说了，明天，南疆西城区老回民饭庄，请我们全体诗人去聚会。

是得好好休息，免得明天脑子不清醒挟错菜了。

你们北方人就是嘴贫得没治。

九

南疆西城老回民饭庄的马总是位儒商，把诗人看得像文曲星，听说有这么一个诗人笔会，就找到社长预约与会者聚会。本来订的是第二天晚上九点，但去吐鲁番路途遥远，赶到饭庄已经晚了两个多钟头。

夜间十一点多钟，全车人都很疲惫，心细的海娆，看到大巴士电子钟显示“23：06”，心里正感叹东道主该有多着急，突然听到有人喊：到了，到老回民饭庄了！终于到了。抬眼望去，一幢阿拉伯风格的楼房灯火通明，二楼上不少人撩起窗帘，朝着诗人们来的方向，像盼望久别亲人似的眼巴巴地盯着渐渐驶进的大巴。海娆心头一热，大声说：你们看啦，我们回民兄弟待人多实诚！有人善意反驳：我们蒙古族人民也实诚。还有我们什么什么族，一下子冒出好一大摞，车内像竹竿捣了喜鹊窝。

确定是诗人们来了，二楼上的工作人员们，立即欢喜得手忙脚乱，一时乱了方寸，领班招呼店员们列队欢迎。各种瓦罐煮着，各种菜肴摆着，宣纸摊着，留言簿撑着，准备歌舞的姑娘小伙儿热情地笑着，随时准备放歌起舞。一股暖流从脚底直接蹿到诗人们的心头。就算是铁石心肠的人，此情此景，叫人没法不动容。

年轻帅气的马总致欢迎词。主编、社长、诗人代表致感谢词。马总请诗人留墨宝、留诗句、留影。

海娆提笔感到不好意思，阿文不会写，汉字写得烂，可不写点什么，又对不起东道主，于是硬着头皮写了，写完没敢看，赶紧入席。晓枫乐乐呵呵写了几句，悄悄告诉海娆题字的感觉不错，好像真成了人物似的。海娆笑说：又犯贫。

肚子的确空了，咕咕叽叽一通乱叫，许多人还在围着看阿訇题字。海娆见状，起身去看。只见阿訇右手写中文，左手写阿文，别说年轻的马总，就连诗人们见到这种被颠覆的书写惯势，也都发出由衷的赞叹。阿訇提着笔，躬着身，写（当然，更像画）出一行行心电图般的波纹，那些浪漫而又抒情的波段，让人感觉词句是直接从心底流淌出来的。写完，阿訇用阿语念了一遍，见不少人一脸茫然，翻译道：这是一段《古兰经》语，意思是“时光的发誓，人类绝对是在舍本（混沌）里面的，唯有信仰真主，做善功的人，你们相互以真理嘱托，你们相互以坚韧者嘱托，无常也足够了。”

马总接过题词，激动地举起来，大家热烈鼓掌，然后请阿訇和大伙儿入席，念祈祷词，共同接杜阿，宴会和歌舞同时开始。

晓枫说：海娆，看看座位白留了吧，阿訇从来都是属于大家的，不会专属于我们两个铁杆粉丝。海娆大度地笑笑说：没事没事，留位子，更多是留一份诚意，能不能坐都一样开心。晓枫看着海娆的眼睛，服气地说：我相信心诚则灵。海娆说：我也信。

十

应验这句话是两天之后。

还有一刻钟就要剪票上车的时候，海娆收起报纸往旅行箱塞，觉得眼梢有白影一晃，于是停住手，觉得是幻觉，怔了怔，眼梢又有白影子一晃。海娆回头一看，心头一热，还真是阿訇郎清。此时的阿訇正在负重，背上扛着一个大袋子，压得他弓成了一个快合拢的句号。海娆赶紧迎上去，招呼阿訇把袋子放下来，一起抬。阿訇边应声边倾斜肩膀，让袋子滑到地上。海娆看着阿訇笑了，中午才说再见，已经做好长久不见面或永不见面的准备，没想到这么快在候车室碰到了。阿訇说赶的就是这趟火车。海娆竟然是和阿訇同一车次，这样就将获得二十多小时单独在一起的时光，这不是心诚则灵又是什么呢？

海娆说：很高兴和您同行，二十多小时啊，能说许多话的。海娆心下感叹运气不错，如果说笔会几天，白帽子是飘浮不定的云朵，这下不再是云朵，而是月亮，而自己哩，就是环绕它运动的卫星。和阿訇共赴旅程，该要比那些文友幸运多少倍哦！海娆知足地笑着。

阿訇取出车票，说自己是第二天晚上九点多钟下车。海娆看看火车票，说自己是第三天凌晨七点二十分下车。海娆同时发现阿訇是六号车厢硬座，自己是十五号车厢硬卧。

把那只大袋子弄上车，海娆和阿訇都已经满头大汗。他说这是给村小学买的课外读物，孩子们天天盼着有书看。他拍拍另一个小包说：也买了几本自己喜欢的书，有莱蒙托夫、泰戈尔，还有聂鲁达的诗集。

一起上十五号卧铺车厢，海娆拿出证件对乘务员说：请车长给阿訇补张卧铺票。对方答应开车以后找车长。阿訇连说不用补卧铺，在座位上打个盹，一夜就过去了。海娆说二十多个小时，坐着肯定受不了，要不和他换票。阿訇不同意，说坐一夜根本不算什么。海娆见他态度坚决，就留他在卧铺车厢坐，反正有一个卧铺，轮流休息挺好的。阿訇还是不同意，只答应把那一大袋书塞到卧铺下边，请海娆蓄点儿心。说完，撇下几个蟠桃和一个馕饼，走了。海娆说：夜里困了，来这儿招呼一声，轮流休息。阿訇客气地嗯了一声。

一位老汉在海娆身后问：

这是一位阿訇吧？

您是怎么知道的？

怎么看都像。我曾祖父曾经是阿訇，也是这股劲儿。

海娆抬眼朝车厢顶头看，白帽子一晃，瘦削的背影一闪，进入另一节车厢。

海娆很快知道，老汉是接智障的孙女回老家，爷孙俩只有一张卧铺票。

智障女孩儿有十二三岁，有些婴儿肥，有事没事跑去放水玩儿，还特别能喝水，爷爷给她的好几瓶矿泉水都被她有一搭无一搭地喝光了。喝得太饱，肚皮撑得很鼓，不一会儿就开始一趟趟跑厕所。小女孩儿裤子扯不齐整，总是让爷爷帮她掖裤腰。好在女孩儿只忙自己的，不打扰别人，跑累了，很乖地蜷在爷爷怀里打起呼噜，淌出长长的口水。

十一

海娆醒来，已是早上七点四十，掐指一算，阿訇已有十几个小时没休息了，赶紧从中铺下来，擦了把脸朝6号车厢走。

越来越杂乱，越来越拥挤，越来越挤不动。每节车厢都横七竖八塞满了民工，有打开水的，有趟在凳子上伸出腿的，有直接坐在地上的，也有蜷缩在车厢角落的。还没走到一半，海娆已是大汗淋漓。越过千山万水似地来到六号车厢，看到郎清阿訇靠窗坐着，平静地望着窗外。阿訇侧面，更显立体，鼻子高挺，脸庞骨感，神情平和、超脱、冷峻。望着他抚了抚脸颊，海娆猜想，阿訇一定是疲倦了，喊了声郎清阿訇。听到喊声，阿訇回头，起身。海娆请他现在到卧铺车厢去。阿訇说坐这儿也很好，有座位，还靠窗户，请海娆不用管他。

海娆说自己已经休息好了，现在卧铺闲着，不如去休息一会儿，阿訇晚上下火车还要转长途汽车，不休息，吃不消的。阿訇还是说坐在这儿就很好。海娆说还有那么多书放在那儿哩。阿訇犹豫片刻，起身。

来到卧铺车厢，阿訇吃了半个馕，喝了小半瓶矿泉水，取手机看时间，起身。海娆以为他是要上洗手间，指了指车厢顶头红色标识，说："厕所有人，还得等一会儿。阿訇说不是，朝车厢顶端走去。过了十几分钟，阿訇回来，告诉海娆，他要洗阿布代斯（小净）做礼拜，可现在火车上没水了。海娆看了看智障女孩儿，心想，都是这种孩子弄的，透支了我们的水。爷爷像是看懂了海娆的心事，补充说：我孙女脑子有毛病整水玩儿，那些不智障的人也不拿水当回事，害得阿訇都没水小净了，罪过哩。海娆说：阿訇，别着急，没水，少礼几次拜并不是您不虔诚。阿訇没吱声，眼眸里满是遗憾，眉头有些拧。

老汉看了看海娆，说：

这位大姐肯定不是回民，不懂阿訇的心思。

海娆感觉被揭了老底，脸色绯红。

阿訇说：等下一站停车，下去捡块石头，做土净，不耽误礼拜的。

石头可以代替水？

可以。

智障女孩儿听见大人说水，嚷嚷道：爷爷，我要喝水。爷爷说：昨天你一个劲儿放水玩儿，害得阿訇叔叔礼拜都做不成，爷爷要打屁股哩。女孩说：胖宝乖，爷爷不打。

老汉对阿訇说：下一站早着哩，还要一个多小时。再说了，站台上是没有石头的。

阿訇若有所思地“哦”了一声。

海娆突然想起自己包里有一块石头，那是在天山捡的一块紫色石头，准备带回家收藏的。她问阿訇在天山捡的石头行不行。阿訇说可以。

海娆边取包边说：碰到这样的特殊状况，一次两次不礼拜应该不要紧的吧？阿訇说：这不算什么特殊状况，在他的老家，有一年全村抢收麦子，窖里的水干了，从山外买的高价水又没送到，村民都口干舌燥，嗓子哑了，眼睛冒火，不少人因极度缺水开始尿血，可人们照样用盐碱水洗小净，在田边地头做礼拜。要知道，虔诚是世间最具力量的，心诚则灵，虔诚是能感动真主降奇迹的。要知道，在那种条件下，竟然没有一个人身体出问题。海娆说：现在的都市人，人们每天都被清凉的纯净水滋润着，各种营养液滋养着，按所谓的科学方法保养着自己，可照样出现各式各样不良状况，不得不让人信服，虔诚的穆斯林是被真主厚爱着的，是被真光笼罩着的，一个早就被联合国定论为最不适合人类居住的地区，祖祖辈辈竟从容淡定地繁衍生息，怡然自得地过着日子。

阿訇握着紫色的天山石上中铺。

为了不打扰阿訇礼拜，老汉牵孙女到另一节车厢遛哒去了。海娆临窗而坐，眼睛在望风景，心却在听着阿訇的声音。阿訇并没发出声音，或者说发出的声音被火车的噪音淹没了。海娆看见远处天空有一片孤独的云，被蓝天浸润，云朵时而散开，洒满天际，时而汇成澎湃汹涌的海洋。海娆心头涌出诗句：

穆斯林的天空/洁白而辽阔/景仰供奉膜拜/捻磨其跌宕与浮沉。

再看郎清阿訇，只见他双手摊开，眼鼻鼻观心，嘴在动弹，念的词却听不清。海娆知道，较之清真寺大殿礼拜，这也只能是象征性的礼拜了，场地受限制，跪得很勉强，只能匍匐、叩首、悬肘，却不能起身、站立。稍往上，头顶就会碰到隔板。阿訇身子随着火车的震荡在摇晃，脸上偶尔掠过些许斑驳。看着那个醒目的白帽子，海娆想：阿訇的心和真主作着交流。喧嚣的车厢里，似被搅起一股幽密的风，在空间播撒、滋漫、扩散，渐渐抵达遥远的彼岸。看着阿訇的情状，海娆耳边响起念《古兰经》的声音，高亢、邈远，仿佛看到新月高悬，和平鸽昂首眺望，天宇间所有声音都在共同呼唤和平与宁静。

郎清神清气爽地从中铺下来，和缓地对海娆说：

以后就不出来参加笔会了，很不方便。这几天没少给会上添麻烦。

没有啊，大伙儿都理解敬重您。

我知道，我的发言或许是多了点儿，影响文友谈诗了。

您是阿訇，宣讲多少都不嫌多。像我这样需要接受启蒙教育的，只嫌听得不够多。

说的是哩，抓住任何一个机会讲劝，是阿訇的天职。

郎清阿訇，我想冒昧地问一句，要是有当专业诗人的机会，您是不是会放弃当阿訇呢？

不会。写诗是现世的事，阿訇是现世更是后世的事，而且关乎许多人后世的事，所以我会一万次地选择当阿訇。

一位时尚青年走过来，背靠梯子，说：听说阿訇的阿拉伯语都是一级棒的，做阿文翻译应该没问题吧？

等待回答的眼睛满是新奇。

海娆笑了，说：劝阿訇当诗人、写小说的都有，现在又有人劝阿訇当翻译了，该要阿訇身兼几职呢？

时尚青年说：去年，我们莱芜市来了一位阿拉伯朋友，考察投资环境，哪知全市没找到一个阿文翻译，人家没辙，第二天就走人了。

海娆笑着对阿訇说：可别忘了教自己的孩子学阿语。阿訇说：我准备让两个女儿都学阿语。海娆说：可不许打她们呵。阿訇笑笑说：那可说不定，掌握一门语言总是不易的，不打不用心，打了才记得住。年轻人说：让她们学成之后到莱芜市当翻译吧。阿訇摇摇头说：女阿訇奇缺，要当就当女阿訇吧。

时尚青年说：刚才看到您用石头小净，我感到很震惊，可我想冒昧地问问您：石头能代替水解决礼拜的问题，可我想知道，真正到了没水维持正常生活的时候，您怎么帮我们用石头来解决问题？

阿訇显然被问住，沉思好一会儿，说：是的，也许宗教不能解决我们现世面临的所有问题。

海娆有些恼火，年轻人的问题超出一个度，就有刁难和不敬之嫌。

海娆正想换个话题，没想到时尚青年肩膀一晃，离开梯子，转身的当口，嘟囔一句：石头肯定是不能当水喝的，有一天，世界真的没了水，光靠石头也是不行的。

海娆紧张地看着阿訇，以为他会和自己一样困窘，哪知阿訇坦然地说：他和我的困惑是一样的。我虽然是一位阿訇，但并不意味我能帮助人们走出一切困境。

送阿訇下车。月台上，海娆说：多保重吧阿訇，以后多联系。没发表的诗，发给我，我会帮您推荐到有些文学刊物试试。阿訇说：谢谢你！发表诗的感觉很好，回去以后，我抽空整理几首从网上发给你。

两个人匆匆交换伊妹儿网址，郑重道别。

列车员拉窗帘，提醒乘客马上要关灯。海娆到中铺休息，刚挨着床，后背被硌了一下，伸手一摸，原来是那块石头。这块石头倒过来看，极像连绵的山峦，顶端有一道白色的边，在紫色的映衬下，蜿蜒的白边呈曲线形上升，像一条天路，在昏暗的车灯下闪着纯净、绝尘光芒。

有着“天路”图案的紫色石让海娆心头一热，上面带着阿訇的手温、气息和手纹，以及她破译不了的宗教密码。如果说，此前它是一块普通石头的话，而现在，它已经是一块清洁的紫玉了。

十二

大概一个月左右，海娆收到郎清阿訇发来的诗。仔细读后，发现有几首写得很棒，其中不乏绝辞妙语。如“困倦是一片死寂的荒原”“我已听到谶歌却依然前行”“面对灵魂，刀剑无用”“殉难是个体无法创造的荣光”。海娆及时转给《星火文学》杂志诗歌栏目责任编辑。对方很快反馈消息，说郎清的诗已审读，不错，只需把宗教味道剔除一些，近期可发。海娆兴致勃勃向郎清阿訇转告责编意思。郎清回复“谢谢”，却一直没把修改的诗发过来。

好几个月过去。开斋节的那天，海娆收到一条声音短信，是郎清阿訇念的一段《古兰经》。海娆想着郎清阿訇任性而纯洁的表情，似看到一只候鸟在四季更替中飞翔，竭诚奔赴自己的梦想与归宿。

海娆反复回味重逢与别离的悲壮与感动。

海娆觉得，郎清阿訇写诗，跟奔赴主道一点也不矛盾，但他似乎已舍弃了自己的钟爱。

往后的岁月，海娆照旧会有一些笔会参加，可再也没碰到郎清阿訇。她总会忆起郎清和他的白帽子，常想：郎清这辈子怕是只当阿訇不当诗人了，但话又说回来，她心目中的好诗人还就是郎清这样的。

（发表于2014第8期《朔方》）

归去来兮

一

困在一间起火的屋子，火苗像跳跃的莲花直往身上黏，浓烟呛得人快要窒息。突然，我被推了一把，猛地往前一栽，醒了。感谢长途汽车用一个急刹车搡醒了我，及时掐断一个噩梦，不然，真有可能窒息在梦境里。高原反应更严重些，调不上气的恐惧胁迫我贪婪地呼吸。母亲在旁边，张着嘴巴喘息，问我发生了什么事。我有些头昏脑涨，前后看看也没弄清发生了什么事。前排的一位大伯，扭过头来叽里咕噜一阵藏语，我和母亲面面相觑，只望着那张绛色脸庞和露出的半个膀子怔神。司机欠起身子对旅客说：没事儿，天堑崖到了，都下去方便方便，安全起见，我独自放空车过去，你们走到那头上车。

撑开地图，查找现在所处的位置，找到天堑崖，发现它的前后都是实线描出的公路标记，唯独近处的一段是虚线。我突然明白，这里原本无路呵，母亲真不该上这儿来。正要抱怨，哪知她的一绺白发飘到我的唇边，强行摁下我想说的话。唉，看在这绺白发的份上，不抱怨。

我为从未谋面的二姨捏一把汗。五十多年后的今天，路况尚且是这德性，那么五十多年前她是怎么进来的？鹰不落草原金沙浪村比这里还要远二百多公里，难道她是插翅飞进来的？这一刻，我对二姨存在的真实性越发怀疑。有无其人？母亲拽我一道进藏，莫非患了老年痴呆症？

后排一位戴眼镜的女士问我们，是不是来鹰不落草原寻找英雄格萨尔足迹的。我望望母亲，摇了摇头。格萨尔的故事我知道一些，也是个神话了的人物。看来这地方滋养神话，滋生浪漫，浪漫的二姨认准了往这儿跑，不难理解。

天不亮从康定出发，行驶好几个小时，膀胱受压的男男女女纷纷下车，各占半壁江山行方便，分界线是这辆大客车。

男的背对客车就成。女的自觉下到半山腰。我双腿打战，呼吸急促像一个贪婪者。缺氧让人感到恐惧，吸入这口气尚不知下口气在哪儿。不远处蹲着一个六七岁的小女孩儿，小屁股上的紫色胎记依稀可见，可是想拢过去挨着她蹲下却比登天还难。

母亲在身后喊我，拖出半截长音突然停住，我知道，也有什么东西在她嘴边夺气。望着她踩棉花似的行走，我只能费劲地转去扶她。当两双手握住，都只能半张着嘴喘气，望着对方干瞪眼。

母亲能读出我眼中的抱怨么？七十多的人了，为一个梦境进藏找二姐，这不叫浪漫叫离谱儿。腆着大肚子的弟媳劝母亲别离开，预产期已经到了，随时可能生产，婆婆不在家她心里没着没落的。母亲说反正一有动静就上医院，她又不会接生的。母亲丢了魂似的一意孤行。要说母亲也真是没脑筋，就算找到二姨又能怎样？丢下满堂儿孙跟我们回故乡？根本不可能。没办法，谁让我是艺术家的后代呢。母亲和她的姊妹做事总是想一出是一出的，连我这个干包装畅销书的、以猎奇为业余爱好的都受不了，更别说其他人。

没想到有这么一天，我会猎奇到自己人头上，猎获一个奇特的故事。

望着大客车打转，觉得心里空寡无依，我劝母亲别再往前，也跟着大客车回家算了，好歹也算进藏了，谁都对得起了，相信二姨在高原那端滋滋润润地颐养天年就行了。

母亲的沉默太有力量，我不敢多说，只能硬着头皮往前。

二

挨着草原边缘止步的是为了心目中的美景。切入草原内瓤止步的是为了英雄格萨尔。穿越草原还不止步的是为了信仰。毫无疑问，二姨成了母亲的信仰。而我无法把二姨当信仰，因为在我心目中她是虚实参半的。

包车前行，赶往信封上写着的“金沙浪村”。越野车嗡嗡叫着，吃力地往山顶攀升。半晌时分，浓雾散尽，能看清碎石堆上的标牌字样：“进入绝壁崖危险通道，请慢行！”我用眼睛余光打量母亲，她佯装啥也没看见。藏族司机为了祭神求平安，吆吆喝喝喊了一阵，朝窗外撒出大把黄色纸片。这些濡染过佛经的纸片似乎再不是普通纸片，已不太像银行出纳人员的练钞券，更像一只只黄莺，充满灵性地翩飞。

母亲刚打了一个盹，告诉我又梦见二姨站在西藏的一座神山招呼她。我说梦境与现实隔着两重天，犯不着细想的。母亲说几十年都没像这样集中地梦见她了，同样的梦反复出现，一定没那么简单。我问二姨长什么样儿。她说还是当年离家时的样子，扎一双乌黑油亮的麻花辫，闪着晶晶亮的大眼睛，睫毛长得往上卷，鹅蛋形脸颊嵌着一个单酒窝，十七岁比一般女孩儿都高挑，挺拔得像根秀竹竿。

母亲的记忆停留在二姨如夹竹桃般盛妍的时段。

其实我也心照不宣，隐约明白重复的梦境不会是空穴来风，至亲者之间总是靠生物波融通，一定是有事情发生。不然的话，母亲不会急不可待地寻找二姨。

没路可走时，只能雇马帮。大白马上的母亲不顾颠簸，一路唠叨和二姨“争坎肩”的事儿。外婆把一件线织的、番薯色旧坎肩搁在床沿，态度暧昧地说：随便你俩谁穿。二姨个头大，手臂长，没费劲就越过母亲头顶用食指把旧坎肩挑到了手里，之后哩，洗澡、洗脸、搽雪花膏，郑重其事地把坎肩穿上，就连睡觉也不肯取下来。母亲只能眼馋地望着，望得叫个巴心巴肝，似乎那不是一件坎肩，而是一块烙饼，多看几眼就能饱肚似的。母亲说那时的二姨总是穿上坎肩显摆，上学穿，出去写生也穿。其间只借给母亲穿过两次，每次都讲好有借有还再借不难。打小蓄就的“坎肩情结”使得母亲有了买坎肩、收藏坎肩的习惯，后来知道，这是蓄积着对同胞姐姐的思念之情。由此我理解了一位亲戚的“购毛巾癖”。那位亲戚家里根本不缺毛巾，可他总是疯狂购买各式各样毛巾，猜想是贫困年代一家三代共用一条毛巾落下的毛病。那时候用唯一的毛巾洗头洗脸洗上身洗下身洗脖子洗脚丫子，自家人洗也得了，来的客人也洗，多少洗得不干不净不情不愿有失体面和尊严。那位亲戚从小发誓：有朝一日条件允许，我要买上数不清的毛巾，最好一人N条，以雪耻一条毛巾擦洗一家三代人。

正值盛夏，来自雪域的风削减了高原正午的酷热。天蓝得不像真的，像画家的手迹；云像用釉镶了边。冰山气息甘爽清冽，丝丝袅袅直往鼻孔钻。山脚的河水丰沛，缠缠绕绕转到山的那边去。草坡淡出五彩的经幡和薄雾般的炊烟，格桑花随风摇曳。

心情舒爽起来，感叹这地方不一般。我也想通了，就算找不到二姨也没白来，能看看世界屋脊怎样衬得现代都市俗气不堪，本身就是收获吧。

三

驻足东山顶，马帮勒住缰绳，指着下面的山坳说：喏，金沙浪村。母亲被人扶下马，摇晃几下才站稳。我问母亲，二姨就住这儿吗？母亲说，这个信封也保存二十多年了，但愿她一直住在这里。母亲的回答跟没说一样，我捧起双手冲山坳喊：二姨——你住在这儿吗？话音未落，群山获得同一命令似的，纷纷回荡起二姨——你住在这儿吗？

四周陷入沉寂，除了牦牛和羊偶尔叫上一声，天地间只剩下我们的脚步声。凹陷在山坳的几十户人家，棋子般排列，金沙江像一条橙色缎带将它们绕裹起来。经幡、白塔、海子、寺庙被太阳染得红彤彤金灿灿。

北边有座山很特别，整个山脊被若干庙宇点缀，像一面金光闪闪的巨壁。鹰在巨壁上盘旋，过了一会儿，越飞越低，低得连低吟都能听见。猜想它也是灵性十足的鸟类，知道我们是二姨的亲人，边带路边热情讲述二姨的事情。遗憾的是，它使用的是鹰语系统，我们听不明白。

我对母亲说：跑完所有的公路，用尽所有交通工具，骑马翻了几架山，骨架都快颠散才来这儿，说明二姨真行哪，比现代“北飘”都行，竟然在五十多年前就“西飘”到世界屋脊上来了。

母亲无言。

拦住一位老汉，打听嘉媛依住哪儿。听到二姨的名字，老汉很高兴，说我们找的人名叫媛依卓玛。我和母亲面面相觑，不明白“媛依”怎么会和“卓玛”搭界。惊异老人讲得一口汉语。老汉捋捋胡子说：都是媛依卓玛教的，她是老师，好几个村子的人都学会汉语了。我问：二姨——唔——媛依卓玛她还好吧？老汉笑出两颗银牙说：

好，好，挺好的，前天圆寂升天了。

尽管老汉把一个人的去世说得轻描淡写，我还是心头一震，担心母亲受不了突如其来的噩耗。哪知母亲比我端得住，咬着嘴唇点点头，说早就预感会是这个结果。老汉问我们是先上她男人白马家，还是先去墓地。我替母亲回答：先去二姨墓祭拜。

跟在老汉身后上西山。

老人指着一方湖水说：我们得绕到海子那边。原来，高原湖泊海子只有篮球场大，周边静得出奇，我们的脚步声被夸大若干分贝，弄得像阵阵雷声。海子有着深蓝色的接近黑色的湖水，湖心似有一双思乡的大眼睛，微风一吹，沁出美丽忧郁的清泪。经幡翩然，鲜艳挡不住分分秒秒的腐朽，酷似护送生命西去的风帆。白塔岿然，守护神般地庇护一方生灵。

老汉指着一个不太显眼的小土包说：这就是媛依卓玛的坟。

我给二姨三鞠躬。

母亲坐在一块石头上对新坟喃喃：二姐，你个老是占赢的二姐，小时候仗着个头高手臂长，把母亲的旧坎肩独自霸了去，今儿我是来找你讨那劳什子的哩。你还想霸着不给是不是？二姐你躲哪里去了呢？我和你侄女大老远来了，不给个人影看，不给个声音听，你到底咋了嘛！

母亲有腔有调的哭诉，倒像个职业哭歌者。

我四下跑着拍照，拍不到二姨，拍上她睡土的环境也算是种安慰。无论怎么看，二姨都是沉睡在诗情画意中的。一座新坟像个句号，给二姨一生一个很相配的收尾。世上到底有多少人能有二姨的福分呢？母亲却不知足，说除了一个小土包，连丁点儿实物也寻不着，比如说在墓前竖起一块碑，碑上最好嵌上二姨的照片什么的。我说当地风俗不兴这样。母亲感叹：你二姨长眠在这儿永远不回故里了！

这确是人生的遗憾之处。

这里因背阴让人感到脊背发凉。白塔孤零零地戳在半山腰，风冷飕飕，云孤零零，一只鹰立在不远处的树桠上，不时鸣叫一声，似想叙说一个生命的始末，因自信心不足，显出欲说还休的样子。看来这里的山水草木是完全接纳二姨的。看看新坟，瞅瞅老鹰，顿悟世事幽密，难解玄机。

老汉佝偻着身体，讲述二姨的生前事。媛依卓玛虽然是被白马带进村的汉家姑娘，按风俗来讲，这里的水土不养外乡人，一个不明来历的汉家姑娘多少有些受排斥，好在进村那天出现的吉兆帮了她。我问什么吉兆。老汉说：双彩虹啊。这可不是一般的气象。媛依卓玛被全村人视作吉祥之人。谁都记得几十年前，这里准备建白塔，从山那边请来一位喇嘛看风水，喇嘛进村的那天双彩虹出现过，以后的几十年，双彩虹都像躲起来了似的。那天的双彩虹像从神山抛出的一架彩桥，一直搭挂到绝壁崖，人人称奇。果然是吉兆衬吉人，这位汉家姑娘进村的当天就开始教孩子们识字作画，后来愿意识汉字的大人也跟她学习。没多久，村民抢着给她取藏名儿。有人叫她雪莲，也有人叫她卓玛。她说这些名字都挺好，不管叫什么，还是把汉名儿也加上。

母亲听着听着流泪了，念叨她的二姐可怜，一面没见就走了，这辈子都见不着了。我劝母亲不要太伤心，掐指算来，二姨也是高寿之人，算得一桩白喜。母亲顿了顿说：孩子，话是这么说，二姨还是走得太快了，快得不近人情。我并不奢望带你二姨回故乡，但起码让我们见上面，哪怕看一眼也行。老汉说二姨是好人，好人圆寂也很圆满。她是在睡眠中停止呼吸升天的。母亲接过话茬儿说：她离家时的样子，我一辈子也忘不了。她怎么不肯等我们！我告诉母亲：二姨不想等我们是有原因的。外婆外公几十年前就说不认二姨，二姨哪敢奢望有人看她接她呢！母亲说外公外婆早已辞世，那些话早不作数了。唉，遗憾哪，话是不作数了，可二姨也永远去了。

这种遗憾是亲人心底永远的痛。

拐上朝阳的山坡才觉得阳气回升，似有若无的阴郁之气消解在群山之中，身心和暖起来。

老汉念了一句唵嘛呢叭咪吽，捋捋胡子说：媛依卓玛的灵魂早已从这儿出发，超度到极乐世界，都该替她高兴才是。母亲点头、苦笑。我知道，母亲多少有些不甘，不满足看到一个虚无的土包，但不甘又能怎样，还能牵着二姨的灵魂回家不成？

四

面对有着二姨遗风的亲眷，我和母亲都百感交集。天然的稔熟感让我知道，血缘是个厉害的东西。

一条血脉是由二姨连接的，完成连接后，淡出。

盘腿坐在屋中间的老人白马桑秋是二姨的男人。我该叫他二姨父。不知为什么，望着这位有着绛色面庞的老人，一个男子拽起二姨飞驰而去的画面会从脑海掠过。二姨手里的画框慢镜头般地飘落在茫茫草原。我对这个男人有多少感激就有多少憎恨，为他给予二姨爱而感激，为他用血缘的锁链拴住二姨而憎恨。

二姨父的脸满是木刻痕迹，一只眼睛无神却有慈爱，另一只眼睛少些慈爱却很有穿透力。我拿苛刻的眼光打量他。我想：到底有什么过人本领拴住二姨的心？为什么二姨去了你却活得好好的？打量片刻，并没看出这位年老的康巴汉子有什么特别之处，当然，他那双野性而慈善的眼睛还是颇具魅力的。也许二姨爱的是这双眼睛？还好，这双眼睛的主人善解人意，主动讲起二姨的事情。

前尘往事在黑色瞳仁里全屏上映。

那一年，四个同学来高原画画。二姨觉得山这边的角度更好些，就和同学们隔山相望着画。学生们画累了开始比赛唱歌，一曲接一曲。不知过了多久，对面山上的同学不唱了，山谷间只剩二姨一个人的声音。二姨边唱边琢磨：干吗不唱了呢？二姨发现对面山上的同学瞪大眼睛，朝自己指指戳戳。二姨不懂啥意思，没理会，把《渔光曲》唱完，又唱起《半个月亮爬上来》。凤丫忍不住了，捧着双手跳着脚，用走调了的声音说：熊……熊瞎子啊！连说带比划。二姨这才收声问熊瞎子在哪儿呢，她怎么没看见呢。男同学让她往后看。一看不打紧，二姨魂都吓没了。一只大黑熊正蹲在一边赏画哩。边看画边听唱歌的黑熊好不惬意。二姨本能的反应是逃命，叫了一声妈呀开始跑。她这一叫不打紧，把安心赏画的黑熊吓着了，它挺喜欢二姨的画，上面有树，有鸟，有牦牛、有羊群蓝天。它被二姨吓得怔了片刻，清醒后越琢磨越不是滋味，跑？干吗要跑呢？我根本没有伤害你的意思，丢下我跑不是瞧不起我是啥呢？这可不行，我得追上你给个说法。另外我还得告诉你，你的画还在这儿，一头牦牛还差一只犄角哩，你得给我画完了才行。二姨跑，黑熊追，人和动物在森林里练起了马拉松赛。二姨渐渐慢下来，黑熊不会慢，它有的是熊力气，像这种速度跑到天黑也不在话下。眼看黑熊就快够着二姨，二姨的正前方闪出一个汉子，冲她直嚷嚷，二姨一句也听不懂。汉子照样喊，边喊边挥舞胳膊。这下二姨看懂了，这是让她拐弯。汉子在前面带着她转弯，这一转不打紧，只听得一声闷响，黑熊叫了一声，相当于一句扯淡，头一晕，栽倒在地。

二姨的同学回家报告外公外婆，二姨和他们走散了，但肯定不会有生命危险，她是和一个活生生的当地男子消失在森林里的，那人有枪，完全能保护她的。外公外婆当场发话，永远不认二丫头，让她在高原混一辈子去，祖上的脸面都让她丢尽了。

黑熊追人这桩事，受益的是后来当了我二姨父的土著男子，凭空得到二姨，还取到熊掌熊胆，欢喜得直蹦跶：谁说福不双降哩。

要是我没猜错的话，二姨当时根本没想终身待在这里，只是遭遇了突如其来的爱情，被一个男子、若干儿女和一方水土拴住了心，于是不再刻骨地恋家，加上没勇气回去。不难想象，半个多世纪想家而不回家需要多大的反叛力和抑制力。

高原的星星全像摘下来洗过之后嵌上去的，深蓝色的天幕使它们变成一枚枚水晶。

望着天上的星宿，听二姨的儿子讲自己的母亲。

豆蔻年华的二姨和同学们走散之后，独自流浪到鹰不落草原，突然被幻想中的美景吸引，沉醉在大自然的天堂。二姨如痴如醉地画着，天空突然飘起晶莹的雪片，搓棉扯絮一般。二姨又惊又喜，搁下笔随雪起舞。渐渐地，轻柔的雪片变成鹅蛋大的冰雹，把起舞女孩儿的脑袋砸得生疼。二姨懵了，怎么这样啊，老天不跟人商量就变脸了。这时，马蹄声由远及近，一位土著男子，佐罗似的，二话没说，拽她上马，把一件羊皮袄盖在二姨头上，朝近处的村子疾驰。

表兄的眼睛融合着二姨的仁义和康巴人的野性，我不怀疑故事的真实性。

表兄说，在他成年之后，村里的老人这么谈论他的母亲。

二姨当年和同学走散后，流浪到鹰不落草原。有一天，她被一只高原狼逼住。狼，迈着从容的猫步，欣赏着美丽女孩儿的恐慌，渐行渐近。二姨嗅见狼口中血腥的时候，颓然跌地，画框砸在嫩绿的草上，草们全都把眼睛闭紧。等待毙命的瞬间，二姨听见虚幻的一声响，是噗的一声，还是叭的一声，已经无法说清，反正高原狼应声倒地，二姨颓然跌地，英雄抱起她回到村子。他们的第一次就使二姨有了身孕，随着胎动一天天加强，二姨不再入骨的想念她的父母和姊妹，全情哺育儿女。

父与子的讲述融入传说的成分，到底哪个真，哪个假，弄得我一头雾水，好在都浪漫，都有其合理性，我愿意如数保留。

这片土壤滋生浪漫，我们是浪漫二姨的嫡亲。

五

接二连三的故事，复活了二姨一生。我清楚看到二姨在世间碾过一遭的真实性。她的人生轨迹闪着七彩的光晕。我禁不住哭泣起来。母亲瞪我一眼，责备我干扰了她和晚辈们说事儿。

母亲拉着二姨的小孙女，一个编了许多小辫子的漂亮女孩儿，问她的奶奶住哪个床，哪是她穿过的鞋，用过的碗和杯子。还有她的画和书本都搁在哪里。

“小辫子”闪着晶亮的大眼睛，忽闪着长得卷起来的睫毛，逐一相告。

母亲亲手触摸二姨残留的温润。二姨的儿媳取出一件绣花藏袍说：三姨，这是婆婆生前最喜欢的衣服！母亲泪光盈盈，双手颤抖着捧起藏袍，像抱着一个活生生的人。母亲的样子让我想起舞剧《红色娘子军》，吴清华捧着红旗贴着脸颊流泪的样子。也许二姨生前是施了心计的，她把一个密码输入在这件藏袍上，要让解码之人带着她的余温替她去和亲人相会。母亲的样子说明二姨的心计得逞了。

母亲平静地穿上二姨的藏袍，二姨的晚辈们左右端详，这个说把那串天珠项链给三姨奶奶戴上；那个说把牦牛耳环给三姨奶奶戴上。小辈们帮母亲抚抚这儿弄弄那儿，一个汉族老太太渐变成藏族老妇人。

“小辫子”挤到跟前说：三姨奶奶，奶奶还喜欢披这个哩！

所有目光都聚焦到“小辫子”高高举起的手上，是一件破得渔网似的番薯色坎肩。母亲哦了一声，迎上前，把坎肩揽到胸前，眼泪终于像断了线的珠子。

母亲披上当年没争赢的物件，惹得满屋子惊叹：

太像母亲了！

好像奶奶哟！

奶奶说过，她回家的时候就穿成这样。

我确信，二姨要是没走的话，一定是这副打扮迎接我们。

离别的这天，二姨全家送我们。

“小辫子”拽着我的手，缠着我讲奶奶的故事。我的故事都是从母亲那儿“泊”来的。

我母亲和你奶奶不愧是搞艺术的，天生带些痴狂，和中规中矩的女孩子比，更像两个小疯子。我母亲十一岁那年，跑到剧院看了一场戏，看完赖在后台不回家。剧团的头头见她长相身段都不错，练练肯定是个角儿，就准备留下她，但要家人来做担保。我母亲谎说自己是孤儿，并把名字改成江南秀。你奶奶知道我母亲的去向，找到戏班子，拽她回家。我母亲不肯，你奶奶拼命拽，两个人吵了起来。我母亲说：我已经不是你妹妹了。你奶奶说：怎么不是？我母亲说：我不叫以前的名字了，我现在叫江南秀，跟你们没任何关系了！你奶奶一听，不光改了名，连姓都改了，气疼了肚子，抹着眼泪就回家了。你奶奶回去对我外婆外公这么说：再也不认那个野丫头了！

“小辫子”笑眯眯地说：

哦，原来三姨奶奶这么疯啊！

你奶奶比三姨奶奶更疯，十七岁跑到西藏，碰到你爷爷就再不回家啦，比你三姨奶奶疯一万倍哩。

母亲嗔怪我们，说她的二姐一点都不疯，几十年中间和家里联系过两次，一次捎信说她在高原过得挺好的。一次是“文革”时期，她给我母亲寄了三十块钱，二姨不知听谁说，母亲所在的剧团解散了，唱戏的日子很不好过。

群山荡起一连串笑声。

登上东山顶，回望陷在盆底的金沙浪村，母亲小声念叨：你二姨永远留在了这里。

“小辫子”眯缝着眼睛看天，大声说：彩虹出来了！

七彩的光晕甩出一个抛物线从东山顶横亘西山顶，炫亮所有人的眼睛。彩虹不稀奇，但眼前的彩虹和曾经看到过的彩虹明显不同，似乎比以往的彩虹更宽更厚，宽厚得发胖了似的，当然也更绚丽，更通透，更富于变幻。原来，这就是当地人视作吉兆的双彩虹。由赤橙黄绿青蓝紫构织的彩链把整个山村罩紧。

彩链飞挂，把一方人与雪山、海子、草原、骏马捆绑在一起，繁衍生息，生生不息。双彩虹能把凡间和仙境隔开，也能将其合二为一。如果彩虹那边是神，这边就是人，人和神是可以在上面汇合的，他们之间还能对话，不用嘴，不用语言，凭感应就行。

不再抱憾没看到二姨其人，这里到处嵌映着她的风采、气韵。摇曳的雪莲、吉祥的云朵、和煦的微风，何尝不是二姨的示意？

仍能嗅到雪山的气息，透过七彩光晕，能看到二姨的冰骨玉肌。

我制止大伙儿说话，告诉他们双彩虹的光圈有变化，像有画面似的。母亲让我别一惊一乍的。我说像在播放你们小时候的事。母亲睁大眼睛，使劲瞅，瞅了一会儿说什么也没瞅见。我说不要紧，我讲给你听：现在有两个女孩儿在争一件旧坎肩。母亲问：是不是你二姨争赢了？不是的。二姨丢下坎肩转身，留下一个美丽背影，隐去。

母亲说我是痴人说梦，说得她头皮发麻脊背发冷。我想辩解，手机响。还好，上到山顶就有信号了。

是弟弟打来的。他说：

姐，找到二姨了吗？什么时候回家？

找到啦。今天动身回家。

那敢情好，家里有喜事啦。

丹桂生了是吗？快告诉我生了个什么？

千金！

漂亮吗？

月牙般的弯眉，挺秀的鼻子，鹅蛋形的脸儿，黑葡萄似的眼睛，睫毛长得往上卷，还有——一个单酒窝！

听见新生命升起在彩虹这端，所有人都笑出了泪花。七彩光晕在消散，那些似有若无的人物不见了，仔细一看，我和母亲不知不觉走到了双彩虹的这一端。

（发表于2009年《太湖》第5期）

旅　途

我像初出娘胎的婴儿那样，长吸一口气，这是钻进卧铺车厢做的第一件事，也是至关重要的一件事。很快，我便对已经吸入心脾的一口气感到后悔，这口气更像一种混合气体，搅和着油漆味儿香水味儿机油味儿铁锈味儿奶腥味儿汗味儿方便面味儿袜子味儿等等。这种与人有关的各种气体搅得我胃肠翻滚。

姐姐几小时前打来电话，说我们83岁的母亲去世。

我是奔“白喜事”往老家赶，可就是想不明白，明明就是一桩丧事，怎么会和“喜”搭挂在一起。

世上最疼爱我的那个人一声招呼也没打，撒手而去，火车开了这么久我都没法接受这个事实。只觉得有一双无形的手，在无情地剥离两个长在一起的生命，令生命一头空寡无依、一颗心不断往下沉。

时置仲春，万物都是新的，母亲却丢下家人走在这明媚的时节里。母亲怎么忘了我和她的约定。大年初一早晨，我给她磕头拜年，祝她长寿，永远不老，她呼哧呼哧喘了一阵，说寿已经够长的了，不老是不可能的，肺心病揣上了，老觉得有东西在嘴边夺气，每活一天都有些受罪的意思。我说那也得打起精神好好活，难受就多输几次氧气。我告诉她，来年春节，我会尽早赶回去陪她。母亲拂去一绺耷在颧骨上的白发，咧开嘴巴笑出一颗独齿，木然点头，算是应允。

谁能相信宽厚的母亲也会糊弄儿子。

车厢内太喧嚣。默默希望同船过渡的旅途中人尽快安静下来，不要干扰我和母亲在心屏上的聚会。

不明身份的各路旅客走马灯似的，熙来攘往，不是捣鼓行李，就是打水、泡面、上厕所，我被搅得眼晕。

傍晚时分，车厢内开始有消停的意思，一个个吃喝完毕，洗涮就绪，顿悟了似的安静下来，无形中把铁轮与钢轨碾压出的震荡声抬高了若干分贝。

母亲的影像呈碎片式淡出，所有画面像被挤扁了似的。

岁月是长了触手的，够得着的地方全都抓拽着我的母亲。记忆呈倒推式向我展示老年母亲、中年母亲和青年母亲。我浮游其间，能看到中年、青年、少年和幼年时期的自己。再往前追溯就困难了，襁褓时期的我，以及母亲那时候的样子，我无法补齐。

我为这个断层无法粘贴感到由衷的遗憾。

列车员拉下窗帘后，我更加专心地对各个时期的母亲做着艺术处理，从音容笑貌到举手投足，制作得形神兼备的时候，头顶上传来“哇”的一声，介于真实与虚幻之间的这声“哇”，使我惊异地摸嘴，确认不是从我的嘴里发出才放心。

婴儿又“哇”了一声，沙沙哑哑的，和上一声合并在一起，就成了一场诉说的开场白。

上铺或中铺有一个婴儿。欠起身来打探，我想知道那是怎样一个孩子。很快弄清，哭声是从对面中铺传出的，看不到小孩，只能看到侧卧着的女子，露出半截白腰，结实又不失肉感，轻轻拍打着孩子。

哭声逐渐提高，像不断升级的抗议，也像在质问这是什么地方，怎么没有在家里睡得安稳。

女子躺不住了，坐起来，朝坐在窗口打盹的男子喊了一声，她要下来哄孩子。男子吸溜一下淌到嘴角的涎水，睁着一双发红的眼睛，起身，走到铺位前，背对我，举起双手接孩子。女子小心翼翼端了盆油似的缓缓地把孩子递给男子，直到男子捧住孩子，那双手还空悬了一会儿。

女子扯了扯衣襟，下来，站稳，伸出双臂，向男子要孩子。女子手心向上，在男子怀里撸，婴儿像是从男子怀里抠出来的。

男子看上去蓬头垢面，急不可耐地爬上中铺，很快传出鼾声。敢情这对夫妻只有一张卧铺票，轮流去睡那个中铺。这也不稀奇，外出打工的，不是抱着婴儿，恐怕一张卧铺票也舍不得买的。

我坐到男子腾出来的位子。

女子的脸贴着孩子的脸，像一个长久的吻，在车厢里趺趺撞撞边走边哼唧，仄身时和一个发福了的中年女人磕碰一下。

中年女人“哎呀”一声，问有没有碰着孩子。女子说没事，小家伙皮实得很。女子并没把嘴从婴儿脸上挪开，只稍稍松动一下嘴角，听上去吐字就不那么清晰。中年女人告诉女子，车厢里太闷，孩子才哭个不停，不如抱到顶头呼吸呼吸新鲜空气，过一会儿，最好再喂点白开水。女子这才把嘴完全从孩子脸上移开，满眼笑意，感激地望着中年女人。

看着淡定中透着傲气的中年女人，我猜想着她的身份，文化人是肯定的，在某个领域比较成功。她和女子简单的对话，优越感不经意地从牙齿缝流淌出来。

女子好一会儿都没回车厢。说不清是真的要抽烟，还是好奇心驱使，我也来到车厢顶头。

我看到那个女子，抱着孩子背靠墙壁坐在地上。

窗外投进车厢的光线不均匀，女子稚气的脸上忽而白白亮亮，忽而斑驳乱扫，只有一双明眸始终像打了眼神光，晶亮得山葡萄似的。女子怀里抱着的是四个月左右的男婴儿，衔着奶头专注地吮吸，踢蹬的两腿，配合着使劲儿。婴儿胯下那未能完全收缩的睾丸，被列车颠得颤颤的。如果不是亲眼瞅见婴儿能从那双饱胀到极致的乳房里吮出奶水，仅凭女子胸前奶汁的印迹，我仍会怀疑女子是有拐骗孩子嫌疑的。女子实在是太年轻，又是那样的漂亮健壮，我不敢完全相信婴儿是她亲生亲养的。

握一支烟在鼻子上嗅，并不急于点燃，望着远远近近的绿色，想些远远近近的事，旁边那对母子让我想得不够专一，心里说着别去管人家，可眼梢不争气，一刻不停地摄猎那对母子的秘密。

婴儿吃饱了，吐出奶头，盯着妈妈的脸，咧开光光的粉红色牙帮，傻呵呵地乐，一双拳头攥得紧紧的。女子主动迎上小拳头，假装被打疼，啊呀呀地直咂嘴。

准备点烟的时候，孩子尿了，女子坐不住了，清凌凌的一股尿液顺着指缝往外涌。女子骂："好你个坏小子，端着不尿，抱着尿，这下好了，妈妈再也没有一条干裤子了。"女子收起两腿，脚下使劲，脊背抵着车厢，好一会儿脚和脊背才配合默契，慢慢地、一寸一寸往上挪。总算挪升起来。可能压麻了腿，女子一个趔趄，差点磕到对面墙壁。我正要上前搀扶，女子瞬间腾出一只手抓稳，感激地冲我笑笑，相当于一句没关系。再看那孩子，怔了一下，又咧开光光牙板傻呵呵地乐。

悻悻地踱到另一节车厢顶头，开始抽烟，我不忍心让烟雾污染那对崭新的母子。

接近夜间，再次听到哭声。女子喊一声坐在窗口打盹的男子，男子眼球更红，布满血丝，木然地拢过身来，机械地伸出双手迎接孩子。女子叮嘱男子，小心，儿子已经很好动了，泥鳅似的。男子说没事，抱得稳的。女子下来，从男子怀里抠出孩子，对我，以及其他观赏者歉意地说："孩子不乖，吵了你们！"

中年女人像是从地缝钻出来的，也可能老早就站在隔壁铺位，窥视着这对母子，夸张地说："没事儿，谁没养过孩子，谁不是打这儿过来的！"

哺乳期的女人最性感，性感得让人咂舌。这是眼前女子告诉我的一个真理。女子整个是丰乳肥臀的，我心目中的美女就是这样的，从来不是瘦骨嶙峋的模特们。隐隐感到女子很像一个人，到底像谁，一时半会儿却说不清。

中年女人啧啧称赞："这丫头可是个好脾气，自个儿都还没脱娃娃气，竟能耐着性子将就坏脾气的宝贝。"

女子受到夸奖，面色绯红，羞涩地说："孩子小么，不将就怎么行。"

我猜测，这一夜，女子注定不能回卧铺，只能抱着孩子在车厢里来回走。那个孩子可真难侍候，只要一停步子就扯开嗓门儿哭。

大概到了后半夜，中铺上的男子可能睡好了，也可能实在不好意思继续睡下去，下来之后，对女子说他来抱孩子，换她上去睡会儿。女子说这孩子真磨人，一刻也不能停止走动，弄得她腰酸背痛的。

女子交出孩子，满是瘫软的样子，吃力地爬上中铺，回头叮嘱男子："别偷懒，要不停地走啊，过一会儿别忘了到车厢顶头透透气，千万别让他在车厢里哭，吵人家瞌睡。"

"这我都知道，男孩子哭多了不好，容易得疝气。"

女子还在说，男子没再答理女子，学着女子的样子，轻轻拍着孩子后背，嘴里嗯嗯叽叽，一刻不停地来回踱步子。

也许是抱的方式变了，也许是气息变了，婴儿很快感觉到抱他的不是妈妈，而是妈妈以外的什么人，睁开眼睛，诧异地看着眼前的人，当确认不是妈妈，不满地皱眉头蹬腿儿，极不配合地"哇"了一声，接着又"哇"了第二声，新一轮紧锣密鼓的哭戏开唱了。男子无奈地朝车厢顶头走去。

哭声渐行渐远，慢慢在模糊中消失。

即使不是这个婴儿，这样的夜晚，也无法安睡，我彻夜想着我的母亲，正是这个婴儿搅得我无法把母亲想得纯粹、完整。记忆，仍然在我模糊不清的襁褓时代卡壳，我感到十分烦闷。

男子缺乏应有的配置，不具备女子一样的哄孩子的能力，加上缺乏耐心，在车厢顶头待了不到半小时，孩子继续啼哭，哭得气都快要闭过去似的。男子很快恼怒了，生气地抱着婴儿回车厢，干脆随他哭去，哭够了为止。男子也许是心理不平衡，凭什么所有人都在睡，而他一个人哄孩子？男子一定特别盼望中铺上的女子下来接替，哄孩子实在是太累人，比干一天重活还累人，并不像俗话说的“孩子是把伞，既遮日头又躲懒”。

女子从中铺探出脑袋，用极度疲劳的略带嘶哑的瞌睡腔说：“你来回不停地走嘛，这是在火车上，又不是家里，看吵着别人！”

男子没好气地嘟囔：“顾不了那么多了，好好睡你的，等会儿换我，累死人！”

女子起身，下来的时候搅动了一股甜丝丝腥乎乎的气味。真担心明天下车，我会染成他们一样的气味。

这种气息更加惹我想念母亲。

女子接过孩子，拿嘴触了触小脸蛋，柔声说：“啊呀宝贝，歇会儿吧，我们这就‘饭饭’去！”

孩子‘饭饭’了多长时间我不知道，我想，后半夜我该是睡着了的。

醒来已是早晨，八点二十分。

中午十二点我该下车了，可眼下还有好几个小时要和这个从没出过门的、从没坐过火车的“夜哭郎”结伴而行。女子说孩子在家已经昼夜颠倒，白天比夜晚安静。话是这么说，可每隔一会儿，婴儿照例会哭上一阵，哭得累了，歇息一会儿再接着来。我哑然失笑，自问到底是他有伤心事还是我有伤心事。

小家伙像是跟我一个人作对似的，不准我沉湎往事，调皮捣蛋地挤兑我的母亲。

与母亲的过往片断大都介于真实与模糊之间，终是东鱼鳞西爪无法连成块的。怪谁呢，怪这个不懂事的孩子，也怪那个矫情的中年女人。

中年女人也许一上车就盯上了人家婴儿。到现在才正式套起了近乎。

泡茶回来，我看见中年女人已经和女子答上腔了。强烈的太阳光，斜斜地打在中年女人脸上，皮肤看上去透亮、锋薄，通身洋溢着祥和的热情。眼前的中年女人失去了年龄感，跨度可以放宽在三十五与五十五之间。

身段发福、脸上多肉的中年女人，对坐在窗边的、打着盹儿的男子说："哎呀，全世界就你辛苦，半夜忙孩子，白天忙'钓鱼'，当爸爸不容易吧？我是十二号下铺，你抓紧躺会儿去，等会儿我叫你。"

俗话说人穷志短，其实人困也会志短的。男子眯缝着眼睛冲中年女人浅鞠一躬，说谢谢大姐，直奔十二号下铺。

我仍然对中年女人的年龄感兴趣，怀疑她的头发是染过的，肯定不是纯正的满头青丝。这种年龄段的女人接近更年期，有着丰富的阅历，最不缺的就是心计。施舍人家打工仔去她的下铺休息，百分之百不会是免费午餐的。如果我没猜错的话，中年女人百分之百瞄准了人家的孩子。我想，就算你能

“骗走”人家的孩子，弄回家是把你叫妈妈还是叫奶奶呢？我为自己的恶毒猜忌感到快慰。

每隔一会儿，中年女人就要起身看看中铺上的婴儿，眼里满含期待，很好地演绎着“望穿秋水”。真怀疑孩子的眼睛是被中年女人眼神中的毛刺拨弄开的。孩子“哇啊哇”地哭了两声，便响起新一轮鸣笛的前奏曲。

中年女人多肉的脸庞堆着十分母性的笑，拍拍手冲中铺说：“来，婶婶抱！”女子按照中年女人的话说：“去，让婶婶抱！”捧起婴儿，小心翼翼地递给婶婶。

婶婶也像接过一碗油似的捧着婴儿，揽进怀里亲了一口，眯起眼睛，万分沉醉的样子。我瞥了那女人一眼，心里鄙薄：这个老女人，多半不是盏省油的灯，年轻时候一定以自我为中心，不戴见自己的孩子。现在嘛，半老徐娘了，突然意识到尚有没释放完的母爱，窝憋在心里难受，要找个替代品宣泄。揶揄令我感到身心愉悦。

中年女人可真有闲工夫，对下铺老汉媚笑一下，馋脸涎皮地说：

“大爷，借您半个床用用，跟小孩子玩会儿可不可以？”

老汉坐着看窗外风景，半拉床闲着，回头笑了笑说：“没事儿，玩儿吧，垫块尿布，别发大水把老爷爷冲跑就是。”

满座皆笑。

中年女人很能摆弄孩子，一会儿把他平放在被子上，把胳膊腿儿都拉拨得伸伸展展，让他放开手脚抓挠，做自由畅游的样子，一会儿又把他放在自己腿上，握住他的拳头上下左右做操，配合着口令。婴儿也是个怪孩子，妈妈哄着还哭，这么盘他，倒是张开嘴巴咯咯笑个不停。婴儿的笑很能感染人，周围没一个不跟着一块乐的。中年女人边挠婴儿痒痒边念念有词：“可别让咱家姐姐看见呵，姐姐看见要比婶婶更发疯地喜欢你！呵呀，可别让咱家姐姐看见呵……”

都说三个女人一台戏，其实一台戏哪里经得住三个女人，她一个人包演一台戏都没问题。只见她掏出手机，对准婴儿，忽哧忽哧拍了几张照，拿到女子跟前讨好似地让她欣赏作品：“哎哟喂，看看你家小帅哥，多上镜啊，看这眼神，水灵灵的，胳膊腿儿，藕节似的，还有雀雀，小斑鸠似的，脑袋，铜铃似的。”

中年女人的形容词和缺乏逻辑性的夸奖令我想笑，想放声大笑，可我没法笑出来，我想到刚刚离我远去的母亲。我想，女人说话办事就是缺乏逻辑性，上下混淆，顺序不分。本应该从婴儿的脑袋说到胯下，她却硬是要从胯下说到脑袋。围着看热闹的女性旅客都在笑，男性旅客无一例外地面含羞涩，包括我。对面的那位老汉，一张老脸红成了咖啡色绸缎，害臊地眨巴眼睛。

中年女人无意间张扬了女人的权威性，是的，女人没法不得意，天底下所有男人都是女人生的，男人是从她们的身体里长出来的，男人在她们眼里没秘密，更没什么细节能瞒过她们的眼睛。

我有些烦这个老女人，不明缘由地烦，不完全是影响了我对母亲的追忆。

中年女人越来越像个狂热的追星族，嗅了嗅婴儿嘴，连说好闻，正宗的酸奶味儿。接着又把婴儿的屁股蛋脸蛋脖子手指甲脚趾丫挨个儿亲遍，警惕地欣赏指甲缝和双下巴颏儿夹层，十足像个儿科医生。她对女子说孩子的手指甲要剪，但不能用剪刀，得用嘴巴咬，一点一点轻轻地咬。孩子上火了，眼角有眼屎，眼球也泛红，到地方赶紧泡杯浓茶漱口，一口一口地给他舔干净。当妈妈的要亲自给孩子舔，一舔就好，灵着哩，医生都省得看。啧啧，这孩子太胖了，胖出来的双下巴颏儿折叠出几层皱褶，容易长湿疹的，每天要用温水洗，然后扑上婴儿爽身粉。女子一脸的崇拜，看着中年女人，频频点头。

中年女人渐渐变得颐指气使，有些喧宾夺主的意思，好像这个婴儿是她生的，她才是值得骄傲的母亲。

女子开始向中年女人讨教了，孩子从生下来到现在，已经六十多天了，头皮正中仍是一块软软的皮，没长合缝，天天提心吊胆的。中年女人说这儿叫囟门，说明孩子的头顶骨还没长合缝。还小，才两个多月，不着急，有的一岁左右才合缝，有的会更晚一点，平时别碰着这儿就是。女子又撩开孩子的肚脐给中年女人看，说长了四十多天才长严实，孩子闹夜可能跟这有关系。中年女人眼神不太好，凑近看了看说，她女儿才生下来的时候也这样儿，也是折腾四十多天才长好，尺把长的孩子，硬是把一家老少吵得夜夜不得安宁。周围有人问中年女人的女儿今年多大，回答是二十二岁。一片嘘唏。

我想笑，中年女人就是个老矫情。

中年女人口若悬河地瞎呱嗒，我想听，听着听着又觉得腻烦，问自己刚才想到哪儿了，好像也想到肚脐，记得母亲说过，我的肚脐也长了好长时间，把碾碎的土霉素粉敷上去，折腾一个多月才长妥帖。母亲还说过，几姊妹就我难侍候，一个月子，那是一天哭到晚哪。

中年女人严重妨碍了我，一时半会儿没有收敛的意思，围观者越笑，她就越是人来疯。她问女子：“打不打算再生一胎？”“唔，晚几年可能会考虑，眼下还没有条件。孩儿他爸打工养家，挺不容易的。”

中年女人话锋一转：“你们的这个婴儿出多少钱肯卖？”

许多目光齐刷刷朝中年女人投过去，有指责有批判，有幸灾乐祸，有急切等待。这可真是个刻薄的女人，问天问地问七大姑八大姨都可以，怎么想起来问人家卖不卖孩子。我看出她是特不拿民工妻子当人看的，如果对方是一个白领，或者是有所谓的身份地位的，她还敢这么放肆？

女子被问得怔住，诧异地盯着中年女人看，像要看清她脸上黄褐斑构成的是什么图案，又像探究一张脸怎么可以堆出那么多的肉来。

车厢内静得出奇，所有兴趣点都聚焦到两个女人身上。好一会儿，女子才从中年女人的脸上收回目光，低头打量傻笑着的儿子。女子确定中年女人并无恶意，同时也看出并不是她要买的孩子，仅仅是问问而已，于是笑出两个圆润的酒窝，说：“大姐，您可真幽默，怎么可能卖孩子哩。就算我同意卖，孩子的爷爷也是万万不答应卖的。”

中年女人马上抓住漏洞反问：“为什么你只说孩子的爷爷，而不说孩子的爸爸？”

“有一次闲聊，孩儿他爸说，假如有人出钱买咱们的孩子，五万元就卖。他说咱们缺的就是钱，打工非常辛苦，一个月不过挣得千把块钱。虽然我也不知道他说的是真话还是假话，但他毕竟给我们的孩子开过价了，我感到寒心。孩儿他爷爷当时一听，火冒三丈，说孩子是咱家传宗接代的命根子，一千万也不卖，砸锅卖铁也要把他抚养成人。”

中年女人讳莫如深地看了女子一眼，酸不酸甜不甜地说：“要是有人出超过你丈夫开的一倍的价钱，也就是十万块钱，你肯不肯卖？”

女子拽拽中年女人的衣襟，垂下眼睑，怯怯地说：“大姐，这话千万不能让孩儿他爸听见。”

中年女人哈哈大笑：“干吗捡根棒子当个针呢？就算你肯卖，还不一定有人愿意买哩。把一个吃奶的娃娃养大成人，你以为是件容易的事！”

女子放心了，眉头舒展，俯身亲吻孩子，好像吃了定心丸。

吃了定心丸的还有我。

女子继续把中年女人当知己，说她从怀上孩子的那天起，就一直担惊受怕。丈夫老是说，要是生的女儿就送人，要是儿子就留着。为这话，她可没少和丈夫吵架。女子当时的态度很坚决，要是生的是女儿，就主动和他离婚，把女儿养大成人。他另娶，养儿子，她不稀罕。

我突然生出性别优越感。依稀记得那一年父亲和母亲也有过类似争吵。不是为我，是为我后面的一个妹妹。说起来我是很幸运的，前面有一个姐姐，后面有一个妹妹，无论他们把谁送人，我都是安全的。记不清当年我几岁，只记得母亲为她俩据理力争，还绝食了两天。

中年女人在我思路走偏的时候站起来，双手叉腰说：“哟，说了你可别不爱听，看一眼就知道你丈夫没文化，也没啥大能耐，不知道谁给他这么大胆儿，敢邪摸着卖孩子！”

“是呀，他就是没文化才会这样嘛。他说女儿是替别人养活的，儿子才是自己的。”

“什么逻辑！”

中年女人和周围的人异口同声，包括我。

中年女人施舍般地望我一眼，但我显然没兴趣、没心情、也不敢加入女人的话题。有这么个男婴儿铺展眼前，弄得我都像一丝不挂似的，搭上腔，会感到自己成了供她们解剖的活标本。

女子继续述说自己的故事。生了孩子才知道，养孩子到底有多不容易。怀孕的过程还挺顺利，后来按月份入盆，刚到预产期就有了动静，可进了产房，医生说了新鲜话儿，说胎儿的脖子被脐带缠着了，情况十分危急。这可给一家老小当头一棒。医生推开门问谁是孩儿他爸，保大还是保小。孩儿他爸当时都吓傻了，瞪着要吃人的眼睛说都保。医生生气了，让他少说废话，只能保一样，重新选择。孩儿他爸甩甩脑袋，咬咬牙说：“保大！”躺在产床上的我当时眼泪就下来了，大声喊：“保小！医生，请你们保小！这是我的孩子，我的命给他，让他好好替我活着！”

我的脑海在放电影，一部有声电影：一男子脸都急绿了，眼珠子血丝密布，在产房外面歇斯底里嚎叫：“保大！只要保住大，还能生好多小。”

产床上的女子疯了，拼出全身力气喊：“保小，我的孩子我说了算！”

女子话音刚落，奇迹出现：一个婴儿被巨浪推搡出来。

毋庸再争，大小都平安。

所有人都长出一口气。中年女人抱起婴儿，让他趴在自己肩头，小声说：“看看你多能制造悬念！”随后，中年女子以居高临下的口吻批评女子，说她缺乏应有的常识，在不能两全的情况下，本来就是保大不保小。

到这儿，她们的谈话我终于感到耳顺了，可我无法再听下去，火车已到站，险些忘了下车。

取下旅行箱的当口，我听到本次旅途听到的女子说的最后一句话：“大姐，如果那天真有事，他们不保小，我活着也没什么意思了。”

耳朵成了摆设，这句话更像是脊背替我掬起的。

一条咸咸的小河涨水了，越过堤岸，漫溢在阡陌纵横的原野。一条支脉找到一个入口，味道竟是又甜又涩的。

伫立站台，并不急着离开，感觉自己找到了曾经丢失的关于母亲的所有“文件”。只可惜，与她们的邂逅太晚，生命交错的时光太短暂。

列车再次启动，令我百感交集的旅程扯成一条蜿蜒的曲线。抬眼再看那个窗口，嵌映着女人婴儿和旅途中人的窗口，我拿温润的目光朝他们逐一拂拭。

（发表于2007年《太湖》第5期）

寻觅，抑或顿悟

一

走了将近一站路，帅盟仍在生气，生方崇树的气。方编辑说他的《温柔砒霜》像鲁迅小说《药》的仿作，只是仿得不到位，不能发表。帅盟满脑子都是方编辑的样子：白皙木讷，单眼皮，一肚子点子，一脸淡定。帅盟知道，人家攥着刀把子，稿子是用是退，一句话的事。他让重读鲁迅、重做功课，帅盟不能不听，否则，忙了许久短篇小说只能封存在电脑里。过往经验告诉他：这一篇发不出来，必定影响情绪。

走着走着，帅盟眼睛一亮：热宇宙书店。帅盟探头往里瞅，一位瘦老头满脸堆笑地看着他。看到老板闪着银光的两颗银牙，帅盟想起乡下外公也有两颗这样的银牙，穷苦身份与银牙营造的人工贵气有些不匹配。

“有鲁迅小说吗？”帅盟问。

银牙老板快速打量他一下，说：“鲁迅啊，知道的，没有他的书了。好多年前进过，去年才卖光，不敢进了。”

帅盟一听，扭头要走。银牙老板叫住他，说现在最好卖的是阔大的长篇小说，要买阔大的书，给他七折优惠。帅盟笑了笑说：“我和阔大原先都是网络写手，还住过上下铺，彼此路数太熟就不看了吧。现在要看的是鲁迅小说，我在找《药》。”

“哦，想买药啊你。药房这条街有两个，新药特药都有的。我的书店只卖书不卖药。”

帅盟白了银牙一眼，心里骂你个老朽，《药》都不知道也配开书店。

帅盟回到家，立马上网，进入“旧书吧”浏览，看到有许多留言。“一船渔火”说上海多伦路有个名著书店，能买到经典的旧书。“众里寻她”赞扬书店老板恪守品格，几十年只经营一个不足十平方米的书店，属于收藏式经营，好多经典旧书孤本都有。“鹏程万里”说：检验一个人是否真有文学范儿，要看他对多伦路的认识程度。

二

几乎走到四川北路顶端，帅盟才看到多伦路路牌，终于松了一口气。猜想名著书店近在咫尺。走进石雕牌坊，一股与盛夏不相符的清凉滋漫出来，奇怪，竟然不那么燥热了。

这条文化名人街有些闹中取静的意思。

帅盟不断被街边小店吸引。庙宇式天主教堂。拐弯处是旧式钟楼。画坊。古玩店。毛主席像章收藏馆。帅盟忍不住掏出手机，连连拍照。看到讲解员给一群人讲解着什么，也凑过去听，直到看完白公馆和孔公馆，才突然想起自己是奔书店而来，差点跑偏了。一打听才知道“名著书店”走过了，只能往转走。帅盟盯紧每一个店。突然，“名著书店”字样闯入眼帘，帅盟心头一热，感叹踏破旅游鞋有觅处。

上台阶，进书店，一位瘦削的、有些佝偻的中年男子笑容可掬地望着他。帅盟带些紧张地问：“有鲁迅小说吗？”“有。全有。”帅盟依稀听见，心里的石头“哐当”落地。

四壁书架挤得满满当当，是清一色的旧书。久违的书名人名无言地在这里聚首，虽然没有网上喧嚣，但不能不承认，中国文学史从这儿开始并在这儿凝滞汇聚。书架之间游荡的幽秘气息帮帅盟平复着心跳。只见他咽下两口唾沫，嘲笑自己一直以为文学史从自己开始的，现在终于知道，至今他跟中国文学史都没有半点瓜葛。

最里面靠墙的半个书架，是鲁迅的作品，包括研究纪念他的作品。一眼看到《鲁迅小说诗歌散文集》，帅盟觉得，一万年前与它见过似的。抽出来细看：封面是鲁迅先生肖像，左上方有一滴蓝墨水印渍，再看看出版日期，竟是1972年出版的。帅盟心里一热，怀疑它是自己许多年前扔掉的。有人在报上发言论说鲁迅“OUT”了，为表明自己“前卫”，帅盟稀里糊涂把那本书扔了。翻开目录，发现第一篇是《狂人日记》，第二篇是《孔乙己》，《药》排在第三篇。帅盟长舒一口气，隐隐觉得《温柔砒霜》有药可救。随后他又取出《鲁迅回忆录》，这是宋庆龄、周建人和茅盾等人合著的。帅盟捧着书，站到门口看一篇短的纪念文章，读着读着，觉得屋外树梢、云影、光的斑驳都在发生着微妙变化。

这一刻，鲁迅先生在复活与仙逝之间流转。半个多世纪以后的今天，感性脉络和抽象线路交织在这儿，纪念文章凝成一个落点，帅盟觉得鲁迅先生的生命形态变得清晰又模糊。

付钱的时候，帅盟对老板说："我找到前世弄丢的书了。"说得老板丈二和尚摸不着头脑，望着眼前这位八零后，心想这是叫穿越剧闹腾的。

三

夹着新买的旧书，帅盟脚步迈得有些迟缓，再不是来时的风急火燎了。是的，此行目的达到该回去了，可当街的许多东西扭成一团对他做着隐形挽留：伊斯兰和西班牙完美结合的建筑物；镶嵌在门庭之上的永远揭不下来的花马赛克；弥漫在整条街的旧上海小资情调等等。

也许是走饿的，也许是心里的虚空纽结成饿感，帅盟走进多伦路"老电影"，要了一杯咖啡和一份意大利面。帅盟十分小资地边品咖啡边读《药》，连服务员上面都没顾得抬一下头。帅盟读得很细很挑剔，与自己的小说《温柔砒霜》做着比较。读着比较着，帅盟脸红心跳了：鲁迅先生用四千多字写足了旧时代国人的愚昧，以及夏喻（始终未出场的）"我以我血荐轩辕”的气概。

到这儿，帅盟彻底服了方编辑那双堪称毒辣的眼睛：《温柔砒霜》几乎没有环境描写，根本谈不上营造氛围，少了应有的人物描写，包括起码的心理描写。还有角度，自己完全是简单赤裸地沿着砒霜事件直奔主题的，中心事件也没担负起暗喻明喻的重任。说它是《药》的仿作还算客气的。帅盟特别注意鲁迅先生描写景物营造氛围的文字。如：“秋天的后半夜，月亮下去了，太阳还没有出，只剩下一片乌蓝的天；除了夜游的东西，什么都睡着。”让这种氛围笼罩着，才让华老栓出场。

鲁迅先生仅用几十个字，侧面写了一次屠杀：“老栓也向那边看，却只见一堆人的后背；颈项都伸得很长，仿佛许多鸭，被无形的手捏住了的，向上提着。静了一会儿，似乎有点声音，便又动摇起来，轰的一声，都向后退；一直散到老栓立着的地方，几乎将他挤倒了。”

华老栓拿到人血馒头的心理反应是这样的：“老栓也似乎听得有人问他，但他并不答应；他的精神，现在只在一个包上，仿佛抱着一个十世单传的婴儿，别的事情，都已置之度外了。他现在要将这包里的新的生命，移植到他家里，收获许多幸福。太阳也出来了；在他面前，显出一条大道，直到他家中……”

华老栓夫妇看儿子吃“馒头”的“眼神”是这样的：“两人的眼光，都仿佛要在他（华小栓）身里注进什么又要取出什么似的……”

先生能用简单的语言快速完成人物塑造，比如他是用这样的词句写刽子手康大叔的：“满脸横肉”；“玄色布衫”；

“散着纽扣，用很宽的玄色腰带，胡乱地捆在腰间。”

剑子手的语言是这样的：“（人血馒头）吃了么？好了吗？老栓，就是运气了你！你运气，要不是我信息灵……”“包好，包好！这样的趁热吃下。这样的人血馒头，什么痨病都包好！”

先生连一只立在坟头的乌鸦也不放过，也用极少的文字让它活起来：“那乌鸦也在笔直的树枝间，缩着头，铁铸一般站着。”

鲁迅还用“华”与“夏”作为两组人物的姓氏。“华夏”命运之纠缠非同一般，暗寓用得妙不可言。

以帅盟的水平也只能理解到这个份上。如果换做专门研究鲁迅小说的专家，或许还能捻磨出更深的意思。再想想自己洋洋万言的《温柔砒霜》：场景多，对话多，段子多；铺垫少，描写少，看似故事曲折情节动人，但缺少了应有的文学意味，极具功利地朝着影视剧本靠拢。除了“砒霜”引发的故事外，人物设置，明喻暗喻，叙述角度，细节运用，环境营造，都没做到位，离纯粹意义的小说相差远矣。望一眼面前的意大利面，帅盟意识到方编辑说它是《药》的仿作其实是对自己的一种抬举。真能写出《药》的仿作，难道不是帅盟的万幸和此生荣幸？

光顾“老电影”的人川流不息。吃一盘面的工夫，帅盟前面餐桌的人已经换了几茬。突然，眼梢被什么勾带了，帅盟一抬头，天呐，竟然是鲁迅先生！帅盟惊得差点儿叫出声来。看看四周，“老电影”的陈设都是旧式的，其他人都模糊了形象，分不出新旧时代。那么，到底是自己穿越到过去还是鲁迅先生穿越到了现在？鲁迅先生在这里住过，人有三魂六魄，先生人不在了魂魄留在这儿也不是没有可能。只见他左手端烟斗，右手拿报纸，胡子、头发蓬乱，青灰色的长衫旧却干净。先生为啥要显灵？想吓他还是批评他？不管是什么，帅盟对他已经心悦诚服，发自骨髓地无限崇敬了。这么一想，胆儿大了许多，继续盯着鲁迅先生看，渐渐地，帅盟看出端倪：那位仁兄顶多是鲁迅先生的模仿秀，虽然也清癯消瘦，蓄着胡子，酷似鲁迅先生，但和书面上的肖像一比，就显得有些胖了，过于白皙，气闲神定，眼神也缺少穿透力。鲁迅先生当年的生活境遇决定他没有这么好的营养，没有这般体魄，他瘦骨嶙峋，凌厉忧愤，嘴角蜷伏着一丝讥诮“千夫指”的笑意。如果说鲁迅先生风格辛辣，那这位模仿哥的风格就是一个甜：只模仿出先生的形，离出神入化还有相当的距离。

模仿哥到底还是惹帅盟鼻酸了，鲁迅去世四十多年自己才出生，相差一百多年的缘分！自己无知而无畏的狂妄已被先生击碎，击得粉碎。帅盟默默对“鲁迅先生”的侧影说：“来多伦路，找到了“药”，断是不敢再矫情浮夸，文学的崎岖山路上走着很多人，山脚下那个蹒跚学步的小牛犊帅盟是也。

四

帅盟顿悟了。顿悟在多伦路的“老电影”里。

帅盟觉得，多伦路之行是他文学道上的轮回之旅：既让《温柔砒霜》有“药”可医，也算对鲁迅先生礼仪不周的祭祀——一次不期而遇的祭祀。

（发表于2014年《浦东文化》《上海故事》）

看 海

“找个人顶替我吧。”我对筱杏香说。她在换鞋，一对乳房倒垂在领口，香水味儿丝丝袅袅在客厅游荡。

“狐——狸——精。”我在心里骂。

直起身，她剜我一眼说：“刘婉芝，你说得轻巧，顶替？舞蹈是按十三个人设计的，换一个新人就得从头学，这么热的天，十二个人陪练还不跟陪斩似的！”

“老苏过世不久，我得在家守着。”

“没让你不守。舞蹈队也不能没有你。《看海》排好不容易，快演出了。”

“我，不方便去。”嘴上这么说，心里巴望她加劲儿劝，最好是拽着我下楼，我假装反抗几下，然后十分勉强地跟她回舞蹈队。

“其实也没啥不方便的。”筱杏香的假嗓儿显然没以前难听了，往常只要听她开口，我就觉得锥脑芯。她身上的兰蔻香水味和老苏遗像下燃着的印度香融合在一块，干扰着我的思绪，去跳舞还是守在家，一时有些糊涂。

缥缈香雾里的筱杏香更好看了。我私下给她总结出“三高”：个头高、鼻子高和胸脯高。平时她野气活泼，有点没心没肺，今天一反常态，斯斯文文坐在沙发上，好像突然懂事了。这个因斯文而显得懂事的女人正讨好地望着我。不一会儿，斯文到了极限，她撩起裙摆跷起二郎腿，眼神活泛地望着我。望着原形毕露的她，我忍住笑坐到另一个单人沙发，和她面对面。我不想看她，也不想看凝成遗像的老苏。她也不再看我，低头把玩手里的土色信封。气氛变得怪异。是谁说过，女人的沉默总有些讳莫如深。我不喜欢讳莫如深，抬头去看窗外的香樟树。

“都巴望你回去哩，我们原班人马搭配得多好！”她把信封搁到膝盖，带些乞求地望着我。

“你看，香樟树都还在伤心，我这就歌舞升平，对得起谁呢？”似乎感染了自己，音落泪滴。

“他吧，‘三七’都过了。再不臭美你也老了。回舞蹈队吧！”

别看她没多少文化，红口白牙吐出的词儿个个赶劲。她不说“你家老公”，也不说“你家老苏”，而是说“他”，好像和我家老苏关系多不一般似的。可又说回来，不就是不一般嘛，俩人年轻时候搞过几天对象，说不定连那事也做了。姓筱的一直让我隔臆，从头发丝隔臆到脚板心。我曾是外地知青，嫁给老苏才在这儿扎了根。听当地人说，那时候的筱杏香才叫漂亮，挺着一双大妈妈，到哪儿都有说有笑，狐媚子转世似的。我家老苏那时候也帅得不得了，篮球打得好，还会编三句半和群舞，好多姑娘半夜也喊他帮忙写信。他说只拉过筱杏香的手，在海边约过会，从没做过那桩事。不是不想做，是还没等那样儿，那女人突然嫌我家老苏成分不好，要划清界限，其实是让一个造反派头头挖了墙角。那个水性杨花主儿，眼都没眨一下就把我家老苏踹了。造反派头头不是盏省油灯，女儿刚会叫爸他又跟另一个女人生了个叫爸的。这女人心气儿高，离了婚又嫁，嫁了没几年又离。就是这么个女人，几十年成了老苏心里的旧痛，我护犊子样的护着他，经常开导他：多亏她把你甩了，不然咱家可没那么多衣柜装绿帽子！老苏只要喝点酒，就会借着酒胆对我诨说："儿子他妈你别不爱听，筱杏香那女人才真叫个女人，粉嫩——肉乎——香！"我一听就骂："真是个吃货！一个离婚专业户，你还老太太吃糍粑——搁在心里了！"

"还是找个人替我吧，"我没好气地说，"我哪能跟你一样潇洒。我死的是亲男人，让我慢慢恢复元气。"

筱杏香红了脸，抿抿嘴，吞咽一口唾沫，丧气地垂下眼皮。我突然气顺了，伸手去端茶几下面的果盘。看到苹果上面搁着《看海》光盘，脸轰的热了，迅速把光盘塞到一摞晚报里。筱杏香看没看到我的慌张呢？好像没有，没心没肺的女人又再摆弄那个信封。唉，要是被她看到，该说我虚伪，说我守在家里都是装给人看的。可话又说回来，人哪能一点都不虚伪呢？人要是一点都不虚伪还能叫人吗？拂去鼻尖的汗，瞅着她专心摆弄土色信封。信封里有什么呢捏不够似的。

老苏的后事处理完毕，儿子媳妇也都回去上班了，我成了孤家寡人。这些日子我是靠舞蹈光盘打发日子的。老苏这个倔巴头，太不听话，早就对他说运动要适量，不能过分，他就是不听，喜欢把自己当小伙子。改革开放以后好吃好喝的都有了，老苏管不住自己的嘴，由着性子吃肥的、炸的、甜的，还爱吃咸鱼咸肉，加上烟酒咖啡成瘾，六十不到，心脑血管都有了毛病。那天他跟自行车队活动一天，我让他晚上在家好好歇着，不要再跟年轻人打球赛了，他不听，说每天不投几个篮板球，年轻后生们都不知道什么是老牌球星。哪知半场球没打完，突发心梗，还没到医院就没了呼吸。老苏突然离世，我理解他是心狠，恩断义绝甩下我和孩子们。惊惧、悲伤过后，我也是有所醒悟的，生命弱不禁风，不堪一击，活着的没理由不惜命。想到惜命的时候，我最想的就是回舞蹈队。我知道她们一直没有停止排练，每个星期排三天，和社区另一个广场舞队错开用排练厅。我想回舞蹈队又怕回舞蹈队，老苏不在了我才意识到，往常我是有些狗仗人势狐假虎威的，活在他的庇护里，过惯了社区人眼里的风光日子。现在，撑腰壮胆的没了，我变得有些怕见人。想不出怕见谁，直到现有，望着对面的女人才明白：怕见的莫过于她。

记不清给她穿过多少小鞋，明里暗里整过她多少回，她倒好，还来请我回舞蹈队，真的一点儿不介意我的所作所为？如果说一点儿都不介意，我倒觉得是个美丽的陷阱，极有可能是先把拽我回去，然后寻机报复。

想到这儿，刚回生的丁点儿热气突遭冷气，我不禁打了个冷噤，瞥一眼挂在墙壁上的老苏，再次确认自己失去了一切：伴侣—后盾—宠爱—日子—后半辈子。多大的高兴事能抵消失去老苏的损失呢？突然烦躁起来，胸腔腾起一股无名火，我再也拿捏不住自己的情绪，半分钟前还想说几句感激她和姐妹们的话，半分钟后，所有感激被恶毒替换，所有人都变成我潜在的敌人。是的，她们都来悼念过死的，安慰过活的，可现在想想，我一概不领情，看我没了男人，一个个追上门看笑话也是可能的。面前这个姓筱的，无非是拿演出作借口，诱我回去，慢慢收拾。

“赶紧走吧，别在这儿烦人！我说不去就不去！”我被自己失控的声音吓住了。再看看筱杏香，脸涨得通红，一身褐色连衣裙和一张大红脸搭在一起，成了一个七窍生烟的柱子。她“嗯”地站起来，瞪大冒火的眼睛说：“我说我来最不合适，可她们硬要我来！哼，我算没看错，你刘婉芝离了男人就活不成！”说完，几步跨到门前，开门出去，迈出一条腿，发现鞋不对，退回来换鞋。我也站起来，脖子耿直，攥紧拳头，想用最恶毒的话回击她，可是恶毒话太多了，扭成一团堵在嗓子眼儿，一句也说不出来。怒气裹挟着凉意充斥在屋子里，我像一条打中七寸的蛇盘滞在沙发里。真想泼口骂她一顿，最好是揪着她的头发扇她的嘴，可我凭什么？难道她说的不对？难道我不是离了男人就活不成的女人？苏高兴去世的这些日子，出门我都不知道先迈哪条腿。怕见光、怕见人。没错，我就是那种没了男人就活不成的女人。帮她骂自己的时候，她正噔噔噔下楼，带着她的胜利，带着首次复仇的成功，脚步声渐行渐弱，直至消失。

本来吧，我对筱杏香已经没那么强的妒意了，毕竟三十多年过去，时光一天天瓦解着我的斗志，何况我还用自己的特权时不时整她一下，心理早已平衡。可就在苏高兴去世前的一周，他告诉我说，筱杏香在我回娘家的时候跑到我家来，呈上香喷喷的身子，硬要和他成事。你说这个贱东西为啥狼子野心不死呢？好在我家老苏没要她，像去西天取经的唐僧一样，恁把她光溜溜地晾在一边儿。我问老苏，对她朝思暮想几十年，送上门了怎么肯白白放过。他说那会儿想到了我，又想到了当年，当然……主要是这个年纪了，身体不给力。老苏说的，我将信将疑。

老苏那天是怎样放走她的我无法想象，而今天我是稀里糊涂放走她的。仔细想想，筱杏香简直比窃贼更可恶，窃贼只要财物不要男人。今天里外里我吃了大亏，放她进门，挨她羞辱，没顾上还击放她跑了。

我在客厅来回蹿，之后跌进沙发，拍着扶手骂："骚狐狸呀你个骚狐狸，我们上辈子欠了你什么你缠着我们不撒手。"我的声音不高，楼下根本听不到，可我刚骂完，骚狐狸的假嗓音飘了上来："姓刘的你听着——你要还是个人，就别晒台子，让队形留个豁！"

假嗓音像一块闪着质感光芒的绸缎，在我眼前撩开一面海，海上有一根稻草朝我一波一涌地飘来。天边有火烧云，还有一挂天梯，被海风吹得两边晃。我有些不识自己，对她，除了恨，为什么还有些喜欢呢？当然，我否认喜欢她，承认喜欢她等于承认自己有毛病。

发现那个忘在这儿的土色信封已是晚上。那是筱杏香的东西，就算白天发现，我也不会给她送去。自己的东西自己来拿。我盼着她来又惧怕她来。摸摸那个中号信封，想打开看究竟，又觉得她的东西隔臆，懒得碰。盯它盯了一阵子，忍不住捏了捏，觉得像是光盘之类的东西，当然，不止是光盘，还有一样什么东西。我突然有些生气，把信封扔到沙发上，十分有志气地说："哼，这么脏的东西碰它干吗！"可眼睛没嘴巴有志气，粘在信封上转不开了，想把牛皮纸望穿似的。我平静一阵激动一阵，早已消失的更年期症状再度出现，浑身上下热烘烘的，像蓄着一堆活性炭。

想把信封扔到窗户外头，试了几次，没敢扔，撑腰的不在了，我得压着性子，不然会有苦头吃。可这个信封横竖让我不舒服。

猜想姓筱的女人会来，到底什么时候来无法确定，但我不会打电话让她来，更不会给她送上门。看到她本人要比看到她的东西更让人生气。

她该是忘了这个信封的，要是没忘，最多第二天会来拿，就算不来拿也会打个电话，跟我提一下信封的事。没动静说明什么呢？说明这个东西不重要。可它是不是给我的呢？如果是，来的时候她肯定会说一声。估计里头不是啥重要玩意儿。

头一夜我没睡好，是被姓筱的搅和的。一个夜被划成几段，几段里有几次浅睡，我在块状里想着和老苏的恩爱，想着为数不多的几次翻脸，想着孩子氢气球似的膨大，然后飘向外地，变成家里的客人。浓淡不均地想着往事，思绪会不经任何过渡，突然跳到舞蹈队。对我来说，舞蹈队的分量仅次于家人。可以这么说，舞蹈队是值得用心用情的地方。女人们用一半心思在那儿跳舞，用另一半心思学孔雀开屏。女人若不竞相媲美似乎就不叫女人。而我似乎比谁都复杂一点，我要花点儿心思跟筱杏香过不去。我家老苏在社区老年协会负点责，我是他老婆，多多少少沾点光，有点人五人六的架势，挤兑姓筱的，成了我的生活调剂。

记得那一次我们在解放农场演出，化妆以后，换好演出服还有富余的时间，有人说T台后面的风景不错，椰子树环绕着石膏像群，很有泰国风韵。女人们叽叽喳喳地去那儿拍照。筱杏香把相机给我，让我帮她拍。蓝天作背景的椰子树很美，筱杏香摆的POSE很妖，我藏在相机后面的眼睛都直了。我不想也不能把她拍那么好。凭她抢在我前面和老苏搞对象，凭她敢甩我家老苏，凭她是离婚专业户。她也配在这么美的景物里留影！冷冷地望着这个妖精，一个劲儿往右边扇手，让她往左挪，再往左挪，足足挪了好几步，背景不再是蓝天下的椰子树了，而是意大利文艺复兴时期的裸体男人，那夸张而饱满的玩意儿正好悬在她的脑壳顶上。我边按快门边想：叫你美在裆下！那女人可不是一般的人，调出来一看，怔了一下，笑了一声，下蛋母鸡似的一阵咯咯咯。说自己太有男人缘，随便照个相也有帅哥陪着，还是裸体的。一边生气的是我，怎么就遂了她的心？正郁闷，老苏不知从哪儿钻出来，小喝了几杯，脸蛋儿和我们一样红，眼睛笑成一条缝，挽住筱杏香的胳膊，说要跟美人合个影。我醋意翻滚，脸上还得保持一定的甜度，嘴上说美女帅哥来一张，心里说你个赶背时的也要美在裆下。姓筱的把照片发到我邮箱，我转发了一圈，人见人笑，说那东西顶在脑瓜上，连太阳帽也省得戴了。

第二夜，我说的第二夜是筱杏香把信封忘在这儿的第二夜。晚饭后，我跟着光盘跳了一遍《看海》，音频没开，像跳哑巴舞，也没敢放开跳，怕姓筱的突然来。不到八点钟我就睡了，睡到零点又醒了，起来解了个小便，感觉有些饿，想热点汤喝。打着液化气的瞬间，我嗅见头发烧焦的味道，最近头发掉得厉害，不光枕头衣服上有，沙发地板上有，连灶台也有。一碗热汤下肚，再无睡意。茶几上的土色信封粘住了我的眼睛。拿在手里掂量，发现信封是虚折着的，并没粘上，仅仅是折得严实罢了。不封口说明没秘密。伸进两个指头挟出一张光盘，正反两面写着《看海》。她装个光盘干吗呢？准备拿给谁？应该不是拿给我，几个月前，我把老师的光盘拿到社区刻了好几张，连这张也是我发给她的。她准备拿它讨谁的好呢？这个女人总有些莫名的热情，活雷锋似的。我把光盘塞回信封，拨弄里面另一个东西，像是一张照片。抽出来一看，竟是一张底片，举起底片对着灯光一照，天呐，竟是半张骷髅头。我心一紧，腿一软，少许尿没憋住，撒在了内裤上。片子上狰狞的面目对我龇牙咧嘴，我感觉恐怖极了。已是深夜，胆儿小的能把魂吓掉。

筱杏香把这玩意儿拿到我家是什么意思？威胁还是恶作剧？到底是谁的骷髅片子呢？白天我不会太害怕，老苏活着我也不会害怕，问题是深夜，又是老苏去世不久的深夜，这个东西对我来说太有杀伤力。狐狸精故意拿它刺激我脆弱的神经，可恶！

正值半夜，海风骤起，带哨儿的风穿越海平面，化成各种莫名的响声敲打我家窗门。

我知道，这是筱杏香报复的开始。

老实说，她和老苏处对象的事我已经不太在意，我只在意近期的一桩事，瞅我回娘家上门勾引我家老苏。这么大岁数的人还这么不要脸！幸好老苏能把持，不然，她会把老年协会负责人拉下水。想起这事儿我就生气。几十年了，旧情未了，既然搁不下，当初为啥要甩他？本来我已经说服自己，不再和姓筱的憋着一股劲，人家漂亮性感那是天生的，我其实也喜欢漂亮的东西，甚至也模仿她的样子努力打扮。

筱杏香在我脑子里晃，冲淡了我对骷髅片子的恐惧。别看她肚子里没多少墨水，气质是不俗的，我穿上三厘米高的鞋子才和她一般高。她有一张椭圆形的脸，瓷器般的白皮肤，就算晒黑了，但只要蓄上几天又白了。笑的时候，她爱眯缝一双杏眼，漫溢出柔情蜜意地甜，红润的嘴唇咧成一个上翘的弧形，嘴角蜷伏一些柔情和眼睛的蜜意做着呼应。夏天，她最王牌的一件衣服是米色真丝套裙，那是她女儿在首尔买的，裙摆处印有一圈火辣辣的大红花，既有中年女人的贵气，又有年轻女人的活泼俏丽。舞蹈队里数她最喜欢首饰，真的假的土的洋的古典的现代的让人眼花缭乱。一年四季，耳环珠链巧配衣服，既是点缀又是补充，既是内容又是形式。我用最苛刻的眼光也没发现她脖颈上的褶皱。为了打击她，我总是嘲笑她的几粒雀斑，让她不要乱笑，一拉动笑肌，雀斑们都成了活的。她厚着脸皮说：这叫有面子。我也服气她的本色，要是像我一样每天出门擦一点BB霜，斑点是可以遮盖的。

只要老苏上排练厅验收节目，她会凑到他跟前，用尖细的假嗓子说：“哎哟，让刘婉芝给你跳专场好了，验收啥嘛，不嫌麻烦哪。”说完她会眯着杏眼朝我笑，我佯装大度，把装出的喜悦撑到底。她还喜欢对我家老苏说些不荤不素的笑话，什么我们中国足球队是什么派。老苏猜不出她就咯咯笑，告诉他是武当派，总是捂着裆嘛。她还厚着脸问我家老苏，哪个学院的女生不戴胸罩。我脸上挂不住的时候，她说这还不简单，幼儿园女生呗。

这女人没多少文化，原始智慧却是不少的，编出的自嘲段子是很有文化含量的。什么：“脸皮起皱，怕称体重，情人不约，老公不碰。”什么：“美丽女人迷死人，风骚女人爽死人，温柔女人爱死人，有才女人勾死人，有钱女人玩死人，有权女人弄死人。总之，女人的天职就是整死男人。”说完仰脖大笑。恨她还得陪她乐，这是人家的本事，我有啥办法呢。

打开几个房间的灯，胆子大了许多，胆子一大，我又成了贱骨头。拾起扔在地板上的片子，边看边恶心。对着那磕蹭样儿说：“她拿你吓唬我，是我一直把她当眼中钉。行啥因得啥果是不是？”磕蹭样儿磕蹭地望着我，不吱声。

她的嗓音天生尖亮，乍一听就像唱京剧的。我怎么听都有点烦，老苏却说这种声音不多见，尖尖的亮亮的，说话像听戏剧道白，听得心里痒酥酥的。

只要她喜气洋洋我就会不舒服，非常非常的不舒服。人可能就是这么个东西，高兴是个浮动的、有指标、有限量的东西，她一高兴我就没法高兴。春夏秋冬，她那千奇百怪的穿戴总让我气不顺。她擦的涂的喷的总在提示我OUT了。老苏喜欢说他是她甩的，我嫁的是她甩的，好像她比我高贵似的。

这个女人是我和老苏之间的一道魅影。一直盼她消失在我的视线之外，可盼来盼去，我把自己的男人盼没了。

盯得久了，我能和那个难看的东西对峙一会儿。关了几个大灯，留下一盏床头小灯，马马虎虎扛得住。

失眠让我赢得大半夜的时光。举起它对着月亮照，我想借助某个细节弄清它到底是谁的。首先确定，它不是我的，我从没拍过这种片子。应该也不是老苏的，就算是老苏的也落不到她手上。可能是她或者她家里人的。不管是谁的，她拿这么个东西刺激我说明她真不是好东西。可她为什么不拿去吓别人要来吓我呢？我心虚却诚实地回答了自己：“我一直和她作对。”看看，又把自己绕了进去。

老苏在的日子，我是有点小权利的，彩排的时候，总是我去订盒饭，瘦长的老板娘问我十五套盒饭，要几样什么菜。我是知道筱杏香喜欢吃鱼吃牛肉吃鸡丁的，可我说除了鱼牛肉和鸡丁随你怎么搭配。我乐呵呵地吃着，眼梢勾带着姓筱的：她把不吃的菜拨给别人，边吃米饭边讲笑话，说有个人和几个朋友到餐馆吃牛排（我笑她精神会餐），听人家说要八成熟、要七成熟，要五成熟，他以为熟的成数越低就越时尚，于是说来一份三成熟的。有个朋友打趣说：干脆牵头牛让你咬几口。筱杏香乐乐呵呵说着吃着，倒是我吃得没了滋味。

接下来，我跟那龇牙咧嘴的东西讲和了：“你不吓唬我，我也不恶心你行不行？”它没吱声。我又说：“想不想听我讲故事？”它默许。

那一年，为迎接“七·一”，我们排了一个《绣红旗》的舞蹈，除了一个人扮演江姐，其他人都是伴舞。要说那个舞蹈老师有点不开眼，不像前几个舞蹈老师，心明眼亮，知道我是老年协会负责人的家属，安排我领舞多少有些讨负责人高兴的意思。那个不太开眼的老师把十几个女人拨拨看看，在我和筱杏香两个中间举棋不定。老师说，论形象，筱杏香比我漂亮，身材也比我高挑，更能突显江姐的英雄气质。说我也不错，气质比她斯文，往那儿一站，也很显江姐神韵。老苏那天也在场，他要是说一句筱杏漂亮是漂亮，可气质有点野就好了。他要是闭上嘴巴不表态也行，可他个吃里爬外的东西说：“老师，选漂亮的，筱杏香要是剪个齐耳短发，穿上阴丹士林旗袍啥的，没有不像的。”一些人跟着附和。我都气懵了，几次走错队形。

回家的路上，我收拾了胳膊肘往外拐的东西：“唉，我说，我天天做的饭喂到狗肚子里了？每晚我枕头边上搁着的不是人脑袋是没鼻子没眼的篮球？”

他要我懂得谦让。为这事儿，我喊了他几天“甫志高”。他脸厚，问我为什么不喊他彭松涛。呸，你也配！我才不把他俩往一块凑呢。后来，这个叛徒说：“你看，那么热的天，筱杏香要穿那么厚的旗袍，旗袍外面还要穿一件红色羊毛衫，脖子上还要系围巾，不焐出痱子才怪。看你们几个伴舞的，棉麻小褂多风凉啊，别得了便宜还卖乖好不好！”我挖苦他：“人家焐出痱子你去给人家扑痱子粉啊。”“你去买痱子粉哪，买好我就去扑。”他说。

记得那次网购了十三双红舞鞋，厂家发货搞错了一双，十二双都是有跟的，有一双没跟。我把那双没跟的发给筱杏香，发得理直气壮。她说为什么轮到她就月小。我说不是月小是你个高。她说一看就知道质量也不一样。我说一双舞鞋能穿一万年吗？她不吱声，捋着舞鞋郁闷。她郁闷我就得意。我就是想让大伙儿知道，只有我能对付这个姓筱的。和老苏相好过几天又怎样，老相好能弄过现任老婆？

今年排《看海》最有趣，镇政府从市歌舞团请来一位年轻妖娆的何老师，她说不希望中老年朋友跳一些呆板的舞蹈，不能越跳越老，要排一个类似情景剧的舞蹈。舞蹈表现一群乡村妹子看大海的情景。展示她们踏浪戏水，在海潮声中捡贝壳拾海螺。后半部分，众姐妹托起一个姐妹吹响螺号。领舞成瘾的我当时想：谁来吹海螺呢？不是我就是筱杏香。老苏那天没来，其他人也不插话，我和姓筱的都不吱声。

老师照样把我和筱杏香作了一番比较，说我比她瘦小，她比我壮，让我吹螺号。我心头一喜：这可是为区艺术节准备的节目啊，到时候区领导都会来看演出。筱杏香想说什么还没说出来，老师的右手已经拽住了她的右胳膊，左手把她的脊背往下压，再压，一直压成九十度，她低头认罪样的弯着身躯，然后，老师提起一条腿跪上去，示范吹螺号。别看筱杏香长得壮，老师的重量上去，她顿时颤动起来，脸也涨红了。我想吹螺号却怕跪到筱杏香背上，筱杏香的脊背可不是好跪的，她要是随便晃那么一下，我就摔下来了，轻则青紫重则骨折。跳个舞花那么大代价犯不着。虚荣心不许我拒绝领舞的荣耀，只能硬着头皮练。

我恐惧筱杏香的脊背。老师绘声绘色描述海的辽阔，海的梦幻和妖娆，让我安心进入角色，看到眼前的海。可眼前哪儿有海呢？除了拥挤的房屋，就是疙里疙瘩的人和闹心的喧嚣。无论怎么努力，我都心无所系，眼前空茫。

老师意味深长地说：心里有海眼里一定有。

我想放弃吹螺号的角色，可又缺少放弃的气量。与其说我喜欢吹螺号，不如说喜欢筱杏香受我膝下之苦的快感。退休前我是高中语文老师，享受惯了站在讲台领受求知目光的感觉。舞蹈和我的暗含期待重合。怪就怪这个POSE的难度太大，筱杏香和我都受折磨。很快，我想出一个变通的法子：老师在场，就正正规规爬上脊背，老老实实把造型摆好；我们自个排练，造型就免了，站在地上，比画一个吹螺号的样子，也没人说什么。

那些日子，我总是梦见自己从峭壁滑下来摔到地上，摔得膝盖生疼。醒来发现，是老苏的一条腿压到了我。

马安珊打第二遍电话，我答应她，回舞蹈队，参加区艺术节首场演出。演出这天的下午，我顶着热浪来到排练厅，来得早，只有我一个，空阔的排练厅令我心生恍惚，感觉老苏随时会出现，依然是我们娘子军的党代表。玄秘的气场让我感觉他真实地存在着，仅仅是不现形罢了。我盯着大镜子发怔，像似进入不悲不喜的状态了。有人上楼，伴随着久违的小喧闹。我更是不知悲喜了。我不希望舞蹈队的姐妹怜悯我，不想听到开导，因为我已经想通了。人人都有个百年之后，谁还能逃脱不成？不必怕筱杏香，她不敢把我怎样，她有勾引我家老苏的把柄，谅她起不了大浪。老苏虽然不在了，可他的根基还在，关键是我的锐气和雄风还在，谁也不敢拿我怎样。

马安珊和陈媛媛进来，本来在感叹天热什么的，突然看到我，惊异了一下，淡淡地说："来了？"我回一声"来了。"基本上和从前一样，只有我知道，太不一样了，老苏没了。又来了五六个，看到我也没大惊小怪，没让我觉着不舒服。只有筱杏香看到我，用讨厌的假嗓子发出一声尖叫。她也不是存心的，这是她表达惊喜的方式。我一阵心跳，有被示众的感觉。我说不出半句话，捏了捏环保袋里的土色信封，准备还给筱杏香，还想问问她安的什么心。

马安珊拍拍手说："总算聚齐了。徐阿姨，准备放音乐，来两遍《看海》。"

马安珊在电话里对我说，只要你刘婉芝参加演出，她敢打包票，我们的大型舞蹈是艺术节最棒的节目。她说今天我们是主场，一个人也不缺，一定要拿出最好的状态，把舞跳好。

《看海》音乐一起，瞬间从前世坠入今生，百感交集，心和眼打通一条潮湿的隧道。多亏在家偷着练，动作都记得。跳到一半的时候，突然想起老苏，顿时泄了一口气。我走神了，动作跟不上节拍，跟上节拍又发现做错了。我站到一边，望着斜对角的门，心被什么拽了一下，沉下去。一种空寡之痛从身体的最底端往上浮。绝大多数对我的失态没有剧烈反应，只有筱杏香这个不开眼的，走出队列，走到我跟前，似笑非笑地说："别想他了，要是能把他想回来，我们一起帮你想。"

不点破，我还能忍，一点破，再也忍不住，眼泪奔涌而出，我捂住脸号啕大哭。我语不成句：走进这个排练厅，我是指望他会突然走进来……像过去一样……可他再也不会……走进来了……我家苏高兴没——有——了，永远没有了……他把我撇下了……

音乐继续，舞蹈停止，都陪着我掉眼泪，不掉眼泪的是一副伤心欲绝的样子。

筱杏香哭得像唱歌，用她的京剧嗓子。她让我想到窦娥和王宝钏。她像唱哭戏似的破坏了别人的情绪，其他人都看她，她仍然旁若无人地哭着，撩起裙摆擤鼻涕，咿咿呀呀的像牙痛，白嫩嫩的肚腩露在外面。我破涕为笑，其他人都笑起来。我搡搡她说："是我死了男人！"她说："知道是你男人！我哭的是好人！"

"意思一下算了，不要把眼睛哭肿，晚上还要演出。"马安珊一边劝。

筱杏香抬头望着我说："我的妆是不是花掉了？"

"知道你是个老假，"我嗔怪，"你看重的不是我家老苏，是你的妆！"

"说着玩儿哩，我啥时候化过妆？"她拍拍面颊。

眼泪完成了祭祀，老苏被我们置办成过去时。宣泄过情绪的女人们又变成一只只喜鹊。万幸活着使我们格外快活，浑身上下洋溢着无尽的满足。

一对一化妆。往常我从不跟筱杏香一对一，今天却稀里糊涂搭在一起。不知是谁糊涂了。

她边往我脸上涂粉底液边说：“我给你的光盘有用吧，不然的话，《看海》早忘了。”

我心里“嘎噔”一下，说：“舞蹈光盘我自己有。你弄那么个片子是什么意思？”她停止涂抹，瞪大眼睛问：“片子？什么片子？我怎么没印象？”说完，拢过身来看信封。

我一直排斥她身上的香水味，闻见我就呼吸不畅。我取出那个劳什子在她眼前晃了晃，说：“就是这玩意儿，吓得我几夜没关灯！”“哎哟，搞了半天牙片子和光盘叠在一起，”她拍拍脑袋说，“安烤瓷牙的时候拍的。还说丢了呢。”

“记性好就不是更年期女人。”陆佳川一旁打趣。

陆家川是我不反感还崇拜的人，退休前是一所高等院校教授，夫妇二人把市区的房子让给儿子结婚，在我们社区买了一套小房子。

“没想到，一张片子吓了你！”筱杏香躲闪着眼神。我最讨厌躲闪的眼神。心里没鬼眼神是不躲闪的。被她画了眉毛，描了眼线，刷了腮红，只剩粘睫毛了。她去拿假睫毛的当口，我打量着镜子里的自己，越看越生气。镜子里的这张老脸已经全方位包装过了，粉底是第一层，定妆粉是第二层，胭脂是第三层，筱杏香的脸是裸妆的，却比我粉嫩、肉乎，而且彻底模糊了年龄。我琢磨，老苏在世时，有时候对我心猿意马，多半是在想这个姓筱的。这女人是蜗居在我和老苏情感生活背面的敌人。想到这儿，心头腾起一股热浪，直往脸颊冲，赶紧让自己深呼吸，今非昔比，必须管住自己的脾气。

“看看这张片子，筱美人都磕蹭成这样，那我们就没法看了！”陈媛媛捧着片子端详，轻声嗲气地说。

其他人围过来看，喜鹊窝捣了一竹竿似的叽喳开了：

“人吧，百年之后就落得一副骨头架子！”

“一副骨头架子算奢侈的，顶多一盒灰。”

筱杏香有些心不在焉，粘假睫毛几次都没粘好，粘上去看看不行撕下来又粘，把我的真睫毛拽下来几根。我让她不要三心二意。她怨我老眨巴眼睛。

陆家川袖着手走过来，把眼镜往上推了推，轻描淡写地说：“其实吧，人是最可怜的动物，简单一点才好。这张片子让我们看到了灵魂的颜色。等我们一个个到了这番光景，再不用谈情说爱了，也没欲望了，不再嫉妒了，不待见跳舞了，不在乎牙齿是黑是白是齐是暴了，不需要伴侣了，不热衷那桩事了，不介意孩子的孝与不孝了，不再尽孝道，不需要工作更无所谓退休，钱多钱少统统不计较了。”

筱杏香人来疯似的拍了拍巴掌，顿时引来一片掌声。我习惯性地朝门口张望，恍惚间，我看到老苏的身影一闪，像被掌声扭裹的气流推搡出去的。

蒋月娥接过牙片感慨：“全世界最该整牙的是我！为什么呢？我半辈子的不顺肯定跟这嘴牙有瓜葛——从小学习不好自卑，长大谈恋爱不自信，遭前夫抛弃，准备改嫁的时候子宫出问题，刚拿到退休工资女儿和毛脚女婿吹，刚进社区舞蹈队没开心几天，女儿发誓要当剩斗士，再也不相亲了。唉，倒霉成这样儿，全是这嘴牙闹的！”

我说蒋月娥太迷信。她说我比她更迷信，不是被它吓得几夜睡不着嘛。

嘻嘻哈哈闹腾一阵，妆化好了的在梳头，头梳好了的在换服装。

这种气氛让我悲从中来。像是老苏走了惹她们高兴似的。看着筱杏香我就想起新仇旧恨。不行，不能便宜这个人，我要发起一场貌似亲密的战争。默默地，甚至面带微笑地走到她跟前，牵起她的衣角，把她往排练厅的另一个角落拽。蒋月娥不识趣跟在身后，我不客气地说："我们说点私房话，忙你的去好吧。"蒋娥止步，嘟囔道："好话不背人，背人没好话。"

没等在角落站稳，我单刀直入："你有三任老公，还差点拐跑我的老公。没冤枉你吧，筱杏香？"

"总算找我说话了？"她幽幽地望着我。她的京剧嗓子，压低声音说话还是不难听的。

"我第一个老公是造反派头头，地道的无厘头，我是他的战利品。谁能持久地喜欢一件战利品呢？那家伙只有欲没有爱，只是贼心贼胆都有。老苏跟我谈恋爱谈得规规矩矩，那家伙……第一次见面就敢那样儿。当然，我喜欢他那样，觉得他比老苏像男人。我曾经说服我的脑袋必须跟他过，为了孩子，必须跟他过。可我说服得了脑袋说服不了子宫。"

这个大老粗吓我一跳，没任何过度，把话直接从脑袋滑到生殖器。她带着胜利者的喜悦，又说："你不用脸红，我已经够文明的了，没用那个家常字是不是？女人的子宫要是不认这个男人，还能有啥法子？"

她白我一眼，咬了几下嘴唇上的皮，讲她的第二个男人。"他和我是一个厂的，工人，老实巴交，对我对我的孩子都好，就是命短，就游泳池那点儿水也能把他淹……淹死……"她梗了好一会儿，硬是没让自己哭。

从不知道她可怜的一面。

“那时候吧，我和他感情没过气，俩人真的是一天都离不了。那时候，我比你现在难熬，难熬多了。”

我没反驳。记得好多年前，两个农场还没合并，听说有个女工的男人淹死了，没想到是她的男人。那时候我们这拨人都没退休，孩子又小，不像现在，人闲，闲得连河里冲走一个不认识的人也要跑去看半天，说半年。

她神情忧郁地望着窗外，自言自语：“第三个家伙可是没一点值得说的。既不像第一个有恨，也不像第二个有爱，日子温吞得像白水煮葫芦。若不是舞蹈队拴住了我，每天都不知道起床做什么。”

这话触动了我，是啊，我也很困惑：早上醒来，我问自己今天起床做什么。

“生活对我，除了奖赏就是惩罚，截至目前看，惩罚多于奖赏。想来想去，觉得是当年甩老苏遭了报应。”她笑了。

我觉得气顺了不少。

筱杏香望着我笑，凄然苦楚蜷缩在嘴角。“我这辈子最对不起的就是他。你嫁给他是前世修的福。你是他老婆，我得对你好，我怕他不放过我。”

我讨厌她老是他他他。

她继续说：

“牙齿片子，我是存心的，”她平视我，眼神不再躲闪，坦荡地盯着我，“知道你会怕，怕完了你会想，想通了你会来，终究你会知道百年之后人都一个样儿。你会心理平衡，平衡了你才会舒坦。”她的眼睛在笑，笑出一汪晶莹。可能我的眼眶没她大，存不住那么多眼泪，稀里哗啦淌了一脸。她望着我说：

“你这是鳄鱼的眼泪，整治我那么多年，没等报复就下软蛋了！”

“我不会下软蛋的。你也不会下软蛋。可你敢不敢说勾引老苏的事？”

“你说这个老苏，连这事儿也给你说，也不怕两个女人打架！”

“打架又怎样？”

“一笔情债我背了三十多年，”她圆睁一双杏眼盯着我说，“良心不安的感觉真不好。”

“别扯远了，只讲你趁我回娘家，跑去找老苏那事儿。”

筱杏香脸上擦的有粉底液，有珠光粉和胭脂，无法看清她是不是脸红，但她右腮的肌肉明显抽搐了几下，随后，嘴巴咧出一个调皮的笑，眸子呈深邃的褐色，像春天正午的海面。压低的假嗓音像竹片刮剥绸缎：

“年轻时候我是不迷信的。年纪越大越迷信。我琢磨，迷信也是觉悟。想到自己的婚姻不顺，猜想是甩老苏遭了报应。欠债还钱是天理，欠情还情更是天理，我找机会让老苏那么一次。你是不常回娘家的，可那一次你一回就是十多天。那天下午我打电话到你家，他接的。我故意说找你有点事，他说老婆回娘家了。我想笑，不回娘家我还不敢打这个电话哩。我说女儿的舞蹈队排扇子舞，想借几把扇子用。他连说有，让我去拿。正中下怀，我立即就去。不管你怎么想我照实说，你不许骂我哦。还情债就得像个还情债的样子，我化了个浓妆，喷了香水，里面穿的是我最喜欢的胸罩，外面穿的是跳拉丁舞蹈的裙子，蹬上一双肉色皮鞋……稍微……有点性感。”

“说你是妖精转世还真不假！”我没好气地说。她说讲好不生气的。我说不跟你这样的人生气。她接着说：

“去你家的路显得很长，我有些紧张，不时看看天上的云朵，它们镶着金边似的闪着釉光，高高在上地笑话我：从前的傻姑娘变成笨婆娘了嘛。我很难为情还要装得啥事没有，那滋味，只要想一下就知道不好受。海，安静地泊在远处，像个从没被男人碰过的姑娘，能看出她的内心暗流涌动。我和她都生涩不宁地硬撑着。有那么一会儿，我突然不想撑了，想沿路回家，可我的脑瓜指挥不了我的腿脚了。我对停下来的脚说：你今天必须把我送到老苏那儿去，把那桩事了了，难为情总比再憋几十年好过吧，情债了了才能转好运。我又开动步伐，边骂自己不要脸边解释谁都不想不要脸，人快要憋疯了。

“各位阿姨，请下来候场！”一位眉清目秀的女孩子走进来，拍打着手里的节目单说。

我们一阵忙乱。

我让筱杏香也把五分裤的拉链检查一下。几年前我们到兄弟社区演出，五分裤有点小，跳着跳着把侧面的拉链都跳开了。筱杏香不恼，说不算什么，人家打沙滩排球的比我们露。

一个小青年在唱《因为爱情》，刀郎式的烟熏嗓儿在唱“因为爱情不会轻轻易易悲伤，所以一切都是幸福的模样。因为爱情简单地生长，仍然随时可以为你疯狂……”想哭的时候，看见筱杏香没心没肺地哼唱“因为爱情怎么会有沧桑，所以我们还是年轻的模样……”

我让她别唱了，接着讲。她说快上场了，有空再讲。我说早着呐，小青年唱完，还有民族服装秀。她不情愿地望着我，问讲哪儿了。我说讲到谁都不想不要脸，快要把你憋疯了。

“唔……我上到三楼，正要按门铃，“嘣”地一下，门开了。他说放下电话就在支棱着耳朵听。我说你又不是猪八戒，耳朵还能支棱。他嘿嘿笑着，问借几把扇子，我说借扇子干吗。他说不是借扇子来的么。我说是啊是啊，借三把用用。你老公心眼儿实，几十年都没变，抱了几把扇子从储藏室出来，我已经脱成打沙滩排球的了。老苏似明白非明白地望着我。我已经豁出去了，生生贴上了他的身子，他双手抱紧我，下面……下面硬硬地抵着我，手忙脚乱地忙火，可不知怎么了，突然他就蔫巴了。他说你看，扇子都掉到地上了，弯腰一把把扇子捡起来。他嘴里的大蒜味夹杂着烟酒味直冲脑门，我提醒自己是还债来的，啥味儿都不许嫌他。我贱气十足地掀他的汗衫。老苏捏紧我的手。你猜他说什么？”

“说啊，我咋猜得到！”我佯装生气。这时小青年唱完，台下响起热烈的掌声。兄弟社区的民族服装秀开始。筱杏香把脸颊上一滴雨拂掉。陆佳川也在擦眼镜片上的雨滴。筱杏香说马上有暴雨，我让她别打岔接着说。

“你家老苏说：‘好多回都梦见我脱成这个样子，这辈子哪怕只跟你做一回也值了。可你现在这个样子我害怕，一害怕，小弟弟就不听使唤了。谁让我从小青年等成老头子呢！’”

“这个没用的东西！”我觉得老苏把我的脸丢尽了。

“不是他没用，是女人不能太强悍。”

“快说，他还说了些什么？”我觉得老苏活着，演出罢了我要回家收拾他。

“他说：‘当年，我几次暗示要那样，你严防死守不松动，还威胁我说，谁敢胡来就告谁。我假装生气，心里却高兴得不得了。你今天装扮得不伦不类，全是不合年龄的疯癫，没一点儿羞怯的本色，我怕了你了！”

他俩都可怜。我不忍听下去了。筱杏香还在喋喋不休：“那天的事不像我筱杏香干的，那个女人徒有筱杏香的形！岁月多有情就有多无情。后来，老苏平静地帮我拾起地上的衣裙，挖苦说：‘来，把肚皮捂严实，小心凉了拉肚子。’我的脸烘热，着火一般，边穿衣服边纳闷儿：男人到底是个什么东西，馋巴巴盯了几十年，今天送人上门却这副德行。脑瓜进水了！

望着这个吃了败仗的女人，追问后来怎样了。筱杏香说：“我说我是欠债还情来的，让他无论如何那么我一下，我想心安。他说‘你想心安就让我心虚？跟你这儿样我就对不起刘婉芝了。她是我前世修来的好老婆，过惯了和她在一起的小日子。这把年纪了，习惯把喜欢的安放心里了。”

雨点丢得密起来，风更大了，轰隆隆的雷声似在头顶碾过。晚会在继续。主持人念《看海》解说词的时候，筱杏香凑近我的耳朵说：“他爱怜地看着我穿戴整齐。那时起，他就从旧相好变成了哥哥。我不会喊他一声哥哥，就像不会喊你一声嫂子，但我在心里，已经把你们当哥嫂了。”

我仿佛看到筱杏香用一块的抹布，一下又一下，终于擦净了我心屏上最后一丝锈迹。

《看海》音乐响起。

我们在“海滩”快乐起舞的时候，天，不再含蓄伤心，而是放开流泪。雨，终于下成气候：雨丝如玉帘垂挂，被风吹成斜线状。三人小组合在海边踏浪，我看着筱杏香欢畅起舞的侧影。侧影感染了我。以往舞蹈，我总是忙着完成动作，从没像现在，发自内心地想舞蹈，身心比任何时候都轻盈。我怀疑他们过去有事，担心他们心里搁着对方，搁得炼成了丹，结成了砣，凝成了珠，我是横亘在他们中间的多余的。结果不是这样。这样的结局真好，说不出的漂亮。老苏，干吗走不及似的，看看今天的舞蹈多好。这会儿我心里好像有海了，尽管有些模糊，有些距离，可我确定它在那儿了。

雨越下越大。音乐没停，观众没走，舞蹈继续。听见海浪拍打礁石的声音，还有海鸥齐鸣，心屏撩开一尊辽阔的海，碧蓝浩渺，一望无际，远处是梦的故乡，老苏带着笑意在海的那边浮荡片刻，隐去。海水洇漫，沉渣荡然无存，雨水替代海水，一下又一下把我的心眼洗濯干净。

真实的风雨声和音乐里的海浪声融为一体。情景剧里的剧情很真实。斜斜的雨丝被舞台两旁的大灯穿越，变成玉色的丝，眼里渗入雨水很酸涩，我只能努力睁大眼睛。雨中的舞蹈有异样的美，惬意、俏皮，女人们用自己方式回应生活。

舞蹈接近尾声，筱杏香准备从后排往前跨的时候，用简单清透的目光，饱满地看我一眼，有怂恿更有安慰，她俯下去的脊背竟像一尊礁石。我朝礁石跨上去，她岿然不动。掌声响起，观众给了难度分，延长着鼓励。这时，一面海在眼前划开，浪花逐来，层层叠叠，湛蓝，辽阔，万种风情。揣着日月星辰和生生不息的岁月，在海面，舞蹈着的是我们这群女人。

（2014年第2期《星火中短篇小说》）

欠　条

一

半晌时分，太阳热力足了些，山尖雾气，乱云飞渡似的速散开去，油毛毡棚檐的冰柱开始滴水。会计曾英芝手把手伸出窗外，接水搓着手说："结了个把月冰总算化了。"邵经理凑上前，在曾英芝的腰上捏了一把，问："还是没动静？"

"跟你没关系！"曾英芝假嗔，把手上的冰水弹在邵经理脸上。

"你嘴硬，不承认有我一条胳膊是不是？"邵经理拂拂络腮胡子。

听到门外有动静，曾英芝欠身朝外看，见仓库保管马安逸带着他的几个孩子往这儿走，给邵经理递声音："正经些，寅吃卯粮的来了。”

邵经理正色，一屁股塌到长凳上，随手抓起一张报纸，挡在脸上，假模假式地看。

“等着爸爸，”马安逸说，“借了钱，我们买馒头。”

曾英芝笑了，脑子里五双饿虎的眼睛，齐刷刷射向马安逸，好像馒头藏在他的脊梁骨里。“讨债的都跑马家去了。”曾英芝自语。邵经理不屑地“嘁”一声，摇摇头。

“借5块钱，曾会计。”马安逸走进来，说。发现经理叉腿奓胯坐在一边，随口招呼：“经理关心国家大事呢。”

邵经理用鼻音“嗯”一声，把报纸翻得哗哗响。

“又揭不开锅了？”曾英芝问。

“还不是老样子。借一点。”马安逸笑意饱满。

“吧嗒”，曾英芝把信纸和笔往马安逸面前一扔。笔撞到他的上衣扣子，落到桌子边儿。信纸起伏几下，飘到地上，马安逸弯腰拾起，用手指掸了掸，对角一折，撕下一半，躬身伏案写欠条。几行行草心电图样地在纸上蜿蜒。顶头写了伟大领袖毛主席的教导，要斗私批修。中间写了借的钱数，什么时候还。右下方写了此致革命敬礼。右下角是借钱人姓名以及借钱时间。

曾英芝不接欠条，示意他搁到面前。拉开抽屉，她把手搭在抽屉沿上，说：“马才子啊，你们那佳人有一个多月没回家了吧？”

“文工团忙。演样板演的一个又一个的。”听到“才子佳人”，马安逸心里很不是滋味，不是为了借钱，他肯定要说：“‘才子佳人’进山那是凤凰落难不如鸡，连神农架的地搭工都不如哩。”

曾英芝从抽屉拿出一小摞两角钱一张的纸币，右拇指沾口水，慢腾腾地数起来，没数几张，停住，下死眼盯着马安逸说：“你得催她回来看孩子。不顾家，为啥要生这么大一窝呢？”

“说的是，等会儿我到邮电局打长途电话。”马安逸盯着钱说。

“那你顺便问问生孩子的药，能不能多配几颗，我的——嗯一个……远房表姐想要。”

“没问题。我给她说。”马安逸眼里闪着温润的光芒。

孩子们在外边喊爸爸，声音一声比一声高。马安逸说这窝孩子真吵，曾英芝怔了怔，接着数钱。

马安逸不看曾会计黑红色的脸蛋儿，随着她的手动，微微动着下巴。

数毕，曾英芝捏着钱在桌面上摔，一下又一下摔，摔得马安逸眼睛直眨巴。

马安逸小步绕过办公桌，站到钱跟前，咧开有着好看轮廓的嘴唇，谦恭地伸手接钱。

“你们忙啊。”马安逸边走边说。

望着马安逸好看的身影，曾英芝摇摇头说：“寅吃卯粮，卯吃啥粮呢？”

“管人家吃啥粮呢，”邵经理站起来，一步蹿到曾英芝跟前，刮一下她的鼻子说：“《沙家浜》你算没白看，人家刁德一‘曲线救国’，你是‘拐弯讨药’”。

“就你能！”

“你家那个绣花枕头，中看不中用，没有酵母咋发得开你这坨面嘛。你看我老婆吧，生的清一色的儿子，挖到儿子窖似的。”

曾英芝用瞌睡腔骂一句皮厚，黑红的脸颊变成酱色绸缎，锋薄而有光泽。

二

枣坪镇每座大山都像造风机器，看不清风从哪儿来，只知道暗中扭在一块，变成无数小刀，直朝人的头脸扎。

曾英芝憋到中午下班，上了趟厕所。溪边坡地上用木板搭的厕所，搭个渔网似的草帘子，男女共用，进去前得用咳嗽试探。尿毕，一股寒意袭上身来，面对冬阳，曾英芝打了个寒噤。想起马安逸押运药材到省制药厂去了，一窝孩子也不知道咋在弄，大的管小的，可怜见儿的。她拐到院子西头自己的家，拿了十几个咸鸡蛋和红薯条，去给几个孩子送去。

从院子斜穿到对面，第二排油毛毡棚子就是马安逸家。曾英芝眯着眼睛往里瞅，看到大的小的都还在床上赖着，心想这都晌午了，恐怕是连早饭也没吃，心想爹妈不管的孩子就是可怜。自己这是没孩子，要是有孩子，她会把孩子侍候得美美的。此时的曾英芝突然有了做妈妈的意识，大声喊：“娃娃们，都给我起床！”严厉的声调不难听出慈爱。

大丫踹踹脚头的二丫，二丫不理，脑袋埋进被子。

门拍得更响了，连整个木板房都振动起来了。

大丫披上棉袄开门。浓重的烟熏气像一条拴疯了的狗，猛地蹿出去。“不得了了，失火了！”曾英芝大叫。

“哪儿失火了，曾阿姨？”大丫眵目糊望着曾英芝。

“你爸爸走的时候没交代不能把火盆搁在屋里？”

“不搁屋里我们不得冻死！”

“你这孩子说话怎么像吃了火药哩，”曾英芝进屋，指着地上黑乎乎的棉絮说，“这是烧焦的大衣？我说失火了还不承认！”说着把鸡蛋和红薯条搁到桌子上。

这时几个员工和卖药材的来了，围在在门口问曾会计发生了什么事。

“差一点儿就是塌天的事儿，”曾英芝走出去，说，“火盆搁到屋里，把棉大衣都烧了。”

“怪不得这么大的烟熏味儿！”

“还好，木板都好好的。”

“地上黑乎乎的一堆东西是什么？”

大丫忍不住了，解释说：“我们家没失火……被子掉到火盆边上，烧了半截……一小截。”

“听听，听听，被子都烧了还不是失火！那你们烧伤没有哇，娃儿们？”曾英芝拧着眉头问。

“我姐的手心烤焦了。”二蛋说。

“手给我看看！”曾英芝厉声说。

“手好好的。”大丫说。

“走，我带你去涂点狗油。”曾英芝说。

“不！”大丫说。

“马安逸们两口子也真是的，比着跑，一窝孩子，都不管。”曾英芝数落。

卖药材的说：“大的也只这么大，还要管几个小的。”

“只晓得唱戏，为啥要养一大摞嘛！”曾英芝瓮声瓮气地说。

“能养一窝孩子也是本事呢，”卖药材的不开眼，“要是不生孩子，老辈人该骂‘住我的店，吃我的饭，是狗你得叫唤，是鸡你得下蛋’！”

曾英芝一激灵，没心思在人堆待下去，边往外挤边嘀咕：“到底是生的孩子还是下的蛋呢？生孩子不管还不如下的蛋呢！”

邵经理四平八稳走过来，把杯子递给曾英芝。大伙儿自动给经理闪开道。经理站在门口，抽抽鼻子，四下看看，回过身，双手叉腰说：“等马安逸回来，必须让他作检讨，隔壁就是中药材仓库，火要是烧过去，国家财产是会受损失的！”

大伙儿七嘴八舌议论开了。

曾英芝一旁帮腔：“好几百块钱的药材呐，真要是烧了，马安逸砸锅卖铁也赔不起。他老婆何璋仪也得跟一块吃官司！”

“又没烧到半根药材，凭啥我爸妈吃官司！”说完，大丫啪的一下把木门碰上。

人们悻悻散去。

隔着门板，大丫大声说：“蛋也不会下。真没用。羞羞羞！”

曾英芝摇摇头，说：“这孩子真不知好歹。”

三

生气归生气，曾英芝觉得这桩事得让马安逸和何璋仪知道。她到邮电局，让总机帮忙接通省制药厂，找神农架的马安逸接电话。对方放下电话去找人，好一会儿回话说，神农架押运的头天已经回去了。猜想马安逸是在回来的路上，曾英芝又让总机转拨神农架林区松柏文工团。总机把电话柄摇得呜呜响，好一会儿才和松柏镇的总机通上话，然后转分机到文工团，值班员耳朵背，喊渡船似的说找何璋仪，他才哦了一声说这就去喊。

听筒传来何璋仪哼歌儿的声音，曾英芝心想：放着一窝孩子不管，整天莺歌小唱的，哼，偏不让你当甩手掌柜，偏叫你回来看孩子，顺便能把我要的东西捎回来。

“喂你个马安逸，又催我回家是不是？”何璋仪拿起电话说。

“我不是马安逸，是他的同事曾英芝。”曾英芝想笑。

“啊哈，是曾会计呀。有什么事儿啊？”何璋仪笑声清脆。

“本来吧，轮不到我给你打电话，可是你们家孩子，弄出一桩大事！”

“什么大事？马安逸呢？”何璋仪语气紧张。

“马安逸押车到省里去了，昨天夜里，几个孩子把棉被烧了大半截，大丫的手心都烤焦了。”

“你说什么？被子……烧了……大丫的手……”

“是的，孩子把火盆搁到床跟前，睡到半夜，被子耷到火盆里了，大丫抓烧着的棉絮，把手心烤焦了。你晓得的，隔壁就是我们单位的药材仓库。”

“天——哪！”何璋仪拖着长腔说，好一会儿才缓过神来，说：“我、我、我——这就回去！老天爷呀！”

曾英芝没料到何璋仪突然挂电话。她还有话没说。握着听筒，望着总机，叹息长途电话白打了。不用想就知道，那女人惊慌失措地回来，别说顾不得配药，就算配好了，摊上这么个心情能大大方方给我？真是饱汉子不知饿汉子饥。你有一摞孩子不着急，我结婚七年多没怀上一个不能不着急。曾英芝莫名其妙来了脾气，骂了句他妈的。

太阳落山的时候，马安逸和何璋仪前脚挨后脚在枣坪镇车队下车。两口子相互抱怨，他说她好跑，她说他好跑，她说不跑不行，他说不跑也不行，然后讲和，赶紧回去找孩子。

脚下的公路是从大山中央劈开的，上下都是雪原林海，挺拔的松树，让人想到《智取威虎山》披着白色斗篷的战士。平时马安逸总会扯开嗓子吼一声穿林海，化雪原，气冲霄汉，今天心里着慌，张不开嘴。

孩子们在溪边看娃娃鱼，夫妻俩松了一口气，相视一笑，煞有介事地捣着五个背影，一人伸出一个巴掌给对方看，意思是一巴掌，一个也不少。孩子们见到爹妈欢蹦乱跳着，夫妻俩在为劫后余生庆幸。

曾英芝站在财务室窗口，望着一家七口不紧不慢地从院子穿过，是酸是甜自己也说不清楚。

眼光尾随着何璋仪了，军用大衣，红色毛线围巾，草绿色灯芯绒棉裤，酱色翻毛皮棉鞋，一双乌黑油亮的大辫子。演员嘛，脸蛋自然长得好，还挺胸翘臀的，这些都是自己比不了的，可她恰恰不在意这些，自己在意的是她特别能生孩子，儿女双全。样样占全的女人，老天爷偏让这么一个样样占全的女人掌握着祖传秘方。

曾英芝的叹息太重，把对面山上的金丝猴都招来了。

马安逸家在煮牛胎盘。大蛋、二蛋趴在灶台上，一替一下摁那只白色球状飘浮物。弟弟问哥哥："怎么把屁股搁到锅里煮呢？！""好像不是屁股是气球。"

何璋仪笑得前仰后合。

老婆沉静或热烈都能燃起马安逸的渴望。她那鲜艳生动的脸，挺胸细腰翘臀，紧实的肌肉，让他觉得等到天黑、孩子们都入睡是一种折磨。

孩子们在大床上玩《收租院》的游戏，大丫、二丫坐在叠成方块的被子上，手拿枝条，等着收租。三丫、大蛋和二蛋用装着稻谷壳的枕头当粮食，夸张地弯着腰给两个姐姐交租。二蛋扛得吃力，不停地念叨："扛狼（粮）食啊！扛狼食啊！"走着走着，身子一歪，滑到床下，哇的哭了。

马安逸说："不许玩了，都赶紧睡觉！"

何璋仪心疼地抱过小儿子亲一口，让他睡到两个枕头中间。马安逸一个劲儿使眼色，何璋仪笑而不语。

关灯，小屋子融入大神农架的黑暗。隔着小儿子，马安逸右手在何璋仪下腹处摩挲，左手抚摸小儿子的肚皮，耳朵兼管那张床上的动静，小声讲孙悟空大闹天宫以后，就回家睡觉了，天黑了，孙悟空眼睛一闭就睡着了，呼呼呼，打起呼噜来了。好了，别说话了，再说话就把孙悟空吵醒了，吵醒他又要大闹天宫了。安静片刻，马安逸在小儿子的胳肢窝轻轻挠了挠，没反应，知道他终于睡着了。黑暗中，雪花膏香气四溢，何璋仪一双大眼睛在黑暗中忽闪。这是映山红一样鲜艳的女人，生了五个孩子照样宛若少女，年龄从不妨碍她的美丽。

"嫁给你冤死了，"何璋仪小声说，"从生下第一个孩子开始，哪回不在等孩子入睡？”

马安逸没吱声，心里也同样觉得冤屈：总在等孩子们入睡，贼样地拥抱，有所顾忌地翻滚，呼吸从来不畅必要时还得屏住呼吸。像大熊一样笨拙，但总能轻巧怀孕，怀上一只又一只比小熊还可爱的孩子。一幕幕甜蜜景象，浑身充盈幸福感，瀑布击打般地惬意。

二人做贼似的忙火毕，何璋仪直咂嘴：“十有八九要怀老六。”马安逸说：“按你的生法，老六还会是儿子，那得把曾会计气成啥样儿。”“我还嫌她利利索索、有钱没处使哩。”

“眼皮子浅不是。唉你说这曾会计有啥嘛，迷得我们邵经理团团转？”马安逸亲了老五一口，把他抱回中间，匀些被子给何璋仪。

“她有一双色眯眯的眼睛。说话是瞌睡腔，像躺在枕头上说话似的。”

“是的，这女人黄脸平胸瘪屁股，像个死面馒头。也就是邵经理，铁锹蒙条裙子也要上。”

“铁锹蒙条裙子也要上？”何璋仪捂着嘴笑，肩膀抖动着。

“我们单位，去年夏天结婚的袁莉出怀了，上个月结婚的汪娟也在害口，曾会计最近看孕妇的眼珠子都成绿的了，不急死也要急疯了。”

“怪可怜的！空的时候我再配些药，送她几颗。”

“真不想给她。狗仗人势那样儿，每次借钱都脸不是脸屁股不是屁股的。”

“能借就不错了。”

“又不是借她的钱，公家的。”

“你啥时候能像个男人？”

“我不像男人，那我们五个孩子哪儿来的？”

“我怕有小六子。”

“有啥好怕的。一只羊也是放一群羊也是赶。”

“马安逸，我们会不会一辈子都呆神农架回不了县城？”

“稀里糊涂过，想这事儿做啥。”

“孩子们的爷爷也是，为啥要在新中国成立前当什么伪保长，弄得我们跟一块背黑锅，一吵架人家就骂我保长儿媳妇。”

“看看，每次总得说这个，不说就没话说了是不是！”

“跟着你，除了背黑锅就是生孩子。啥时候消停过！”

“哎哟，刚才还晴天大日头的，转眼咋就多云转阴天了呢？我们比《收租院》的人幸福多了是不是！”

何璋仪不再吱声。

四

听到喊发工资，马安逸心头一热，丢下半麻袋“头顶一颗珠”，直奔财务室。望着马安逸一脸油汗，曾英芝叽诮：“只要是拿工资，你比兔子跑得还快！”马安逸打趣：“拿工资都跑不快，干工作会跑得快？”几个人笑。

接过当月工资，马安逸沾着唾沫数了一遍，感觉不对，又数了一遍，嘀咕道：“不够十七块三毛八呀，只有十二块三毛八呀。”于是试探地问：“曾会计你看看，是不是少给我五块钱呢？”

曾英芝朝桌上的一张欠条噜噜嘴。

马安逸拿起来一看，疑惑地说："哎哟，弄错了吧，这是上上个月的一张欠条。你忘了，第二个月就扣过了。"

"扣过了？扣过了欠条怎么在我手上呢！"曾英芝白着眼仁看他。

"天地良心，真的扣过了，忘抽欠条了。"

"还钱不抽欠条，你是傻子啊！"

"曾会计，你想想，我是不是有发工资就还账的习惯？"马安逸说。

"你有啥习惯我不知道，反正欠条在我手上。"曾英芝头也不抬。

"欠条忘抽了呗。"

"还钱不抽欠条？让大家评评理，有这样的事儿吗？再说每个月底我都要轧账，钱账也核对过了，没长出五块钱来呀。"

"曾会计，我们都摸着自己的第二颗扣子说话行不行。没长五块钱，那肯定是搅到别处了。我借的五块钱肯定是还了。只是忘了抽欠条。"

"摸着自己的第二颗扣子说话"让曾英芝震动了一下，说的是第二扣子不是真的指扣子，是指第二颗扣子指着每个人的良心。马安逸能这么说，说明他可能是还过这五块钱了的。那这个月扣的五块钱就等于扣冤枉了。可是不对呀，上个月底轧账，钱账都是对的，并没长出个五块钱来。要是还给他五块钱，等于要短五块钱，短的五块钱自己要赔，五块钱可不是五分钱、五毛钱，开不得玩笑的。想到这儿，曾英芝干脆认定马安逸就是没还钱。只要有半点松口，那就该自己掏腰包了。

"欠条你拿回去好好想想。我肯定不会扣你两回。"

“曾会计，你也好好想想，我也不会没还说还了。五块钱，我该买多少粮食多少菜！”

“别再说了行不行。我在发工资，发错你赔得起吗！”曾英芝明显烦了。

马安逸不再说什么，拿起欠条横看竖看。顶头写的是最高指示“狠斗‘私’字一闪念”。的确是扣过一回了，可这张欠条怎么会在她手里呢？

“曾会计……”马安逸忍不住还想解释。

“别说了行吧，拿着你的欠条赶紧走！”

马安逸突然火了，再也不想忍了，想着借钱时候的低声下气，想着她总是用“一窝”形容他的孩子，想着老婆已经在给她配药了，这个女人真太不是东西了。

“曾英芝——想昧我这五块钱你就明说好了。你拿五块钱买养孩子的药还不见得够！”

“笑话！我不会拿人家的钱买养孩子药的。我自己有钱，不像个别人靠借钱过日子。”

“我靠借钱过日子怎么了？我这叫有苗不愁长。笑话我靠借钱过日子？告诉你，我不会借到儿子娶媳妇、女儿给婆家的！倒是有的人结婚七八年肚子瘪着，连点念想都没有！”

“喊——你怎么知道我不生孩子？我今年才三十多一点儿，我们村胡老太太快六十了还逮个秋蚂蚱、结个秋葫芦，生下一个大胖小子！你别嚼多冤枉话活不成大老头儿。”

“人家善事做得多能逮秋蚂蚱、结秋葫芦，你扣昧心钱，逮不着秋蚂蚱、结不了秋葫芦！说我活不成个大老头？笑话！我这身体结实着哩，从小在剧团练过功，看脸色就知道能健康长寿，比个别人拉一张寡妇脸强似百倍。”

“嘿哟，说我寡妇脸？我有男人不算寡妇，脸色不好看也不能算寡妇脸。修积你这张嘴，小心把你家何璋仪弄成寡妇！”

“我不短寿我的漂亮老婆就不得成寡妇。你胆敢贪污我的5块钱，肯定是活不长的相。”

“心里无冷病不怕吃西瓜。我没贪污，不心虚，我敢发誓没多扣你5块钱。如果我多扣你的钱，让我这辈子都不生孩子！”曾英芝说得急了些，抓起算盘摇了摇。

“你要这么说，我也赌个咒：我要是没还说还了，我这辈子活不成个大老头儿！”

“好好，赌得好，要是你没还这5块钱，我赌你短阳寿，活不成个大老头儿！”

“你要是多扣我5块钱，我赌你一辈子不生孩子，孤佬一辈子！”

“好好好，赌得好！”

“大伙儿看看”，马安逸摆着欠条说，“我一时疏忽，忘抽欠条，被这个不养孩子的婆娘又扣5块钱。欠条，就是这张欠条，我会把它当纪念品、当历史文物，我要让所有人知道有人黑良心，贪污我这么大一笔钱！”

曾英芝一拍桌子站起来，正要泼骂，邵经理走进来，撒开手指朝她扇几下，曾英芝突然住嘴。别看她黄脸、平胸、瘪屁股，看上去总是病蔫蔫的，只要吵起架来，立刻就像猛虎下山。看到邵经理，女人眼里的凶光即刻变成暧昧的柔光，干张了几下嘴，颓然跌坐到椅子上。

五

“九龙江上摆战场，相互支援情谊长……”听见何璋仪的声音，曾英芝一惊，知道马安逸真不是吹牛，何璋仪又在害喜，请了一个星期假回来休息。放下账本，曾英芝站到窗户后面打量从山坡往下走的何璋仪。这是个走到哪里哪里亮、害喜都比别人精神的女人，列宁装、练功裤，真叫英姿飒爽。突然，曾英芝看到何璋仪手里甩动着碎花布袋。不用说，自己想要的东西就在碎花布袋里装着。

“不该跟她男人吵架！”这一时，曾英芝彻底后悔了，悔得肠子发青还没处说。五块钱的事，她和马安逸都觉得冤。说没还吧，可他每次都是下月还上月的，从没例外过。可要说还了吧，欠条分明在抽屉里搁着。也确实兑过账，一分钱不多，一分钱不少，天晓得搅哪儿了。唉，已经吵翻了、闹僵了，药是百分之百要不到了。是不是找马安逸说句软话、高姿态退给他5块钱呢？不行，他出口伤人，赌她一辈子不养孩子，她也不是吃素的嘴，赌他活不成个大老头儿。关系僵死了，根本缓和不了了。那也没啥，自己堂堂一个公司会计，身后有邵经理撑着，还怕了他个仓库保管员？可不生孩子是一块心病，要是再拖个七年，转眼逼近绝经期，那就是注定的孤佬命了。是不是背着马安逸跟何璋仪解释一下呢？恐怕也不行，人家是两口子，穿一条裤子还嫌肥，就别费力气了吧。想到这儿，她对自己说：“再瞟一眼碎花布袋你就不是人！”

天擦黑，曾英芝对丈夫宝根说：“晚上别去下棋了，早点烫脚钻被窝吧。”宝根嗯了一声，去厨房舀热水。

曾英芝觉得，药是不可能要到了，那么两口子把那桩事做得下力些、次数多一些，迟早还是能怀上的。宝根小伙计似的把洗脚水搁到曾英芝面前。脚刚触着水，“哎哟——”曾英芝大叫：“好烫！你算是小秃烂鸡鸡一头无一头了，啥事都做不好了！”男人嗫嚅着，一溜碎步去舀凉水，嘟囔女人翻天了，当个会计跟个武则天一样了！

“有种你给我大声说！”曾英芝的眯眯眼突然瞪大。

宝根惹不起她，闭上嘴，大气也不敢出。每次做那事，只要不合意，又是打又是掐的。结婚这么多年她怀不上孩子，自己从不敢说什么，是女人自己跟自己过不去。曾英芝骂骂咧咧，数落他是个窝囊废，弄到现在也没个孩子，让她比别人低半个脑袋。男人委屈道：“可别这么说，在单位，你脑袋比谁都大，是别人比你低半个脑袋。在家，就不说脑袋大小了，只说你是娘生的，我是鸡蛋孵的！”

“捎带我？母鸡也比我强，是这意思吧？”

知道捅了马蜂窝，男人恳求道：“要不我还是下几盘棋再回来？”

“你敢！”

这时，窗棂“嘣嘣”响了两下，曾英芝一怔，问是谁。

窗外回答：“我。何璋仪。”

曾英芝大惊失色，想起为5块钱欠条，诅咒过她男人，这是上门吵架来了。

“有事儿……明天说……行吗？”曾英芝说。

“开门进去说。明天不方便。”何璋仪压低声音说。

打开门，何璋仪进来，屋子顿时亮了许多。望着漂亮得假人儿似的何璋仪，曾英芝有些手足无措。客人落落大方走堂屋，坐在凳子上，主人跟进堂屋，僵硬地站着。突然，客人从大衣里拽出一个碎花布袋。曾英芝掠过一阵眩晕，心头一热，有个声音差点儿从嗓子眼儿蹿出来，另一个声音跳了出来：“不可能，绝对不可能！”

凭女人的直觉，曾英芝还是猜到何璋仪给她送药来了。这药真的是灵丹妙药，单位几个女人用了她做的药丸，先后都生了娃娃。这下好了，自己的运气也来了，怀孕、生孩子指日可待了。

何璋仪把碎花布袋搁到膝盖上，掏出一个白色小包，剥竹笋样的一层层剥，直剥得剩下两颗白色药丸。曾英芝热流涌动，眼泪花直打转。

“喏，药。”何璋仪媚眼生动地说。

“哦哦……”曾英芝的瞌睡腔像在发梦呓。

“何璋仪，我不该跟你家马安逸吵架呀！你捶我几下我不还手！”

“事情早就过去了。他不是也骂你了，骂得那么难听，我还想替他挨几捶哩！”

“是我骂的难听！”曾英芝用哭腔说。

“都是话赶话弄的，”何璋仪像在舞台上念道白，“事儿过了，同事还得处不是？早先答应过你，拖了这么久是最近才弄到最后一味药。”曾英芝快速擦去眼泪，声音颤抖地说：“多像个男人哪！”

“天——哪，有这么表扬人的吗！”

何璋仪下重眼看曾英芝的男人，男人领会意思，说烧开水去。

曾英芝端详着两颗酒曲样的药丸，像盯着两个宝贝孩子。

何璋仪说："这两颗药丸是你用的。例假干净后的第十天，清洗下身，戴在里面，赶上日子，很容易怀上。"

说着，何璋仪想吐，用手背捂着嘴，咽口水。

曾英芝喊男人倒开水。男人说水快开了。

"小六子捣乱，"何璋仪说，"喏，这瓶当归养血膏是我在医院开的，让你丈夫服用。很多人以为当归是女人的专利，其实对男的也是极好的。"

"我让他按时喝。"曾英芝如获至宝。

"其实吧，除了用药，有些事儿你也应该注意。"

"注意什么？你说，我记着。"

何璋仪说："刚在窗户外头，我听见你吼男人了。男人吧，不能吼还得哄着宠着宝贝着。"

"唔，我一看他那窝囊样儿就来气！"

"不能这样。你看他脸色萎黄，一脸倦容，说明他很劳累。"

"不假。他们工程队天天开山炸石筑路。"

"下班回家，你得让他多歇着。"

"我让他歇着他就跑去下棋，一下半夜不落屋。"

"你得给他吃得好一点，中药材不缺补药，弄几只母鸡炖给他吃，补得精神了，能帮助怀孕。"

"从没听说还要给男人进补。"

"你没听说的多了。你俩不能天天劳顿那桩事，算准日子，精力蓄得足足的，折腾一次就怀孕。"

"哎哟，这话我是头一回听说。为了早点怀上，我天天都在折腾他。"

何璋仪笑了笑，说："你不妨这样，家务活儿你多做，让他多歇着。晚上让他下下棋，轻松轻松，然后回来了好好睡觉，等他睡足了觉，再做那档事。”

“照你这么说，往常我们弄反了。每天晚上折腾完了才准他睡觉。”

“苦——哇！”何璋仪感叹。

“他苦在面上，我苦在心里。”

“你看我家马安逸，天天快活得不得了。你没发现，快乐的人容易怀孕？”

“嗯，好像是这么回事。我好发脾气，他天天拉张苦瓜脸。”

何璋仪又想呕吐，用手背捂着嘴。

曾英芝问：“你和马安逸……是不是经常用祖传秘方啊？”

“我的天！打小我和他都在谷城剧团练功，体质好得不得了，药是给不怀孕的配的。上趟回来，一碰又有了。唉，要不是分居两地，怕是要生一个班了。”

曾英芝心头滚动着“不公平”。何璋仪说：“没啥想啥。我害怕有又有了，吃啥吐啥，难受得不得了。”

“听说你在县城剧团是台柱子，进山委屈吧？”

“委屈也没办法。搞‘文化大革命’了嘛，‘才子佳人’的戏不让演了，剧团也解散了。为了谋生，进山唱样板戏。”

“你家马安逸咋不进文工团呢？”

“剧团解散伤了他的心，他说文艺是不靠谱的营生。干啥也不干文艺。他把孩子一个个都降得不敢唱歌、跳舞、表演。孩子们一高兴，忘形地喊一嗓子样板戏，他鼓起一双牛眼瞪他们。有时候，他自己也会忘记自己立的规矩，唱一声立即刹住。”

“你和孩子们想家吗？”

“我最想家，父母姊妹都在县城。马安逸父母双亡，姊妹分散在几处。孩子们倒糊涂，爹妈在哪儿哪儿就是他们的家。”

说起孩子，何璋仪起身要走。曾英芝留她再坐会儿。何璋仪说有空再来。曾英芝不再挽留。送到门口，何璋仪小声对曾英芝说：“马安逸人忠厚，就是心眼儿比针尖大不了多少。这事儿就天知地知吧。”

“好好，天知地知！”曾英芝附和。何璋仪没法告诉她，马安逸一听要给曾英芝送药，当时就虎着脸，拦着她不让出门。他说每次借钱，曾英芝都脸不是脸屁股不是屁股的，还昧了他五块钱，黑良心。咱们的药只给好女人，只让好女人的肚子早点挺起来，让那个狗仗人势的干瞪眼。何璋仪让他记恩行善，多替曾会计想想。

六

“欠条事件”过后的第三个春天，马安逸一家回了谷城。

不是曾英芝不愿送他们，是那天屁股太沉重，抬了几下都抬不起来似的，抬不起来就算了，不能太为难自己。

曾英芝感叹：“就算走的是冤家，心里也不是滋味。”

没多久，邵经理也要回宜昌了。

似有一只无形的手抽拔着心丝，抽拔得空寡无依。曾英芝觉得，管他是不是逢场作戏，有个做戏的总比没个做戏的强吧。别看姓邵的爱犯个轻贱骨头，瞅着财务室没别人，喜欢掐一下摸一把的，可这些年，还就仗着这些不能上桌面儿的名堂过到了今天。

准备走的前两天，邵经理大步走进财务室，表情郑重地对她说，已经给上面打过招呼了，提拔她当公司财务主管。她知道，这是结账来了。这些年自己是秃子跟着月亮走沾光了，他一走，就算在文件上画个老虎也不吓人了。曾英芝眨巴着眯眯眼，下死眼看他，像要用眼睛把他吃下去，咽到肚子里。她的等待落了空，邵经理不再放肆，像是认清裙子蒙着的是铁锹不是女人。他没心没肺地找报纸、找绳子，说老婆要用，包些不着五六的东西。她瓮声瓮气地说绳子多的是，这儿有，不值钱，多拿一些。那个人也没好声气，连说够了，拿那么多干啥，又不上吊。他说大后天走。她说送送他们。可是邵经理拉家带口提前一天走了。走时连个招呼也没打，着实凉了她的心。女人望着远山感叹："姓邵的也够意思了！"

那年的映山红开得怅然若失。

等晚饭的时候，曾英芝想些咸咸淡淡的心事。丈夫宝根把饭递上来，她漫不经心地用筷子搅和，抱怨男人把这么好的手擀面条儿煮糊了汤。男人说糊汤面好吃着哩。曾英芝一下把碗推到地上，面汤溅了一地，碎瓷片勾着断面条直晃悠。男人放下碗筷收拾，蹲在地上好一会儿也没站起来。曾英芝觉得奇，凑近一看，见丈夫用碎瓷片一下又一下割自己的手背，一条条血痕冒着血珠。曾英芝慌了，去捂流血的手。男人一使劲，把她甩坐在地上，指着心口说："这儿在流血，是你捂得住的？"曾英芝愕然看着他的脸，记不清轻视它多少年了。

曾英芝对丈夫保证：从现在起，再不跟他斗气，一心一意过日子，争取在绝经前生个孩子。除了烧香拜佛，曾英芝连巫婆用例假纸烧的灰也吃了，还吃过观音土掺面粉做的馒头，还到一座酷似男性殖器的山底下磕头。折腾好几年，男人不陪她去了，她就一个人去。一天，丈夫对她说："都说心诚则灵，我看这心也够诚的了，再磕最后一次吧，再不行就是天意了。"曾英芝听懂了丈夫的意思，把额头都磕破了。这天刚进财务室，感觉下身濡湿，想想离例假还有几天。回家一看，红色落英洒满裤裆，竟然提前破灭了她最后的念想！曾英芝再也压不住怒火，像一头暴怒的母狮，把一大卷卫生纸撕成碎屑，拽月经带，拽不断就咬，碎得七零八落。

若干年过去。

沉闷秋天的一个清晨，屋里的空寂唤醒了曾英芝。枕边无人，被筒空空，她明白，这一天终于来了。

压在饭桌上的纸条写得清清楚楚，让她不要找他，这辈子跟她过够了。

连这么个不被正眼瞧的男人都不跟她过了，曾英芝的确有些看不上自己了。

曾英芝知道，做女人的时光可以搁置起来了。从今往后，谁都可以拿她不当女人，就像不拿村长当干部一样。她否认自己曾经年轻，跟那个蒙条裙子也敢上的邵经理出过格。不再想曾经疯狂渴望做母亲。她的世界只剩下她一个，只有一个风烛残年等着她了。镜子不再照了，神情一天比一天落寞，不漂亮却饱满的脸颊一天比一天下塌，小腹却不近情理地鼓了起来，造成老太太怀孕的虚假声势。她生自己的气，明明知道已被生活打垮，但一直嘴硬着。

老态龙钟的曾英芝越来越怀旧，能把某一件往事正着想倒着想交叉着想。有一天，突然想起何璋仪用祖传秘配药的事。想着想着，突然顿悟了，对自己说：我这个笨婆娘，为什么那么相信何璋仪的药？什么外用的内服的，真与假只有老天爷知道。如果药是真的，那为啥别的女人一用就灵，而轮到自己就不灵？她又想起为五块钱跟马安逸吵架的事。五块钱还没也还是个谜。两个人吵急眼了撕破脸皮赌咒，自己赌他活不成个大老头儿，他赌她一辈子不生孩子、孤佬命。马安逸的嘴可是够毒的。想到这儿，曾英芝不仅没生气还笑了。她倒是经常想起马安逸一家。那个漂亮的、有着男人气魄的何璋仪，还有几个有趣的孩子，几十年过去，一个个变成什么样了？一家人咋在过日子？想到这儿，五块钱欠条跳出来在脑子里飘浮。本来和马安逸的关系还是不错的，只要他借钱，有钱没钱都凑了借给他。弄到后来为五块钱借条翻了脸。如今也这么大年纪了，不想还为五块钱跟老同事结梁子。

这一天，曾英芝踽踽着（她的腿患有老年退行性病变）来到邮电局，给谷城中药材公司的马安逸寄去五块钱。附言写的是祝老同事健康长寿，有空的时候带全家回神农架看看。个把月过去，没有回音。猜想这是马安逸不肯原谅她。她又给谷城剧团的何璋仪寄了五块钱，附言是祝你们全家幸福。我经常想念你全家。

没多久，收到何璋仪的回信。没提钱的事儿，只说马安逸已经去世二十多年了，让她有空来谷城做客。

看第一遍，曾英芝有些麻木，觉得信是假的，是写信的人生着法哄她。第二遍，突然看懂了，霎时老泪横流。想到马安逸当年的样子，出众的气质，俊秀的脸庞，温和的眼神，天天身后跟着几个小尾巴，他给他们做饭、梳头、洗衣裳。每回到财务室借钱，自己都没给他好脸色。这么个人儿，不在人世二十多年了？哭着哭着，不哭马安逸了，哭起了自己：肚子瘪了一辈子，成了别人的嚼头。姓邵的走后，连电话都没打过一个，沾上个恩断义绝的也算了，自己唯命是从的老伴也离家出走，用一张纸条给自己的后半辈子请了长假。曾英芝从下午哭到傍晚，从傍晚哭到半夜，存心把神农架哭塌架似的。眼泪抚平了伤恸，洗净了燥气，曾英芝平静了，浮升出从未有过的舒畅。

仲春的清晨，打开小窗，袭人的花香钻进鼻子，曾英芝平静地从竹筒拿出一个缺齿的梳子，梳她那薄得可怜的白发，然后扯去缠在梳齿上的断发，绕成一匝，丢到窗户外头。望着山上一群欢蹦乱跳的金丝猴，曾英芝自语："嗯，我要去趟谷城，找何璋仪。"

七

后半晌，曾英芝在谷城新车站下车，挑了个中年妇女的三轮，驮着自己往谷城剧团跑。马路两边开满各色花朵，香气似跟神农架扯拽着。小城清秀，安静祥和。庆幸是春夏之交，赶上秋冬，或许会忧伤一路吧。

三轮车停在剧团门口。曾英芝向门卫打听何璋仪家。门卫走出来，指着院子顶头说："笔直走到底，门前盆景最多的就是何璋仪家。"

曾英芝踽踽走着，身后有个骑自行车的女人超到她前面，哼着歌儿，顶一后背的大红花，风把练功裤吹得鼓鼓的。自行车在盆景最多的人家停住，曾英芝心头一热，心说这就是何璋仪，她没吱声，只眯着眼睛看何璋仪在腰间摸钥匙。大概感觉到身后有动静，何璋仪停止唱歌，扭头，转身，笑目丁儿地问她找谁。曾英芝笑而不语。突然，何璋仪仰面大笑："哈哈！曾会计——神农架的——曾会计！"

曾英芝笑了，揉几下眼睛，盯着何璋仪看。"何璋仪，你还是往日的样子！"

"这是笑我没心没肺哩。怎么找来的？"

"有嘴有脚，还能找不到。"

何璋仪是不屑问曾英芝来做啥的，心里明镜似的。

曾英芝从包里拿出几样药材，说："'头顶一颗珠''七叶一枝花'，正宗野生的，泡水泡酒都行，治头晕、浑身痛。"

"哎哟，野生的稀罕了，难得曾会计这么有心。"

俩人你一言我一语地感叹：咋就白了头。四十年的光阴咋过的。神农架那些日子多好，我们多年轻。

曾英芝不时往里屋看，觉得马安逸随时会从里边走出来，还是打欠条借钱的样子。

"别看了，他不会跑出来吓你的。"

"你咋知道我在想着他哩？"

"我还看不出来？"

"你真是妖精变的。"

何璋仪说从神农架回来以后，和马安逸各做各的老本行，也都在岗位上风光了一阵子。孩子们一个个长大，离开家，马安逸变得空虚，过去的奶爸变成了酒妈，血压高还不记得吃药。那天中午吃着饭哩，突然就中风了，抢救了九天，也没留住他。马安逸穿戴整齐，躺在病床上，咋看都是个帅气的老小伙儿，好叫人痛惜。

"早知他走这么早，在枣坪镇那会儿就该怜惜他！"曾英芝泪光闪闪。

“不要难过，你已经很怜惜他了，哪回揭不开锅不是找你借钱呢！”

何璋仪指着镜框里的照片说：“看看我的两个孙女。”

“啧啧，多好看的孩子！眼睛鼻子都像她们的爷爷。”

“嗯，都这么说。你呢？孩子也都成家立业了吧？”

曾英芝盯紧何璋仪的眼睛，像要弄清所有疑惑。何璋仪眼里满是孩子式的纯真。“孤佬命。还说你已经晓得了哩。”曾英芝摇摇头。

“怎么可能！用过我给的丸药，全都生了孩子。”

“对我就不起作用！哪怕怀上一个，半道又自动流产也算是个安慰，可就是连个娃苗苗也没怀上过。”

“奇怪了！你到底是不是按我说的做？让男人快快活活、轻轻松松、吃好喝好睡好，精神头蓄得足足的再做那事？”

“当然按你说的做了，是他自己鳖儿鳖孙地窝囊惯了。要说吧，也是中了你家马安逸的口毒。”

“哎哟，你要是说他，我就得说你——也是个乌鸦嘴，赌他活不成个大老头他就没活成个大老头儿。过去的事了，现在我是当笑话说。我是不相信诅咒的，要是诅咒灵，那还打仗做啥，找一帮人，恨哪国就诅咒哪国不就行了。你俩这是赶巧了。咦，你那口子呢？他怎么没一块来转转？”

“别提了。老也老了，嫌我了，一声不吭，跑了。”

“你家宝根也是老好人。”

“何璋仪，我这辈子最羡慕的就是你。”

“其实没啥好羡慕的，家家有本难念的经。”

突然，曾英芝揉了几下眼睛，冷剑似的眼光盯紧何璋仪的眼睛，说：

“你实话告诉我：当年给我的药都是真的吗？和别人的完全一样？”

何璋仪突然怔住，好一会儿才听懂话的意思，说：“你个曾会计，老糊涂了哩，我还能做出两种药丸咋的？我为啥要糊弄你？我有儿有女的，唯恐积德积的不够哩！”

“嗯，这么一说我倒是信。那你把那张欠条拿出来让我瞅一眼。钱已经寄还你们了是不是。”

“欠条倒是在的，可那是马安逸亲笔写的，我想留着自己看。”

“想看你就看他的照片，看你们的孩子。”

何璋仪想了想，转身进卧室，不一会儿，拿着个碎花布袋出来。曾英芝心头一热。何璋仪从里面取出一个小包，撑开后露出长长短短的一摞纸片。取下木夹子，一张张捋起来。曾英芝一眼看到往日用的信纸，捏住信纸一角不撒手，说：“欠条，这张就是！”

曾英芝拽出欠条，拿到手上，迎亮看着说：“你家马安逸最喜欢写最高指示，我最恨他拿写欠条炫耀自己有水平。你看，这张写的是‘狠斗私字一闪念’。”

何璋仪抓过欠条，三把两下撕得粉碎，曾英芝张着嘴，怔神儿看着纸屑像白色的花瓣，慢镜头似的往下飘落，霎时，洒在竹茶几、地板、还有她俩的鞋面上。

“这便心安！”曾英芝笑着说。

何璋仪拍拍手，喃喃道：“这便心安！”

（2013年《太湖》第12期）

秩　序

那个名叫余敏馨的严肃小说作家竟然发财了。其实在文坛，她只是个不咸不淡的作者。现如今，一个不写电视剧不写通俗小说的人会发财，而且是人到中年，简直就是现代神话。我是她几篇小说的责任编辑，可以很负责任地说，不是神话，这种事就发生在余敏馨身上。

这是个什么样的女人呢？和她的小说差不多，大致属于跟漂亮不沾边，丑又没丑出水平的一类。她不高不矮不白不黑，小眼睛和大嘴巴之间吊着个扁平的鼻子，一般来说这种女人容易被忽略，但她那爱出怪招儿的小说让许多人记住了她。我编发过的小说有《虽然藏羚羊不是你八辈祖宗》《野人再生记》《只要人家乐意，同性恋又咋地》。这些小说帮她挣到些名气的时候，也挣到了腰肌劳损和神经衰弱。

好几年前吧，余敏馨一度思维混乱，文理不清，很好的故事和人物，经她一倒腾，就弄得逻辑混乱、前言不搭后语，很多人都说她闭门造车闹的，搞得黔驴技穷了，跟发表的那些较成熟的作品比，完全回落到创作的初期阶段。她试着写过剧本，按别人提供的提纲写十集，可她只老老实实写了三集，就甩开大纲自说自话了。“触电”没成功，回头继续写小说。被她影射的人在作品中看到了自个儿，气得咬牙切齿，恨不得挖她家祖坟。她把部分作品晒到博客上，我看没几个人点击。

写作的尴尬期，经常收到一些匿名手机短信，劝她少写多调整，一定还有佳作问世。她猜想，发这种短信的不外乎过去的某个朋友，或是默默喜欢并关注她的读者。别看余敏馨相貌不济，却有好人缘，暗中一直有人帮，帮还不露身份，属于有境界的一类。开始她有些别扭，后来习惯了，渐渐变成写下去的支撑。她想过，如果没有这种支撑，活在世上也没劲。她一边跟腰肌劳损和神经衰弱对抗，一边和北方某出版商合编畅销书。她们搞的畅销书其实就是“地摊文学”大拼凑，别看不上台面，但能获暴利，一套书十二本，书商净赚贰亿壹千万。余敏馨说那个合作伙伴是她命中的贵人之一，佩服她干活儿卖力，欣赏她为爱执着，除了稿费，还十分爷们地借给她钱在当地开发区买了三套房子，一套住，两套搁着，当储蓄。活该她走运，仅仅三十多天，房价涨了，翻了几倍。

出版商大姐劝她抛掉一套房子，在股票低得快要崩盘的时候买了若干股票。看不出这摞纸跟钱有什么关系，她就把几十万人民币变成的票据塞到碗橱的酌料盒里。当她忘了这事的时候，出版商大姐打电话让她把股票抛出去，抛出去世界上就多了一个富人。

谁也不知道余敏馨身价多少，但有一点，这个相貌不济的、毫无理财概念的、一根筋写小说的女人确实成了一个富人。

隔上个把月，总有作者邀我聚会。多半是去上海远郊游玩散心。一般是一大早出门，月上柳梢的时候回市区。我和这帮作家谁也不知道，那个帮余敏馨神速致富的神秘合作者是何许人，有人说她俩是同学，有人说她俩的父亲是割颈换脑的好友。哪种说法更真实并不重要，重要的是，余敏馨一天比一天有钱。有一次她被问急了，承认自己已经有上千万身价。可这又怎么样呢？这个老女人仍旧眼皮水肿，胃比胸高，咋看都和从前一样磕噌。见过她的人都记得，她经常头发蓬乱，紫套衫配红鞋子，像样点的衣服和化妆品都没有。不少人私下嘀咕：钱再多也白搭，这是无福消受的一种人。有一次在远郊活动，她就坐在我旁边，一根接一根抽烟，劣质烟呛得我直咳嗽，眼泪、鼻涕都出来了。她说了声对不起，接着抽。吃饭的时候，她挟一块三黄鸡，搁酱油碗里沾沾，酱色点子从碟沿一直滴至她的下巴，嚼得是满嘴流油，囫囵咽下之后唠叨："是的，我是有些钱了，可钱就是一串阿拉伯数字，还没有吃块三黄鸡实惠，真不知道拿它们干吗使！"

"你可以跑国外去玩儿嘛，把你这个破包包扔了，买个奢侈品包包背。"娇小的人精似的纪实文学作者褚嫣然说。

"跑国外……去玩儿？你饶了我吧，比不得从前，胆儿大，喜欢玩儿孤旅，现在我连出省都嫌远。安全是个大问题。有人觉得足够昂贵的东西叫做奢侈品，而我理解的奢侈品就是写出个好小说。”她说。

“有位心理学家说，喜欢孤旅的人会终身喜欢。只会是某个阶段不喜欢。”诗人说。

“我不想让汪二明步步紧跟。”她说。

“你老公汪二明听到这话会生气的。嗨，那么多钱跟着你太冤了，不如我帮你消费吧！”以写血腥小说见长的熊彪悍（下面简称“血腥作家”）一脸神往、半真半假地说。

“那些数字，还是搁我账上放心。你吧，得端正心态，它们真不如一碗米饭、一钵汤和一杯龙井茶实惠。”

他们说他们的，我只听不发表意见。

余敏馨是那种天分很足，靠悟性写作的作者。如果再多看些书，文学前途是光明的。按照我新近研究的理论看，作家父母职业的技术含量，决定作家的成就大小。余敏馨的父亲是中文系教授，母亲是戏曲演员，蓄积在她身上的艺术细胞够用。有些作品的确能看出她才气逼人。我仔细琢磨过她的已发表作品，结构讲究，魅力叙述，小人物小事儿跟大人物大事儿同样出彩，每一页总有几个令我吃惊的句子。

她写老板、资本家、卑微者、失意者、同性恋和房奴；她写患有心理疾患的一半清醒一半癫狂的现代文人；她写都市时尚一族，写小乡镇经年不衰的古老纠葛和争吵。她的作品雅到极致，俗到掉链子，总有一些说法让我哑然失笑，什么“叔子不跟嫂，树上不结枣；公公不扒灰，人前没啥吹。”

有篇《和你一起种樱桃》的小说给我留下很深印象。里面有这样一段文字：“郭彤第一次和城里人夏芜孟见面，就攥着人家的手撒娇，说想吃樱桃。夏芜孟甩甩挑染过的头发说：

走，去水果店，买。郭彤和这个城里男孩的恋爱没过百日，无疾而终。后来，她又结识一位进城不久的农民工。第一次约会，郭彤又说要吃樱桃。这位农村青年憨厚地捋着她的额前刘海，说赶明儿在我老家后院栽一棵樱桃树，年年春天能结满树樱桃。郭彤露出比吃了樱桃还甜蜜的笑。樱桃挂果的那年，郭彤和他结婚了。又过了一年，生下一个比樱桃还漂亮的女儿。”

余敏馨把一位浪漫到骨子里的农民工写活了。我也是第一次知道，浪漫真不是都市人的专利。

“浪漫农民”的文字还在散发余韵的时候，余敏馨的创作出现问题，小说写糟了，糟得没法看。她变得自恋。有人说是“身价”害了她，也有人说，是那些阿拉伯数字一次性买断了她操控文字的灵气。我的看法是，除了自恋，她的思路也比以前狭窄了，哪儿能只写自己的经历，甚至只写前夫和前夫的新女人，对自己主动逃离的第一次婚姻产生病态的纠结。她在一次孤旅中邂逅一个男人，毅然决然地丢下一切，走了。而她却在作品中把自己描写得圣女一般，把其他人写得极不像人。

她来编辑部找过我。望着这个比苏珊大妈腰身还要粗壮的作者，我既不喜欢她的暴富身份，也不喜欢她的穷人打扮，更不喜欢她那鸭子死了嘴壳硬的德行。

压抑着不舒服，我用揶揄的口吻跟她瞎摆活。我说你现在吧，除了正文写不好，题目那是一篇比一篇好。什么《你以为谈恋爱是件容易的事》《我想跟前夫的新女人谈心》，照我看，你光卖小说题目也能成富人，可惜，仅有好题目是不够的，远远不够知道不？她发魔愣似地盯着我。

她只比我年长三岁，可怎么看都有些老态龙钟，走路时身子有些歪斜，吃不准是腰痛还是腿痛。我对她不喜欢，但同情是有的，也想帮她把创作路子拨正。我找出一篇她的小说稿，翻到某一页，指着红笔画杠的一行字读给她听：“我离婚前的房子很大，客厅大得有些辽阔，简直能尥蹶子跑。在那个房子里面，我们无话不说，无事不干。”

我把“尥蹶子跑”敲了几下，问她这是什么意思，能用动物的跑法形容人么？被我问住，一时语塞，伸出肥肥厚厚的五个指头，在眼前扇忽几下，脸涨得红亮锋薄，像一只水分很足的西红柿，她生气地嚷嚷：“你是一位名编辑呢，这么咬文嚼字怎么行呢。这样只能说明你比我更缺少生活。我又没说像骏马奔驰。好了你这个编辑老弟，我们越来越聊不到一块了。刀把子在你手里捏着，割哪儿砍哪儿，你随意。”

琢磨着她的话，握紧原稿。我当然不希望她劈手夺走稿件，永远不见我。

一般来说，爱情总是如影随形地黏糊那些漂亮女人。余敏馨是个例外。虽说她能像哲人一样思考，总是像孩子一样说话，但爱情不认这些。余敏馨这个没看相的女人偏偏有人爱，竟然制造了一个能上书的爱情故事。这种事儿，不是谁都能摊上。那个男人名叫汪二明，是个只看小说不写小说的人。

我的一位作者是他俩的好友，告诉我余敏馨的中篇小说《谁陪我到草原看骏马》几乎原原本本讲述了他俩的故事。

许多年前，他俩在山东殉马坑展览馆认识。

那时候，余敏馨还年轻，既上班也相夫教子。她的一大爱好是孤旅。她背一双肩包，脖子上挂着照相机，水肿眼皮包裹的眼睛相当有神采。她让一双乳房逃离管束，自由主义地垂悬在胸罩之下，弄得像有四个乳房似的。那时候的她走起路来脚底生风，加胖版女侠似的。

殉马坑展览馆管理员告诉游人，大棚内不许拍照。余敏馨有些生气，但没吱声。跟在后面的汪二明嚷嚷："这算啥么子规定。阿拉从上海大老远跑来看坑里的殉马，照片都带不回去一张哪能行呢！"余敏馨回头瞄一眼说话的男人，想笑，心想上海人也真是，放着好好的"我"不说，说什么"阿拉"。这个自称"阿拉"的人，长得倒是够二十四个瞎子看，可就是肤色像咖啡色绸缎，掉到酱缸就捞不着了。心里没想再看汪二明，可眼睛不争气，她又回了一次头，眼光正好落在那人的胸脯上，天呐，它们结实高挺，简直比一般女人都丰满，竟把墨绿色T恤衫撑得有款有型。

二人一前一后朝殉马坑大棚挪动。余敏馨看着脚下，踩着台阶，逐级下行，越走光线越暗，越走阴气越盛。靠近坑沿，有专用灯照进去，殉马坑内很清晰：被殉的马们排列有序，姿势是战马奔腾状，却是一具具马的尸骸，情态惨烈而悲壮。

照说余敏馨不是一个娇媚的女人，但那一天她就像许多娇媚的女人那样犯了晕。也许当时的想象功能发挥较好，她仿佛听见了当年战马引颈杀戮的嘶鸣，战马们血流成河的场面，令人惊心动魄。再看眼前的群马白骨，嗅着四壁阴气，解说员的声音变得缥缈，余敏馨只记住那儿是齐景公墓东边仅陈列的六分之一，约一百零六匹，均为蒙古马，当时是年轻力壮的战马。殉葬的过程是，先朝马的脑袋敲击，打晕后搁置坑内，将后一匹马的前蹄敲折，搭上前一匹马的脊背。

渐渐地，余敏馨头晕目眩、心慌无力，接着冷汗涔涔，双腿打战，出列蹲到大棚一角，干呕。解说员的声音像从水底浮上来：打昏的马在坑内会醒来、会挣扎，但挣扎是徒劳的，坑内空气稀薄，严重缺氧，反抗力量十分有限，只能按活着时被摆放的姿态毙命。

余敏馨哇哇大吐。

“你舒服些了么？”上海男人问她。他递给她一个手帕，她接过去盖在嘴上，在嘴角处用力，擤了一下鼻涕嘟囔：“这可怎么好？”

“忽哧”一下，他撕下半张报纸，折成厚厚的几层，盖在那堆东西上，双手往里收拢、紧捏，快步往大棚外面走。“这人心善。”余敏馨望着汪二明的背影说。

当晚，二人在当地某宾馆，简简单单成了情人。

他说她长得够奇特的，身子圆滚滚的，沙丁鱼似的，连锁骨都寻不着。她说他长得也关公似的，公鸭嗓儿，一个男人家，胸脯鼓那么高，咋看都是个草包样儿。

暧昧的灯光下，二人看对方都有些忽明忽暗、忽实忽虚。她说早就认识他似的。他说前后加起来才认识三小时。他说单位累心，用公休假出来散心。她说也是公休假，最近两个多月感到从未有过的抑郁，没多想，打起行囊出发了，第一站是这儿。他说这就是机缘巧合，本来计划一星期后来这儿，可见上苍冥冥中是有点拨的。天亮时分二人又忙活。她一个劲儿嘟嚷：坑里的那些马，死了被动排列，那它们活着是什么样儿的呢？他喘着粗气说不知道，也不想知道。她让他想象一下。他喘着粗气说：它们活着的时候……肯定是……自由的……景公爱马……拿它们殉葬，依序排列。情急之时她喊出的是“只想看骏马奔腾”。

那时候，汪二明应该是爱这个余敏馨的。那次邂逅之后，她离开了丈夫和孩子，离开了原单位，径直“漂”到了北京。他没动，还在原单位，但她成了他的坐标。她在北京文化界打工，他就定期奔向北京；她到广州做娱记，他就定期奔向广州。她和书商大姐收揽“地摊文学”编畅销书全国各地跑，他就跟到全国各地不断地制造团聚。汪二明飞行几小时，见面放下行李，二人话都顾不得多说，先把那桩事做了。余敏馨在小说里这么描写那个汪二明：黝黑健壮。胸脯厚而鼓，怎么看都是性感的。但她当面从不说他性感，而是打击他：草包才长这样的胸脯。汪二明的胡子疯长厉害，必须天天刮，刮完之后两鬓呈黛青色。现在，他的头发、胡子连同胸毛都白了一半，二人因结婚而结束了上不挨天下不着地的生活，余敏馨也从北京“漂”到了上海。

余敏馨写不出小说的时候，爱跟圈内朋友谈理财。一个优秀的小说作者不谈小说谈理财，该是谁的悲哀呢？

她不厌其烦地开导我们怎样拿积蓄去投资。其实一听就知道，这是一个对理财一窍不通的人，对自己不懂的事儿津津乐道，跟附庸“风雅”没什么两样。

那一次，余敏馨努力睁大眼睛，生涩地搓着手，向我们吹嘘，北京那个非常前卫的文学评论家冉俐俐，在写一本评论她的书。说得我们面面相觑。那个冉俐俐曾经写文章调侃她是“奔波在城乡之间的蠢材跳蚤”。说她那点哲学家细胞用作搞阴谋诡计差不多，搞小说，不好使。

“这怎么可能呢？”褚嫣然眨巴几下眼睛，巧笑倩兮地说，“有钱能使鬼推磨不懂吗？”

我不置可否。

血腥作家攥着拳头站起来说：“这是一个钱主宰的时代，钱能净化任何一种肮脏。”

有人拉他坐下，说这么大岁数的人了，别弄得像个愤青似的。

余敏馨把指关节扳得咯叭响，得瑟道：“别看姓冉的吹毛求疵，我只要花几个小钱她就对我莺歌燕舞了。”

听出这女人的暗示，我不温不火地说：“我对冉俐俐的人品很清楚。就算你说的是真的，我是我她是她，我不可能学她。”

没过多久，有家杂志发表了冉俐俐写的《论余敏馨小说》，宣称她的有些小说很经典，会载入中国现代文学史什么的。这篇文章只是一部长篇评论的片段。在这篇文章里，冉俐俐不止一处称她为天才，滔滔不绝地谈她在中国文坛的重要地位。余敏馨没有撒谎，那位评论家已经那样儿了。我只能承认：只要有钱，后妈能变亲妈；只要有钱，没有买不到的名头。

我对余敏馨说：“你完全可以凭才气慢慢写，出高价急于求成就是不遵守游戏规则，是在破坏一种秩序，是对其他作者的不公平。”她答道：“谢谢你的排比句！可我必须学会出钱收买一切。假如我喜欢一个男人，我想把他从情人变成丈夫，就得让他知道我的经济实力，让他知道，他值得我花钱供养他。我决不让那些为我尽心办事的朋友吃亏，我要超出他们办事若干倍的效益，感恩答谢，而且决非一时，而是一世。至于别人怎么理解我的做法，一点儿都不重要，重要的是我得让我拥有的钱财有意义。”

说完，她略带挑衅地盯着我，说：“总有一天你也会称赞我！”

我不寒而栗，说：“我很看重你，可要让我写文章吹捧你，给我多少钱都不够。”

她仰面大笑，笑到高音处，破了声，笑声变成沙哑的嘎嘎嘎，肥厚脖子上的颈纹，像菊花怒放，绽出垂死的热烈。片刻过后，她安静下来，认真而讨好地对我说：“十万元也不够么？”

“一百万也不够！”我看也不看她，冲远处一只丹顶鹤摁快门。

有位作者说：“余敏馨，你一点儿也不聪明，砸了自己的场子都不知道。他已经告诉我们迟早会写文章评论你。”

“不错，我不止一次说过，”我说，“现在，不便写了。”

另外几位作家幸灾乐祸地看着她。她有些没趣，堆起一脸假笑，怅然若失地望着远处那只扑腾翅膀的丹顶鹤。

“好了好了，我算领教老弟的脾气了。把你杯中酒干掉，我再敬你小半杯。买卖不成仁义在嘛，况且我还没说给你十万元哩。你这么年轻，价钱会比冉俐俐便宜得多。”说完她仰面大笑，胖脸上的肉一个劲儿颤抖，发出母鸡下蛋讨功的咯哒声。

“我们换个话题好不好？”我说。

这件事过后，她发给我一封电子邮件，恳求我写一篇评论文章，两千字或千把字都行，她一定会给我丰厚的稿酬。当然，如果包揽她下半辈子的文学评论，她会让我下半辈子锦衣玉食，再不用天天绞尽脑汁为人作嫁，编主编社长编辑部主任扔给我的连文句都不通顺的文章。“请你三思而行好不好？”她还用斜纹把这句话处理了一下。

我把这封邮件分别转发给我的一些作者。几个人都这么问：“余敏馨有什么错吗？”

“她没有错。而她也的确有才华。可她胆敢行贿收买编辑、评论家之后，我在任何情况下都不会为她写评论文章了。即使有才华也白搭。”我这样回复那些作者。

“要是有人用枪抵住你的太阳穴，你也不写吗？”有人较真。

“送命的事就算了吧。为文学的事儿牺牲生命好像不值得吧！现在文学到底算什么，我们都很清楚的！”敲出这行字的时候，满脑子都是余敏馨的磕嘈样儿。

后来，余敏馨淡出所谓的文学圈子，撂下几套害得她不会写小说的房子，浪迹天涯了。余敏馨去了哪儿，没个准信儿。有人找她母亲打听，老人家一会儿说这儿，一会儿说那儿，跟没说一个样。几年过后的一天，我到一家熟人开的餐馆，在能看到街景的地方坐下，凳子还没焐热乎，一个现代派诗人扯着嗓门儿跟我打招呼，端着酒杯走过来。服务员问我要点啥，我说老样子。诗人自顾自呷了口酒，告诉我某刊物最近发了他一组诗。我是小说编辑，偏爱诗，特别是这个人的诗。我说已经拜读过了。诗人眼睛一亮。我来这儿除了填饱肚子，有大半原因是想轻松一下，不太想聊文学或文学者的事儿。诗人没谈他的那组诗，而是问我诗人和作家哪个更需要才华。我说这是不用讨论的问题，天才之作必定出自天才之手，才华对他们同等重要。诗人说，有人说他的组诗毫无内容，只是些空洞词汇的拼凑。我让他想想《小马过河》的寓言。他怔了怔，露出快乐的神情。茶和面点同时端上来，我问诗人要不要也来一份。他说他已经饱和了，待在这儿是想找同行聊天。他目不转睛盯我吃面，我有点儿饿，顾不得吃相，偶尔有一根面条不听使唤，沾着汤水甩到我的脸上，我以最快的速度捋干净，担心诗人会在某一组叙事诗里写上我吃面的样子。吃完面，盯着汤，犹豫着是不是喝。这时，血腥作家走进来，问我听没听说余敏馨的近况。

“没她的消息。她还好吧？”我说。

“有人说她跑了很多地方。先是到青藏高原保护藏羚羊去了。后到内蒙古研究蒙古马。”

我“哦”了一声。

“她还算成功。”诗人说。

“咋样才叫成功呢？”血腥作家说。

“我理解的成功，就是过上一种迷离的生活，在迷离中务实而浪漫地活着”，诗人说，“可我听说她失踪了。”

“失踪？那她那么多财产就白瞎了。”我说。

“也不白瞎，汪二明在家守着嘛。他说她迟早会现身。”血腥作家说。

“她要是永不现身呢？”诗人和我说。

“谁能保证她永不现身呢？我只是搞不懂，干吗非得把男人撇家里呢！带个伴不好吗？”血腥作家说。

“她可能厌倦他了。当然，不排除其他因素。人是复杂的，没法说清楚。”诗人说。

几个人不咸不淡地绕着圈子。诗人带着醉意为我们各点一杯咖啡，希望我们多坐会儿，然后逐个看过我们的脸，绕到自己热衷的问题上：

“我的那组诗，究竟是佳作还是毫无价值的字句堆砌，请各位给个定论好不好。怎么说都行，我保证，不生气。”

“谁的定论都不一定有你自己的定论准确。现如今，诗作能发表就是硬道理，别人怎么说并不重要。”我说。

“其实吧，我们的文学队伍正在减员，老的虽然没停笔，但创作速度明显减慢；更年轻、更优秀的还没出现。再过些年，到底有没有人知道曾经有过我们这批人，没法预测。”

“即便知道有过我们这拨人，对我们有什么帮助呢？对时代又有什么意义呢？”

话题沉重了，我们都缄默不语。我说咖啡不错，喝着不错的咖啡，谈论这种毫无意义的话是对咖啡的一种浪费。我又看看表，借故离开。

双休日在家百无聊赖，想想也没什么非写不可的文章，也没有非看不可的小说。闲着似乎又不太习惯。我把那篇新写的文章打印一份，摆在电脑键盘上准备细校一遍。想想似乎也用不着这么急，早几天校晚几天校一个样。写字台凌乱地堆着中短篇小说原稿，有三部同时看的、一部也没看彻底的长篇小说，忽然觉得日子充斥着理不清的线头，哪是头哪是尾整个都搅和不清了。

面条、汤和咖啡在肠胃笃悠悠蠕动，我惬意地躺到沙发上，摸到一个纸坨。最初它是一封读者来信，搁在外套里被粗心的家政扔进洗衣机洗成了这样。我瞅着它，琢磨寄信的是哪一个。现如今，谁还用这么OUT的方式联系。

有人敲门。凑上猫眼一看，脑袋嗡的一热，我好像直接从现实跃入梦境。门外站着一个人，一个面貌雄性而胸脯高挺的男人，一个有着咖啡色脸膛男人。他穿着宽大的灰色T恤，一双哺乳期女人才有的大乳房紧抓我的眼球，镜片后面那双眼睛是深邃的，多疑而有怨恨。心里的词儿是：来者不善。进门后，这人弯腰换鞋，我继续打量他：胡碴儿黑白相间，笼统看上去呈银灰色，一撮鼻毛扭成一团支棱到鼻孔外面。天气不错，他却带一把带柄雨伞，应该是当拐杖用的。凭借作者曾经的描述，我知道，这就是余敏馨的男人汪二明。老实说，他和余敏馨那场爱情倒是挺为男人长脸的，可他当时为男人长了多少脸，这会儿就给我们男人丢了多少脸。他那过于女性的胸脯几乎把我们男人的脸丢尽了。这一刻，有几个邻居探头探脑，担心有的对我行动感兴趣的邻居看见他后会找到笑话我的理由。希望他影子一样闪进来，屁股朝内，绝不要冲门外撅着，以便影响我及时关门。可他缓慢地换着鞋，像故意弄给人看似的。我说请进，汪先生。他没好气地说："请不请我已经进来了！"

管不住自己的眼睛，不自觉地在那个曾经让余敏馨痴迷的地方扫。他显然很敏感，瞪我一眼，那意思相当于：像你这样的名编也和俗人一样无聊么！

他把雨伞靠在沙发扶手边，生气地看着我。我想不出到底是什么事得罪了他。他的声音因为太高显得有些尖，一尖就配合他的胸脯成了十足的女人。“侬住处太难寻。我转了四趟车。好像我还是小伙子似的。”

我又好气又好笑，我又没邀请他。

“不好意思，老房子造得远，许多朋友都说不方便。请坐！”我说。

“我不是已经坐下了吗。你有口香糖吗？”

“唔……有。”我对这个刺儿头说。

他不问能不能抽烟，存心误导我把他当女人看。

揭开盒盖，递到他面前。他的手有些颤抖，好一会儿才取出一枚，喂到嘴里，边嚼边说：“口苦，苦得不得了。”

这人八成是雌性激素过多，像个娘儿们似的爱嚼个口香糖。

“我想把余敏馨找回来！”他突然停止咀嚼，满眼焦虑地说。

“是的。她的事我听说了。我很难过。”

“她离开我，你有很大责任！”他的话让我震惊。我问他是什么意思。

“记得你以前对她讲，无论给你多少钱，你也不会写文章评论她。当时，你可能只是随便说说，顶多是抬高自己的身价，可你哪儿知道对她的打击有多大。俗话说，‘打人莫打脸，骂人莫揭短’，你的话深深刺伤了她。你对她的伤害是没法想象的，不然她怎么会撇开家，离开我，去受颠沛流离之苦！”

心被他说乱，惊异地望着他。

“余敏馨很有才华。北方，不光一个冉俐俐称她是天才；

南方，也有评论家力挺，是她自己犯贱，偏偏在乎你怎么说，你放个屁她都恨不得录音整理哩。听你说决不写文章评论她，她都快要崩溃了。那天回家，她脸白得一丝血色也没有，失魂落魄好些日子，那么胖的一个女人，后来瘦得像个纸人儿。她一直不肯告诉我怎么回事，我是从别人嘴里打听到的。说出来你也许不信，从那天以后，我家余敏馨完全变了一个人。她虽然亚健康，可心情还是不错的，好多年前预订的写作计划，突然就提不起精神动笔了，一提笔她就胃痉挛，头晕目眩的。”

“汪先生，可能她误会我了，应该不大可能……”我努力反驳，却语不成句。

“我对上苍起誓，我说的是真话。”他说。

“严格说我不是什么评论家，我只是一名好文笔的资深编辑。她也并不是没人评论，特别是大名鼎鼎的评论家冉俐俐，用厚厚的一本专著评论她，我觉得已经够了。”

“可这个贱女人偏偏不看重人家！她对文学的理解就像对我的乳腺增生一样清楚明白。她对你不是崇拜而是膜拜：细读你写的每一个字！有时候喊我跟她一起读。赶上我俩都失眠，她就津津有味地谈你，无论扯多远，落脚的话是‘他真有才！’后来，竟是你给她那么大打击。她虽然长得不太好看，内心却比你想象得敏感得多、脆弱得多。我一直想，文学是她的什么？是她整个生命可能说重了，但至少是她的大半条命。我跟她一起生活了二十多年，你懂得共同生活二十多年意味着什么吗？她写的每行字我都细读。有的是初稿就先读给我听。写作中不管遇到什么问题，需要什么资料和作品，都是我一手帮她弄。是的，有许多人怀疑我们的感情，议论我们情感的花开得烂漫，却没结出一个果实。是的，我们没有孩子，可她一直说她的作品就是我们的孩子，最好的孩子！你也写过爱情，也评论别人写的爱情，可你并不一定懂得什么是爱情。很多人会把激情当爱情，根本不愿为爱情作出丁点儿牺牲。在这方面，我和余敏馨要比别人高出N个境界。你有烟灰缸吗？我要吐口香糖，嚼得没味道了。”

我给他拿烟灰缸。他把一小坨白色的东西摁在烟灰缸，好几下才摆脱粘连，用自由的手摸摸嘴。他扬起两道扫帚眉，面对我，眼里的真实愠怒借助晶亮的瞳人直戳我的心。他为那个女人激动着，咖啡色皮肤变成了猪肝色。我想：这爷们的大半个魂儿被余敏馨牵跑了。

说累了、看累了，他才消停。我尽量平静的打量他，可内心的狐疑还是被他捕捉到了。他压着火气说：“把你眼中的问号去掉。我是有点乳腺增生，但我不是女人，地道的爷们，纯的。想说啥直截了当讲！”

“我可不可以问你为什么——”我用食指在自己胸脯上比画。

“我知道，从我进门你就想问。不过就是单纯的乳腺增生，其实你也应该看到我的胡子。我恨不得每天刮它两次，实在没法跟上它生长的步伐。你也别以为光我一个人乳腺增生，成千上万个男人都增生，不信你去咨询专家。这种病根本不是女性的专利。”

“我咨询这干吗呢！”我赶紧搪塞。

“其实你还想问，她到底有什么魅力，让我尾随她忽而北上忽而南下忽而东忽而西，然后让她在上海扎根是吗？”

既然说到这儿了，我也放开了："世界上不变的只有精神恋爱，似乎没有忠贞一生的性伴侣。我很想知道，你俩是不是存心编造爱情神话呢？"

"爱情？还神话？你把我搞糊涂了。也许我是个恋丑高手，变态地迷恋她的丑，像她迷恋我的胸脯，一边沉醉一边骂它们是草包。现在她迷恋的东西正在因增生而下垂，点缀它们的芦苇也由纯黑变成灰白，像一片有着梦幻色彩的深秋芦苇。可能她也是一位审丑高手。因为我一直以为，男人长成这样儿，并不美。"

"唔……你俩，我是有些搞不懂。你们的感情故事我听过不止三个版本。"我说。

"相信我讲的是正版。我和她在殉马坑相识，不到三个小时，我们成了情人。她在床上狂吻我的胸脯，说我丰满得像个女人。那些日子，她乐不可支，坠入奇异的兴奋状态。她首先迷上了我这儿，很难相信吧？我也不太相信，但这也是真的。她清清楚楚告诉我，她愿意跟我结婚，但有一个条件——我得一直做俯卧撑，八十岁或是更老也得让它们坚挺。我当时没理会，原来她不是随便讲讲的。你说这个女人是不是太那个？"

"你应该去找她。"我说。

"我一直想找她回来。前一段跑了一些地方，没找着。我也想过了，她回来以后麻烦事更多。比如，回来以后她还跑不跑了？她还会不会还督促我做俯卧撑？这还不是问题的关键，关键是我现在的情况不妙，我可能会做乳腺切除。我不想让她再受刺激、再受打击。当然，我还担心，手术以后她还爱不爱我。"

递给他半杯水，听他继续说。

“几十年了，那桩事，我只喜欢跟她做。最近我突然意识到她可能有同性恋倾向，甚至就是个同性恋。可这又怎么样，没什么妨碍的呀。”

“你俩……我不太明白，没法说。”我说。

“不少人都这么搪塞，没想到你也一样。原指望听你独到的见解。实话告诉你吧，余敏馨不搞同性恋。她的怪癖一定源于极致的孤独。和她结婚以后，我妈和她妈曾先后到上海来看我们，见我刻意练胸肌讨好她，差点儿要昏厥过去。”

“会有人接受不了。”我说。

“我陪着她几乎与世隔绝。即使退休以后也不多和外界联系。不少人骂我重色轻友。可我非常看重她个人愿望。这种爱情许多人都欣赏不了。现在，她跑了，尥蹶子跑了，一个敢逃离家庭、敢挑战原单位秩序的人，随后再次逃离家庭，挑战新生活秩序的人，残酷地强加给我极致的孤独。唉，这个女人，让我怎么说她呢！我还想告诉你老多事体，可我不是到这儿来解释我俩的感情和我病情的，我是想让你晓得，余敏馨快被你断送了。”

“请别这么说。她是我看重的作者——之一。”

汪二明又和我谈了一会儿。我答应他，适当的时候写文章评论她。他对我说：“要让她回来，光写文章也许还不够。可她要是看到你评论她的文章，肯定会得到一些安慰，即使不回来也会快乐许多，但也不排除，可能哪一天她就结束漂泊回来了。”

“你理解的‘漂泊’，在她看来，也许就是摆脱‘秩序’，追求自由的一种行为方式？”

“唔……可能是吧。”

“我可不可以问你为什么不抽烟，只嚼口香糖？”

“这算什么问题呢？你不必什么都知道。”

汪二明走的时候我很紧张，担心我的邻居看到他。刚打开房门，就看见我的邻居，一个老女人从门缝投来猥琐的眼光。还在犹豫是不是送他下楼，他就嚷嚷开了：“我这儿痛着哩，能不能搀我下楼！”

他攥住我的胳膊。他的乳房不时会碰到我的胳膊肘，令我很别扭。下到半道，一个小孩儿尖声叫喊：“姆妈看，这个人是老爷爷还是阿婆？”

轰的一下，我的脸热了。

那天晚上，我出奇地心静，把余敏馨第一本小说集找出来，挑了几篇重看一遍。一星期后，我写了一篇评论她的文章，但我投的那家杂志的编辑把稿件压了很久。不等文章发表，余敏馨跑得连音信也没了。她男人汪二明收到我发的电子邮件，这样回复我：“早就请您帮忙写，可您推迟到现在，还有意义吗？”

我没再答理他。

有一次，我到本市文化人最乐意聚集的一家餐馆用餐，吃到一半，汪二明走了进来。他已经老得不像样了，浑身松垮垮的，所有物件一致冲下。承载身体重量的不光靠两条腿，还要靠那根手杖。出乎意料的是他的胸脯依然高挺，丰满得像个女人。猜想他一边守着他们的家一边坚持做俯卧撑。他目不斜视，径直朝我走来，跟我约好了似的。

所有顾客都瞪大了眼睛，有的坏笑，有的窃窃私语。接受到四周的无聊气息，我也很想坠入无聊，凑到汪二明耳边，问一个无聊的问题："余敏馨失踪这么多年了，为什么还要练那个地方？"他怔了一下，想发火又发不出来的样子。我又问："你不是说它们要被手术吗？我怎么发现它们完好无损呢？"他别着脖子说："你——你不必什么都知道！"咖啡色面孔渐变得更咖啡。

汪二明告诉我，余敏馨自私地过上了自己期望的生活，一种迷离虚幻诗意的生活。他说她追求自由没错，但不该拿他垫底，当然垫底的还有她的前夫、孩子和娘家人。我问余敏馨现在哪里，过得好不好。他说传言她一开始到大草原拯救什么动物，后来钻进神农架原始森林找野人。中间她回过上海，还是和原来的书商大姐一起做畅销书。余敏馨再次变得扑朔迷离。汪二明说她够狠的，回上海竟然不让他知道。我说传言不能不信但不能全信，因为几种说法在时间上有出入：说她在大草原的时候，有人见她在时尚节目做嘉宾。说她回上海做畅销书的时候，有人在一个搜救队遇见她。甚至有人说她在某个地方，和一个同性恋搭子粘在一块，沉醉得忘乎所以。一滴浊泪率先从他右眼滚落，打在他那已经有了老年斑的手背上。他看上去很可怜，可口气依然强硬："不管人家怎么讲，结果只有一个，她抛开正常生活，把我一个人晾在家里了。"正想安慰他，汪二明那个大傻子又说："她肯定去看骏马狂奔了，看够了，就回来了。"

他不可救药了。

汪二明最后一次来我家，是一星期前。进门后，他掏出一方手帕捂着鼻子嘴，挺着个傻乎乎的胸脯，哭得呜呜的，我又猜忌他是女人了。问他怎么回事。他说前天，警方找他调查余敏馨的一些事，原因是殉马坑展览大棚出现一具女尸，夹在两具马骨之间，死者是个老女人，和余敏馨有几分相似。监控录像回放的画面是：一个老女人戴着头巾掩去半拉脸颊，随最后一拨参观者进入展览大棚。参观完毕，她蹴在一个角落，逃过了管理员的眼睛，在展览大棚留了下来。后推测，进展览馆之前她已经服毒了，闭馆之后，把自己在马骨之间安顿好，药性发作，随即毙命。我被他说得脊背发麻，突然有些尿急。

嘴上安慰汪二明不一定是她，可心里却不敢打包票。别看余敏馨这号女人没长个浪漫样儿，可她的飘逸是从骨子里透出来的。能撂下一切去追逐自己想要的，就没有她不敢做的。有时候余敏馨会惹人不安，但更多时候，她会让我们这些按部就班的感觉活得划不来。谁想被码在鸟笼似的办公大楼，从满头青丝一直码到胡子花白，连个骡马都不如呢！

（发表于《滇池》2013年第1期）

马驹，我们的马驹

得知身世的那天，我把处女身交给了詹飞迪，获得了报复世界的快感，尽管清醒之后身心彻痛。

既然是一个弃婴，连生命都可以被人抛弃，那么身体中任何一样东西都变得不重要了。我嘲笑自己曾经守身如玉，恍惚间自问：和詹飞迪如此那般是不是值得。他是我的同班同学，比我小三个月，此前只约过两次会。记得第二次在公园约会，他就朝那种箱子投币，把蹦出来的一枚玩意儿当气球吹。我懂得他的暗示，但自尊让我对他说再会。那天不同，是我主动约他，后又自动缴械，因为抽烟、酗酒都不解恨，愿意以爱的名义让他撕裂我自己。

事后，我拧了拧詹飞迪的脸蛋说：金橘飘香的时候，带你见父母。

双休日公园，绿色凉棚的长椅上，詹飞迪抱着昏昏欲睡的我，问我闻见了什么。我说闻见了死鱼的腥味。他说胡扯，是金橘飘香。我知道他是催我兑现说过的话。我揶揄他才大三，当上门女婿就这么急，是不是怕老了麦子黄了秧没女孩要。调侃过后，我宽他心，一定帮他通过政审关，顺顺溜溜嫁到我家来。他说我说的话坐飞机也撵不上，不敢当真。我说他烦，烦透了顶。入秋以来我家就不太平，母亲一天天变得不正常，父亲三扁担打不出个闷屁，一场风暴正无声地袭来，见父母的事只能往后推。

詹飞迪支吾一会儿，表示迟些上门没关系，条件是允许他朝那种箱子投币。我刚想开口骂，又觉得不忍，轻轻拧了他的脸蛋儿说，书上说那事做多了折寿的。他不服，说岁数大的人才折寿，年轻折什么寿。

家里不顺畅的事情像缺氧窒息的金鱼，时不时会浮出一尾。想不到，一个完美得让人眼馋的家，竟藏着那么多“底细”，连我这个自称前卫的当代大学生也感到瞠目结舌。如果把死鱼当成隐私分类的话，那么金黄色的是关于我的，墨绿色的是关于父亲的，褐色是关于母亲的。

我所在的电子学院就在本市，因受不了八女一室，父母找校方为我申请了不住校。跟高考前的高中生相比，大学生的日子就赛过了活神仙。每周课时排得并不满，加上有的选修课与我无关，使得我不是拽着詹飞迪闲逛，就是回家打电子游戏。那天下午，我背着牛仔包兴冲冲回家，刚要转身进门洞，就被邻居阿姨拽住，说有点事告诉我，并让我听后沉住气。这个阿姨为我家厕所漏水和我母亲吵过架。我问她什么事。她说有人说我母亲是个不下蛋的老母鸡。这句话的信息量太大，我急于知道我是哪儿来的；亲生父母是谁；有着怎样的周折才和现在的父母在一起。一时间太多问题充塞大脑，造成中枢神经短路，脚跟站立不稳，脑袋也有些发晕。稍稍缓过劲来，我真想吐她一脸唾沫，回骂她才是不下蛋的老母鹅。这个女人又老又高又肥，但我想让她把屁放完，耐着性子抿抿嘴，咽了两口唾沫，问她此话怎讲。她说我母亲年轻时候造孽太多，连个孩子也养不了。我说我难道不是母亲的孩子。她说我母亲没本事养下我这么灵秀的孩子，我是被一个扫大街的捡了拎上门的。

我被这个飞溅而至的说法气昏了头、气炸了筋，一时间羞恼交加，竟不知该生谁的气去。猫在城东头的皂荚树下，我瑟瑟地抱着双臂看两只蜗牛交媾。我觉得蜗牛就很好，只管做一件简单的事，什么身世啊，父母啊，全都不放在心里。几乎没迟疑，立即给詹飞迪打电话。他问我有什么要紧事。我说很要紧，向蜗牛学习。

喝得肩膀撑不住脑袋的时候，我倚在詹飞迪怀里骂人，骂了一大圈之后，我决定要回报老母鹅，分明就是挑拨离间，偏偏还搭上我的身世。我家厕所也就只漏了一次水，父亲又是道歉又是请人疏通，她还跳起脚骂我母亲。事情已经过去这么久，还耿耿于怀，寻衅挑唆，十足的小市民。

那天瞅见她拎着菜篮子进门洞，我把早已蓄足的一口痰空投下去，老母鹅大概以为一坨黄金落在了脑袋顶，赶紧拿手去摸，结果粘出很长的丝，惹得她跳起脚来骂：谁做缺德事，叫他断子绝孙。

见我进门的神情，父母明白是我干的，说这可不是成年女孩干的事。我说吐的不是好人，已经便宜她个老母鹅了，看她还敢不敢嚼舌根。父母问嚼什么了。我支吾搪塞，他们面面相觑，很紧张的样子。记得上初一那年，他们有过一回这样的表情。

有一阵子我没好好答理父母，母亲以为我是例假前的反应，又是买乌鸡，又是炖银耳，小心翼翼赔笑脸。很快，日子又弥合成从前的样子，看不出有任何改变。有所不同的是我的心态发生了微妙变化，对父母多了感恩，不再像从前那样任性，只是偶尔会在心里咒骂亲生父母，胡乱播种，亲生骨肉也敢扔，真的是良心大大地坏了。

父亲说还有两个月，就是我二十岁生日了，一定要好好庆祝一番。我举手赞成，指名道姓要去"九头鸟"餐馆撮一顿。我已想好，一定要敬二老双亲一杯，感谢他们二十年来给我的温暖生活，乖乖宝贝地宠着我。照说真该知足，弃婴能成大学生，就是双亲创造的奇迹。

电子游戏打得少了，我很用功地练习"编程"。母亲不看电视，不刺绣工艺品，而是一会儿看看我，一会儿来回踱步，心绪不宁的样子。磨蹭到半夜，母亲催我早点睡，明天上学不能迟到。我催她去睡，母亲嗯叽一声，说近来睡眠不好，多梦，梦里复活了很久以前的事。我停住手，问要不要去看医生。她说不用，支撑一段时间再说。母亲离开房间时，捻了捻我的耳垂，下了很大决心似的说：二十年在一起，足以把不同的血缘长成一样的。我看着慈眉善目的母亲，点头认可。母亲显然很高兴我明白她的所指，意味深长地点了点头。我知道父母对我没二心，就算我不是他俩结合而成，但作为独立的生命个体，他们已经完完全全把我当成了亲生孩子。从我记事，他们最热衷的游戏就是围绕我展开争夺战，我倒向哪边，哪边就高兴得不亦乐乎，败方则很气馁。有一个冬夜，我高烧不退，母亲急得抓住自己的头发，一个劲撞墙。大院有个孩子欺侮我，父亲带我去找那家孩子的父亲告状，那人不讲理，气得父亲抡起菜刀，把那个孩子的父亲撵得满巷逃窜。要知道，父亲既没那人高，也没那人壮，更没那人有地位。父亲平时是个说话都不敢大声的人。

我笃信母亲的话，二十年，血脉同根，三个脑袋一颗心。

知道个人身世后，我又得知父亲不是母亲的第一个男人。父亲没结过婚，婚前是洁洁净净的童男子。母亲虽然也没结过婚，但有过一次短命而悲情的同居。那个鸟男人搞大了母亲的肚子，和人联手偷汽车，被判无期徒刑，判刑不久又越狱，结果被乱枪打死。

我庆幸自己不是母亲肚子里的孩子，更庆幸那个老贼不是我父亲。我只认现在的父亲，除了他，我记忆的内存根本没有第二个父亲的形象。

父母亲外貌悬殊，属于典型的“艾丝美拉达·卡西摩多式”搭配。当然，母亲和父亲该是扯平了的。母亲的美丽是溅有污点的美丽，父亲的外貌不敢恭维，却纯洁得犹如一张没浸过墨的宣纸。母亲生性有些跋扈，父亲则天生能忍，加上我做调剂品，家，就像一枚新鲜的鸡蛋，内瓤鲜活饱满，外壳也缜密得连一粒微光浮尘也渗不进。后来，随着家庭内幕大揭秘，我便有些沮丧，觉得父母都是善于演戏的，四十七八岁的人了，每天还挽着手臂背倚夕阳，在人前走来晃去，谁都不敢怀疑这是一对美满幸福的老夫老妻。父亲受鼓动提前退休，母亲所在的民族工艺品厂明文规定，只要每月完成三件刺绣作品即可拿到全工资。父母时间多，生活宽裕，我也挺省心，这样的家庭很招人羡慕。

作为“鸡蛋中人”，蛋壳出现裂缝，渗出滴漏，我是第一见证人。尽管他们仍然疼我如初，仍旧斜倚夕阳唱晚霞，但丝毫不妨碍母亲有了人。

那个人的名字叫马驹，把母亲勾得失魂落魄的。父亲生闷气，一天到晚打气嗝儿，只敢对我发牢骚，说把心掏给她也拴不住她的心。当着母亲的面，他却连大话也不敢说一声。我分析，那个人有可能长时间窝藏在母亲心里，只是到现在，憋不住了，生出了芽子，枝叶茂密，结了满树红杏，嫌母亲腹腔空间太小，硬从母亲嗓子眼儿探出枝头，惹得母亲把那个名字天天噙在嘴里。

我天天诅咒那个遭天杀的马驹！

我曾跟踪过母亲，一无所获。她一个月只上了一次单位，参加过一次老学友聚会，其他时间都是和父亲在一起。母亲和父亲越来越貌合神离，她不睡大床，也不跟我挤，而是更愿意蜷在沙发上睡。

私下问过父亲，马驹是不是母亲从前的男人，就是偷车越狱挨枪子儿的那个。父亲说那个人不叫这个名字。我便不敢多问。那个鸟人，显然就是母亲的“新情况”。可能是情人，也不排除是仇人或恩人。书上说，不露脸的隐形第三者更能破坏家庭。

几经观察，马驹未必是个聚象的人。母亲眼中，马驹还是放射型的、多触角的，似乎谁都可以是她的马驹。比方在街上遇上个小孩，她会停下来，抚摸人家小脸蛋，低声念叨马驹。每逢这个时候，母亲看上去就特别可怜，痴怔着目光，能一直目送人家远去，直到看不见影子为止。我不明白，是孩子像马驹，还是马驹像孩子，或者说孩子很像她和马驹生的孩子。

父亲悄悄和我嘀咕，母亲可能患了更年期综合征。我同意他的说法，并推断症状还会加剧，因为连隔壁的小胖狗、小花猫都被她唤成了马驹。更过分的是有天半夜，母亲披头散发站然我床边，瞪大眼睛看我，若不是我心理素质好，反应快，早被“女鬼”吓掉魂。我问她站在这儿干吗，她说做了个梦，梦见马驹睡在这里。我真感到恶心，她的相好，给我安上，看来她还有乱伦情结。

持续了一些日子，我觉得母亲稀里糊涂着，也是一件好事，至少可以让詹飞迪乘此机会打入我家。私下我和父亲商量，不如把男朋友带回家，活跃活跃家庭气氛，冲冲喜。父亲想了想，表示同意。我去对母亲说，星期天带个同学，一个男——同——学回家，让她先目测一下，如果目测合格，再考虑进行下一步的政审。母亲冲我诡秘地一笑说：死丫头，别早就先斩后奏了。我装傻，问她先斩后奏是什么意思。母亲不语，喜忧参半的样子。我心里蹦出一个声音：我是弃婴，有人敢丢弃我的生命，我就敢丢弃“处女”！

从进门洞起，我就攥紧詹飞迪的手，给他壮胆。看着他近家情更怯的样子，让人心生怜惜。我和他整个长反了，我该是男生，他更适合当女生。看看，一眨眼工夫，手都变凉了，一副男人体魄长给他，白废。我说我爸老实得一塌糊涂，我妈也不是白骨精她妈转世，到底怕谁整吞了你！他说怕过不了目测关，自己的口才也不行。我说口才马马虎虎，长相嘛，够二十四个瞎子看。不等我再贫嘴，到家了。

我对父母亲说，他就叫詹飞迪。

母亲说好听，好记，跟黄飞鸿一样，都有个“飞”字。

母亲这句话说得蛮正常的，让人觉得高兴，可见这是喜冲的。没等我充分高兴，接下来的话就惨不忍听。母亲说：马驹该是黄飞迪这个样子的。我纠正母亲，人家叫詹飞迪。詹飞迪傻乎乎地问马驹是谁。我和父亲交换了一个愤怒的眼神，又同时用目光制止母亲。母亲也领会，支支吾吾说都别站着呀，喝水，嗑瓜子，说说大学里的事。

母亲到底没说出马驹是谁，看来她也知道羞耻二字。我倒是巴不得悠出那个该死的马驹。多少次我都咬牙切齿地想，揪住那个勾母亲魂魄的家伙，不磕掉他的门牙我就不是人。

詹飞迪和父亲的看法一样，母亲可能提前进入更年期，别看才四十七岁，瓜葛得上了。他母亲比我母亲还小两岁，更年期都快完成了。医生说气候变暖，环境污染，食物上残留的化学物质，都能导致那玩意儿提前。

踩着缤纷的落英，感觉在诗上行走。这便是秋的可贵。然而，这个秋天对我家来说，却真的成了多事之秋。星期天，本来可以和詹飞迪黏在一块儿的，然而母亲的病已经到了不治不行的程度，我和父亲只能一道陪她去看专家门诊。

专家检查之后说，基本上可以排除更年期综合征，初步诊断为心理疾患。心理疾患说病不是病，却比病厉害三分。专家岁数不大，面相阴鸷，人却非常和善。他让我和母亲回避，单独问父亲一些问题。不一会儿，专家又喊进我母亲，让我回避，单独问母亲一些问题。临了，又单独喊我问问题。我觉得专家不光会看病，还很讲究工作方法，没有他的车轮战，我还没法把母亲的事跟他交底。我说母亲老是念叨马驹，还说腹部老是隐隐地空疼，前不久做过妇科检查，拍片、切片都没发现问题。她还老是做梦，常常梦到马驹。

专家说，事情很简单，马驹构成母亲的心理疾患，心病还需心药治，叮嘱我当个有心人，走进母亲内心，弄清她的人生经历，主要是情感经历，这样才能号准脉搏，根治病症，不然，真到了更年期，肯定会是一个“准精神病人”。

阴相而和蔼的专家再三强调，不是吓唬我们。

我和父亲竭尽所能，对母亲呵护备至，一心想取代马驹在她心目中的位置。我按专家说的，既把她当母亲，更把她当朋友，多交心，掏她心窝子的事，然后帮她消除心理阴影。

在我关心她的时候，她显得更关心我，老是没完没了询问一月一度的那桩事。

我给母亲讲了好多道理，忘掉从前，生活要轻装上阵，也不要悲秋，悲秋伤身体。她答应得好好的，可没过两小时，竟抚摸我的脸蛋儿，喃喃叫起了马驹。我恼了，一把扒下她的手，大声说：别倚疯撒邪的好不好，说更年期吧，你年龄还差一大截；说神经质吧，那么复杂的刺绣工艺品也弄得挺好，心里有话就好好说出来，再这个样子下去，小心我和父亲都不理你。母亲蜷着身子，嵌进沙发，像一个做了错事的孩子。见她这个样子，我心一软，柔和了声音说：

妈妈，你就不能告诉我马驹是谁吗？

母亲嘴唇颤颤的，眼里鼓荡着泪水，费劲地摇摇头，晃晃悠悠回到卧室。

大概是几天后的一个半夜，无梦，也不尿急，我就这样平白无故地醒了。潜意识告诉我，门边站着一个人，我猜想是母亲，开灯一看，果然是。母亲看上去憔悴，蜡黄，蔫蔫地。我说早晚会被她吓出病来，好端端的不睡觉，半夜三更站在门口干什么呢？边说边去拉她。母亲喃喃道：忽然想起一件重要的事。我问什么事。她说这两天忘了问我例假来了没有。我苦笑一下，说就这点事，干吗非要深更半夜问，明天不能问吗？她让我别打岔，现在就告诉她，到底来了没有。

我甩甩头发，轻飘却理直气壮地说：来了，昨天下午来的，日子一向很准。接着反问她还有什么要问的。

她说没问的了。什么都没这桩事大。接下来，她的话更像自言自语：黄飞鸿这个孩子啊——我打断她说：是詹飞迪。她说是啊，是记得有个“飞”字呀，那个孩子看上去高大英俊，往客厅一站，遮住我们家半个屋的光线。这个孩子啊，壮壮实实的，说明身体好，精力旺盛。你哩，又正是风华正茂，大男大女接触多了，很容易弄出事情来的。我让她不用担心我会怀孕，现代青年，谁心里没谱，犯不着为这档子事操心。母亲真该出去走走看看，路边上、公园里，每隔一程都有那种箱子，一投币就会自动跳出一枚避孕的东西。再说了，真的怀孕了也不怕，人流、药流、引产都挺方便的。母亲一听，急眼了，脸涨得通红，说天哪天哪，一天到晚担心的就是这事，好端端怀上个孩子流掉，不是作孽又是什么呀，要遭报应的。好多人，吃避孕药吃得终身不孕，引产引得终身不孕——我打断她说，好了好了，睡觉去吧，初一我就上了生理卫生课了，什么都懂。你能说出这么有深度的话，并且逻辑清晰，说明一切都是正常的，既没更年期，也没精神亚健康。我向你保证，健康正常地生活学习，每月日子要准，千万不能怀孕，绝不滥造生命，否则，遭报应。

母亲点了点头，长舒一口气，恋恋地看了我好一会儿，说这才是好孩子。慢慢挪步走出房间。

母亲的刺绣，在我们方圆几百里的城市小有名气。母亲新近制作的挂毯，被外省选去参加手工艺品展览会，还被邀请参加开幕式。母亲参加这个活动，去来要一个星期，这样就给我、父亲和詹飞迪一个密谋的机会。我把詹飞迪带到家里，共同商议，怎样才能尽快消除母亲的心理疾患，具体说就是撵走那个马驹。

说到马驹，父亲的嘴角抿了几下，摇摇头说：谈何容易啊。一个人不是一天两天长在心里，说撵走就能撵走的，不是简单的事啊。三个人守着电视机枯坐，没人理会主持人在说什么。过了许久，父亲打了个哈欠，客气地让我们聊一会儿，他想早点休息。

詹飞迪不肯到客室，在我的卧室赖到半夜，我明白他的意思，掐算了一下日子，告诉他已经进入非安全期。他不吱声，只可怜巴巴地看着。我很迟疑，毕竟不敢拿母亲的话当儿戏。詹飞迪看出我在犹豫，就把热烫烫的嘴送过来，顺着脖子滑向胸前，黏在双乳之间，再也没有挪开的意思。渐渐地，我听见身体里有一个怪怪的声音一阵猛似一阵地叫嚣，接着我就变成一个屈服的乖孩子。我忽然想起母亲有一个放药品的大盒子，于是蹑手蹑脚到隔壁房间取。抱着碰运气的想法打开，谢天谢地，里面竟有一打没启封的安全套，还有一些医药保健类的东西。詹飞迪眼尖，指着一个肉红色的东西说：自慰器！你母亲挺先进的嘛。我一看，羞恼交加，狠拧了他的脸蛋儿，压低声音说：

能不能闭上你的鸟嘴！

我们无声而持久地做爱，从始至终，脑子里一直盘旋着自慰器的影子。詹飞迪问我想什么。我说自慰器。他一听，立即疲软下来，嘟囔道：扫兴！

我对那两样东西生疑。

母亲去来只用了五天时间。回来后，精神焕发，和走时判若两人。遗憾的是，她只正常了两天。第三天，一句话又把我说得云里雾里。她说：这幅刺绣作品之所以能参展——我截住她的话说：说明你的针法、连同创意都已经炉火纯青。她说关键是创意，知道我绣的是什么吗？我摇摇头，表示猜不出来。她说绣的是马驹。我立即讥讽道：是的，马驹是你的神灵、偶像，暗夜里的明灯。那你敢不敢告诉我，谁是马驹，他到底是人是狗，是男是女，是神是鬼。不敢把话挑明，我有权鄙视你。

母亲有些傻眼，支吾一阵，白眼瞪父亲。母亲眼里的威严总能击退父亲。父亲知趣地离去。客厅只剩下我和母亲。看来有戏，结果没戏，枯坐一会儿，她竟枕着沙发扶手睡着了，面容平静，呼吸也很均匀。

詹飞迪要比我高十几厘米，每次站着接吻我都要踮着脚，很辛苦。他很照顾我，总是坐着或者躺着。他老爱用身体环护我，像一只老猩猩罩着一只小猩猩。虽然他比我小几个月，但身上老是掠过父亲的影子。他最喜欢的一招儿是抱我起来甩圈：钩住两臂，以他为轴心旋转，旋转，再旋转，我像在天上飞。他觉得差不多的时候，轻轻放下，看我醉汉一般摇摇晃晃，喊着他的名字，无助地伸出双手，寻找他的方向，他这才假充善人地上来扶我，我对善人充满感激，小鸟依人地投入怀抱，继续接受老猩猩没完没了的爱抚。每当这个时候，一般总能顺着詹飞迪的目光，寻到那种箱子。这一天不同，我说：哎，看什么看，这个公园压根儿没那东西，你克制点儿，我妈说了，不能滥造生命，否则会遭报应的。他说我跟我妈一样迷信。我说真的不是迷信，妈妈的太外公踩死过一个女婴，后来太外公的眼睛莫名其妙地瞎了。太外公咽气时说：一个女娃娃喊他去野地，说是坑早就给他挖好了。母亲有一个同事，婚前做过一次人流，结婚二十五年，想有个孩子，想得快要发疯，结果别说怀孩子，连只兔子也怀不上。当然，还有母亲自己，引产之后，便再也不能怀孕，方方面面都没问题，就是没法怀孕。母亲说：宿债，是要清算的。

詹飞迪说这么重要的情况怎么现在才说，马驹，十有八九与母亲引产的孩子有关。詹飞迪不再寻找投币箱子，沉默了一会儿说，马驹没准是母亲和某个男人怀的孩子。我给说得怔怔的。他说那个孩子怕是没长成，引起母亲终身愧疚，日积月累成了心理疾患。一番话说得我浑身起了厚厚的鸡皮疙瘩。这种推论，让我觉得没面子，让他住嘴，别在那儿扯七扯八的。

他悻悻地说要回家。第一次不欢而散。

母亲这天回家很晚，一言不发，面色惨白，虚汗淋漓。问她怎么了，出了什么事。她说周达丽约她一道，去给一位生物学教授量挂毯尺寸。教授在国际上很著名，要特制一面挂毯送给教授，当然，是周达丽的意思。她说教授的工作室经常有外国同仁光顾，挂毯是我国的民族艺术，为的是让世界上更多的人知道我们的民族艺术。我说她这个人还真能揩油，想不出钱要刺绣品就明说好了，绕这么大弯子也不嫌累。母亲让我别那么尖刻，能找她讨手工刺绣，说明人家看得起，教授毕竟很著名。我问母亲为什么气色这么差。

母亲说，没什么，不过是累了，早点休息，明天就好了。

周达丽是母亲年轻时的朋友，我倒要问问她，今天有没有什么人给母亲气受了，母亲的精神状态表明受过不小的刺激。我压低嗓门儿给周达丽打电话。她说正准备问我，母亲到底遇到什么麻烦，她也发现我母亲不对劲。

周达丽详细回忆一遍教授工作室的情形。她说母亲一进工作室，就被福尔马林泡着的胎儿吸引，站在瓶子跟前，浑身直哆嗦，脸色苍白。问她哪里不舒服，她说没什么，哆嗦着量尺寸，眼睛却粘着泡娃娃的瓶子。临了，她问教授喜欢什么样的图案和款式。教授让母亲自己决定。母亲不假思索地说，那就绣马驹吧。教授一听，大加赞赏，说马驹好，如果绣《八骏图》更好。母亲说八骏太杂，有一股子乱劲。单绣一匹母马携一匹马驹就可以。只要构图对称，色彩雅致，疏淡适宜就特别出效果。不等教授做出反应，母亲开始接二连三向教授提问。她问胎儿在母腹里该是瓶子里的样子吧。人家说是。母亲又说胎儿也有表情是不是。人家说是。母亲说宝宝还会笑是不是。人家说那就说不准了。母亲一听不太高兴，说刚才亲眼看到瓶子里的胎儿冲她笑了。说得满屋人面面相觑。告辞出来，走了一程，母亲想起挂毯尺寸忘拿了，周达丽又陪她去取。

母亲魂不守舍了一阵子。我和父亲都明白，是瓶子里的死娃娃牵起她敏感的神经。

联想起詹飞迪的分析，终于明白，母亲的行径之于我，无疑是感情走私。那一刻，我终于怒不可遏，忍无可忍，冲进母亲卧室，大声斥责道：原来，你天天念叨的竟然是个死孩子，天天拿一个小死鬼比这个比那个，真是神经了你！我一个活蹦乱跳的人，竟然取代不了你的那个小死鬼！看来，老母鹅说得没错，你不过是我的后母，我整天遭受着后母的精神虐待！

父亲慌张地跑进来阻止我，显然已经慢半拍。母亲哆嗦着嵌进被子，伤心得肩膀一耸一耸的。我流着泪跑回自己的房间，狠狠碰上门。

为了阻止疯婆子半夜光顾，我早早就把卧室门反锁。

半夜，有人敲门，我知道是母亲，故意不问是谁，只说睡了，有话明天来得及说。门敲得很稳，透着一股子执著劲，有持久敲下去的意思。我只能开门。

母亲表情平静，眼睛告诉我，她有极强的倾诉欲。

静静地脱掉鞋子，她靠在床头，把我的手夹在她的手掌里。我想起巧克力派，她的手是两块蛋糕，我的手是最甜的那层夹心。她说：孩子，不是妈妈存心要做出这个样子，的确是妈妈心里有一种亏欠。很多年前，我亏欠了一个孩子。本来，我以为，加倍补偿你就够了，结果不能，各是各的一笔账。有人丢弃你，而我又在怀孕中途终止孩子的生命，丢弃了我自己的孩子。有些事情不是简单的组合后再分配就能了结的。我说我的事可以跳过去不说，我对旧闻不感兴趣，我想听那个孩子的事。

她执意从旧闻说起。

十九年前的一个清晨，一个年老的清洁工提篮子到我家，说清扫广场时捡到的，有人看到一对少男少女四下张望着放下篮子。渐渐地，三三两两的人凑上前看，慢慢人就聚得多了。那是一个五官周正、眉清目秀的女婴，一张纸片上写着出生年月日，注明孩子叫仁芝，哪位好心人领养，加上姓就可以了。

母亲这番话，我信，她和父亲没另外给我取名字，户口上写的就是薛仁芝。

母亲接着说，我的亲生父母当时还是在校学生，没有合法婚姻，用那种方式安排我是为了奔前程，肯定是万般无奈的。我知道，母亲一向仁慈，她完全可以用“丢弃”一词，但却精选出“安排”二字。我听母亲继续：

关于身世，我们不是有意瞒你，我想，你知道原委，我们会像亲生骨肉一样待你；不知道原委，我们还是像亲生骨肉一样待你。知道不知道都不影响我们爱你。对你，我和你父亲都问心无愧。

母亲的话让我想起从前的一件事。那年我上初一，第一次上了生理卫生课，放学兴冲冲回家，边放书包边娇嗔地说：你们以后别再说疼我之类的话了。父母紧张地问为什么。我说你们哪里是疼我，是疼你们自己的精子和卵子罢了。父母当时的表情是愕然窘迫和羞愧的。如果我是他们的亲生孩子，他们会表现得理直气壮，他们会说：我们的确爱我们的精子和卵子，但你已经和最初的精子、卵子没关系，我们爱的就是你。

当时他们复杂的表情的确有太多的黏糊和缺底气。

我请求母亲讲讲马驹。母亲叹口气道：命里该要不成这个孩子。

接下来，母亲并没直接说马驹，而是谈了她的青春期和痛经。我在大脑里过电影：瘦弱的小姑娘，躺在皂荚树下竹椅上痛经的样子；裹着军大衣的大姑娘去一家偏僻的医院引产的情形。最后，我看到一个女人在世间穿行的轨迹。

未婚母亲当时只是单纯地要引产，只有那样才不至于破坏今后的生活。依当时的境况看，孩子会是她终生的拖累。避开世人眼光，去终止一个处在模糊状态的孩子的生长。母亲以为自己是拥有特权的，能孕育生命，也能随心所欲地终止生命，而那个叫做胎儿的东西是无权选择的。对于母亲的取舍，他们、她们抑或它们始终无言。母亲误以为，终止一个生命，犹如一页书，悄没声息地翻过去也就翻过去了，人生的一个坎儿就算跳过去了。一开始，母亲真是这么想的，但很快她就发现，那个孩子只是从子宫转移到了心里，一分一秒也没停止生长。特别是高科技的今天，电脑能测出未来孩子的身高，勾勒出未来孩子的长相，母亲便具体而真切地看清了自己的孩子。他蜷缩在母亲的生命情感里，从着床成胚胎，到凝聚成一团血块，而后长出各种器官，已不再是一个简单的肉疙瘩，二十多年来，竟和正常分娩的孩子一样，马不停蹄地长成一个健壮的小伙子。母亲能清楚地看到那个孩子一天天变得感性、清晰。

母亲说自己也许不该这么细腻、多情，更不该用联想的方式，去复活一个早已不存在的生命，但盘踞在心头的遗憾却挥之不去。母亲不能容忍自己连人道的底线也没做到，如果能对那个孩子说声对不起，亲眼看他入土为安，境况就会大不相同。母亲认定上苍不再赐予她孩子是天经地义的。孩子的阴影永不消散，其实是对她并不过火的惩罚。

我被母亲说得戚戚惶惶，只能说她迷信。如果照这种理论延伸，谁害命就惩罚谁，那么杀人犯可以不用绳之以法，全让冤死的魂灵去搞定。还比如希特勒，手上沾满犹太人鲜血，那些死魂灵都没能取他性命，到了，还是他自己举枪自毙。母亲说这跟那不是一码事。我说就是一码事。

母亲总算道出了“情感经历”。她没完没了的说，我耐着性子听。当她思路走偏时，我只需把她拉回来就行了。

我去找了那位和蔼的专家。他说我母亲能说出这些话算是有救了。他让我就这样慢慢悠着她说出心里压着的事儿，倾诉本身就是释放，释放的过程就是自我疗救。再过一段时间，对母亲来说，医生都是多余的。

我几乎是欢天喜地跑去找詹飞迪的，告诉他这下家里总算太平了。他一高兴，也不管周围有多少人，抱起我就甩圈，甩晕后，善人老猩猩又开始他精心的呵护。那晚我们先喝咖啡，后去蹦迪，我们把母亲病情好转当成节日庆贺。

玩到精疲力竭回家，一进门，眼前的景象把我吓得要死：母亲披散着头发，脸色蜡黄，眼神飘忽，哆嗦的双手紧握绣花针。看到回来的我，像看一个不认识的人，继而埋头继续刺绣。

父亲把我叫到一边，低声说：她虽然不再念叨马驹，但整整一天不吃不喝，就只闷头绣绣绣。图案也就一种：一匹母马旁边紧随一匹欢快尥蹶子的马驹。父亲噜噜嘴，示意我看，窗帘、沙发套、衣服和被单一一绣上，并且是五颜六色的，颜色一个也不重复。父亲说这样下去会出事情的。

我上前夺母亲手里的绣花针，她很凶地说：谁敢夺，就扎瞎谁的眼睛！

我说妈妈，你要是再这样绣下去，我就给你跪下了。母亲停住手，不对劲地看看我，说要是答应她一件事，她就不绣了，就吃饭、喝水。我说只要她不再绣，说什么我都答应。

母亲坐到沙发上，拢拢披散的头发，说让我陪她一道，把生物学教授那个装娃娃的瓶子偷出来。

我吓了一跳，说偷东西犯法。再说，人家家里有那么多人，怎么偷。

母亲说要是不同意，就不吃饭，接着绣。我说只要她能说出偷东西的道理，就去偷。

她说瓶子里的娃娃咋看咋像马驹，让那个死老头子一年四季泡在药水里真可怜。娃娃没了性命，入土为安才是正理，斑鸠亮蛋似的亮着，让人像看猴把戏，弄得她这个当妈妈的好没面子。我甚至觉得母亲说得有道理。母亲接着说：其实咱也不算偷，不过是帮他把那个娃娃转移个地方。我说母亲真是糊涂，人家那是进行科学研究用的。

母亲说她不管，反正那个小人儿，让老头子那么泡着，让人不安，偷出来埋了就好了。

我说不去，让人逮住是要判刑的。母亲说好办，让我和他闲聊，把注意力分散开，她乘机偷瓶子，然后往袋子里一装完事。我说万万做不得的，怎么说都是犯法。母亲便不再理我，黯然捡针，换上白色丝线，捧起绣有马驹的毛毯落泪，有一滴泪珠溅在马驹背上，像一滴晶莹的露珠。母亲指着画面问我：马驹是活的对不对？

我听见父亲的叹息。

也许是活灵活现的画面给了我灵感，心里突然冒出一个念头，我为之一惊。我说：妈妈，别绣了，明天我们一起去那所医院，找到当年的医护人员，问问马驹葬在什么地方，祭祭马驹，了却你的心事，怎么样？母亲眼睛一亮，嗯了一声，说不能影响我的学习，让父亲陪她去。父亲瓮声说不去。我说我去，明天都是选修课，可上可不上的。

母亲一高兴，开始贪婪地吃饭、喝水，极像从沙漠中长久跋涉的人。

秋阳高照，满目橙黄，集尽成熟的芳香。母亲一路都显得很愉快。我们顺利地找到了当时的医院。有所不同的是，医院已经变成私人医院了。询问了一些年纪大的人，知道当年的医护人员都已经孔雀东南飞，只有护士长还留在此地，但也退休在家。索得地址，我们租车前往。

母亲一眼认出护士长。护士长却无反应。说明来意，护士长夸母亲是重感情讲人道的人。二十多年来，只有一对外国夫妇来找她打探引产丢掉的胎儿。

母亲说这些年来，那个孩子在她心里疯长，作为一个母亲，无力挽回残酷的事实，起码应该给孩子一个交代，哪怕说声对不起也行。母亲问：您说是不是？护士长怔了怔，未置可否。我觉得母亲的样子特别让人心疼。此时此刻的母亲，精神是健康的，思维是清晰的，无法跟那个握着绣花针、七绣八绣的神经质联在一起。护士长说，那个年代，包括现在，处理那种孩子，都是草草包裹一下，被勤杂工拎了扔在院墙外面。

护士长声音不大，对母亲来说，不啻五雷轰顶。刹那间，母亲的脸变得煞白，浑身哆嗦。我攥紧她冰凉冰凉的手。护士长问我们要不要一块到院墙外面看一看。

母亲的头摇得像拨浪鼓。

我们悻悻而归。母亲一路有气无力地讲述引产的事。注射催产素二十四小时，才开始阵痛，挨个喊着自家三代人的姓名，请他们救命。感到奄奄一息时，那个被叫做孩子的东西才脱落出来。只觉得那是医生硬从体内拽下来了一个东西，不是瓜熟蒂落的分娩，而是不折不扣的摘青。等医护人员取出胎盘，消毒、排淤血，母亲已接近虚脱，用蚊子一样细的声音说要看看孩子。护士端一只白色瓷盘，在她眼前晃了一下，没等看真切，就端走了。母亲依稀记得那是只有半个手掌大的肉疙瘩，半透明。护士长说，什么都长齐了，包括男性标志。母亲却遗憾没能看得更清楚些，眼里有汗，也有泪，视线模糊不清。医护人员一个个忙得风急火燎，多看，她们会说母亲矫情，甚至会揶揄她，既然那么喜欢孩子，何不怀足了月份好好生下来养大。还都是找足了理由做掉孩子，做爱的时候干吗去了，怎么不想一下怎么面对情感的结晶。

母亲没能多看一眼孩子，也不敢询问怎么处理那个小身体，她其实很想请求她们把孩子葬得体面些，尤其不要抛在荒野，裸露在外。结果一切都没来得及。金属器皿磕碰得叮当响，谁也听不清母亲在嘀咕什么。没一个人理会一个未婚产妇的矫情。母亲听着铁桶叮当，侧转身盯着勤杂工的身影，喃喃道：对不起，孩子！

母亲这句话，被一位护士听见，说母亲真能整，一个什么也不知道的肉疙瘩，犯得着嘛。她们一天要排泄出（她竟用了“排泄”一词）N个这种孩子，都像母亲这般琐碎，她们该不上门、吃不上饭了。她们已经够文明的了，当地风俗堪称恶俗，很龌龊：不许包裹，不准埋葬，刻意要抛尸荒野，让狗叨鹰啄，让他们永远不得超生、转世，免得回到人间祸害人，尤其是祸害产妇将来的孩子。

二十多年来，母亲的心都被一种叫不上名目的东西啃噬，心头一直盘旋着一个问题：到底是谁祸害了谁？是未长成的胎儿祸害人，还是人祸害未长成的胎儿？

母亲觉得终止马驹的生命，没能亲手埋葬马驹，成了最大的心痛。马驹执著地长在心里，使她无法顺理成章地忘记。对马驹的执著，可以理解成爱，也可以理解成恨，一天天，自顾自地由一个肉疙瘩变成一匹壮硕的马驹。马驹的疯长还可以理解成顽强的等待，等待母亲良心的发现和回归，一直等到母亲自省，说对不起。母亲的天职是孕育，根本没有遏制孩子生长的权利。

引产等于害命。

母亲何尝不明白自己害了命，人为的原因使马驹永远长不成骏马，无力挽回事实，唯一能做的，是对孩子说声对不起，可能的话，找到那个地方，让他入土为安，灵魂安息，仅此而已。

我对母亲说我们已经尽了心。母亲长舒一口气，说尽心是谈不上的，只是没办法，无力回天。她说想睡觉。母亲累了，绣累了、跑累了、说累了，我和父亲看着她闷睡。父亲说：只要她能平静，就是好事。

二十岁生日这天，碰巧是双休日。我醒得很早，家里很静，冷火秋烟。母亲酣睡，父亲出去遛早，扔下孤零零的我。正迟疑怎么打发这个特别的日子，詹飞迪打来电话，约我到城郊开阔地聚会。我说就两个人也能叫聚会。他说这有什么不能叫聚会的。我有几分哀怨，如果母亲好好的，一家人欢欢喜喜去“九头鸟”餐馆撮一顿蛮好的。母亲眼下的样子，如果再提过生日，会撩起她想念马驹。詹飞迪约我，算是为我解围。想起城郊那片开阔地，一个绿草如茵的地方，心头猛然豁亮，他曾在那里甩晕我又假充善人。

詹飞迪比我早到，双手背后，走近时，让我闭上眼睛。我听见直腔直调的音乐声。他让我睁开眼睛：眼前晃悠着红得让人醉心的玫瑰。他说：HAPPY BRITHDAY！我道声谢谢。我把音乐盒和玫瑰抛在一边，铆足了劲在草地上打了几个滚，压倒无数青草。詹飞迪说好好珍惜这地方，听说已经卖给外国人了，不久会建成跑马场。看着浩渺空阔的草地，仿佛听到悦耳的马蹄声由远及近，呼啸而至。想到这里将被所谓现代文明的喧嚣淹没，说不出是该庆幸还是该沮丧。

我让詹飞迪猜一下，开阔地边缘的两幢楼是什么单位。他几乎不假思索，脱口而出：废旧物资回收站和敬老院。我猜的正好与他相反：幼儿园和医院。我们不在乎谜底，不管是什么，它们一律会拆迁。

铺天盖地的绿，侵袭得我们心儿颤颤，我是极爱闻这种土腥味夹杂清香气息的，詹飞迪说他也喜欢，并要在这里使我生日快乐，边说边伸出热烫烫的手熨烫我的身体。我警告他，正值危险期，又没有那种箱子。他说顾不了那些，便重重地覆盖我的身体。抗拒无力，我便渐渐融化在他的热情里。一个春深似海，一个激情奔涌，那一刻，全世界都不存在，即使瞬间创造一百个马驹，我们也甘愿当一回脱缰野马。于是，我听见了阵阵风吼，声声马蹄，无数骏马飞越火红的天际。

激情过后，我一个劲儿说糟糕，这回死定了。詹飞迪攥紧我的手，说听天由命好了。我说他没心没肺。

四周芳草被我们搅热了，叽叽喳喳的鸟儿围着我们，一定在嚼我俩的是非。我们有意紧抱着给它们看，专门眼馋它们。

片刻寂静之后，传来孩子们的嬉笑，像群鸟聒噪。

我向詹飞迪炫耀，被我猜中了吧，早就说这里是一所幼儿园，与幼儿园一墙之隔的是医院，因为七八个五六岁的孩子，已经从墙根处扯出了脏兮兮的绷带、针管、药瓶等破玩意儿。

孩子是从幼儿园后门跑出来的。他们很友爱，相互搀扶着下坎儿，在医院垃圾堆里刨东西，然后拢成一堆，准备“过家家”。他们歪七竖八打滚，学乌龟爬、学鸟叫、学兔子蹦跳，然后开始分配角色，关于谁当孩子，谁当父母。我问詹飞迪听见了什么声音，他说孩子们说话的声音。我说废话，谁不知道是他们说话的声音。他说除此之外没别的声音。我让他仔细听，能听见孩子们胳膊腿儿拔节生长的声音。他骂我有神经病，那种声音是听不到的。我说根本不用耳朵听。

反复听到一些名字：鼻涕糊、玉叶、虎子、阿娟、马驹等等。听到马驹的时候，我心里一嘎噔。我想，要是让母亲听到，又会撩她伤心。玉叶像个假小子，算是领头的，小鼻子小眼却通身霸气，指着一个叫鼻涕糊的小男孩说：还是你当孩子！鼻涕糊一听不乐意了，说：鼻涕是可以擦干净的呀，不能每次都让我当孩子呀。玉叶边往瓶子里装土（当然，她说装的是面粉）边说：愿意当孩子，就来“过家家”，不当，你就回园子去！鼻涕糊拿袖管在鼻子下面，拉二胡的弓一样，扯几个来回，人中处露出两道让鼻涕泡过的白，说：就不当孩子，回园子也不当！不让玩“过家家”就告诉老师，是你玉叶带我们到草地上疯的，让你罚站。

玉叶把刚装满的土倒掉，摔了药瓶，站在鼻涕糊面前，双手叉腰，直喘气。鼻涕糊也上前，逼近玉叶，直喘气。

我和詹飞迪准备上前劝解时，一个胖乎乎的女孩像从草底钻出来似的，先于我们站到了玉叶和鼻涕糊中间。胖女孩说别争了，让他当我们的孩子吧！七八个孩子喊着阿娟，呼呼啦啦围上去。我给詹飞迪使个眼色，也围上去。阿娟摊开手，我们却什么也没看到，只看到阿娟眼神活泼又健康，闪着收获的光亮。阿娟得意的面庞透出一团和气。等几个孩子蓬头看完，走开，我们才弯腰俯身细看，这才看清阿娟手里有一个跟人肤色极接近的、半透明的肉疙瘩。

一个孩子问：它是男孩还是女孩啊？

阿娟说已经看过了，男孩子。阿娟把手抬高，有几分炫耀地端给我和詹飞迪看。

我彻底看清了这个全身都是肉肉的娃娃：有半个手掌大，脑袋有纸皮核桃大，四肢像晒干了的黄花菜，腹中肠子丝线般缠绕，盘成一团。当我把眼睛转到娃娃两腿之间时，明白阿娟说的“男孩”的意思。我看到了娃娃那可以称作雀雀的东西：针尖般细，支棱着，眼神不好的人绝对看不清楚，也只有这帮孩子，包括我和詹飞迪，真真切切弄清了娃娃的性别。阿娟再次说：就是他了，百分之百可以做儿子的。

这时，秋阳掠过当顶，我真担心过强的日照会把娃娃晒化。玉叶说让它当孩子是可以，可是谁当它的爸爸妈妈呢？我知道，显然是因为我和詹飞迪在场，他们不好意思再争当爸爸妈妈了。鼻涕糊瓮声说，这儿不是有大哥哥大姐姐吗，让他们当爸爸妈妈蛮好的。看得出，玉叶脸上漫过醋意，可能此前，妈妈非她莫属。

他们拥戴我们，拍着小手，蹦跳着欢迎。我和詹飞迪相视而笑，不再推辞，欣然加盟。

正迟疑接不接娃娃，我看到阿娟手上的血。见我注意她，她回头看了看扔下的一包东西。我明白，她是从一大包带血的纸包里刨出来的娃娃，很不容易。这时，手机响，我看号码，是家里打来的。

母亲焦急询问我在哪里。我说在一片开阔地。她说她和父母急坏了，今天是我的生日，等我回去庆贺。我说谢谢爸妈挂念，等会儿就回去。

母亲追问我在干什么。我说正和一帮小孩做游戏。母亲说那么大的姑娘，怎么会和小孩子们裹到一起。我嘴里说着话，眼睛却黏在娃娃身上移不开了。

一个灵感，如炸雷轰顶。

我握着詹飞迪的手，浑身都在颤抖，他立即明白我的意思，笃定地点点头，怂恿我说下去。我提高嗓门儿说：妈妈，我们刚刚找到了马驹。

电话里的声音立即大了，让我再说一遍。我说：

妈妈——！我们刚刚找到了马驹！

母亲问是不是真的。

我说骗你就不是你女儿。

我把詹飞迪送我的玫瑰一个孩子发一枝，由我端着马驹（叫马驹的孩子特别高兴娃娃也叫马驹），朝不远处的“天年寝”墓地走去。

我们在朝阳的一面，徒手挖了个小坑，把七彩的心形树叶垫在音乐盒底，让马驹平躺在上面，只等母亲一来就举行葬礼。

准备停当，见父亲搀扶着母亲从出租车出来。瘦弱的母亲跌跌撞撞往这边走，一边念叨：马驹，我的马驹在哪里？

母亲俯身端详马驹，左看右看，连声说：是马驹，我的马驹就是这样的！

我问母亲怎么办。母亲说赶紧让孩子入土为安吧。她手捧音乐盒，俯身放进坑里，接过孩子们一一递来的玫瑰。马驹身置鲜花丛中，远处传来《安魂曲》，孩子们用稚嫩的声音七嘴八舌喊着马驹。母亲眼里闪着盈盈泪光，撑开绣有马驹图案的毛毯，轻轻盖住音乐盒。我们便一下又一下往上面培土。母亲掬起一把泥土，泪水融进去，融进去，从心头滋浮起纠结了很久很久的一个声音：

马驹，我的孩子，对不起！

所有的孩子，包括我和詹飞迪，齐声念叨：

马驹，对不起！

无意间抬头，我看见一团银白色的云，酷似马驹造型，母亲显然也看到了，那团云便在我们的瞳孔里迅速飞渡、变形，倏忽散开，渐渐消融在蔚蓝色的天际。再看母亲，绽出一脸明媚，眉头舒展，满是光鲜和亮丽。母亲拽了我两下，更像是一个小动作，侧头低问：日子对不对？一阵烘热从心底涌起。我很心虚，眼前漫过无尽的草绿，耳畔灌满由远及近的马蹄声。我说：还差一个多星期，每月——每月日子都挺准的——怎么可能不对呢？

母亲正视我，用一种健康活泼的久违的眼神。

为母亲庆幸的同时，又为自己担心，因为从今天起，我该为本月的例假日倒计时。

（发表于2004年《太湖》第1期）

远　岸

一

掉进沟里的人双手在空中乱抓，喊着“妈，帮帮我！”。我醒了。是梦。心在梦里浸着，眼睛睁开，脑袋木木地侧向床沿。“妈，帮帮我！”白瑞恩的声音跟梦里的声音接上了，他立在床前，焦虑地看着我。

“怎么了，白瑞恩？”听见自己用瞌睡腔说出一句武汉话，想笑。醒来的第一句话我只能说家乡话，只有完全清醒，语言频道才能切换成武汉口音的普通话，我称之为汉普。

“小乌龟不见了！”白瑞恩说。

拿指尖剔去眼角分泌物，看清白瑞恩那双蓝灰相间的眼眸溢满无助。

“你说什么？”听清楚了，只是想证实一下我听得没错。

担心自己表达有问题，也怕我不相信，他干脆扑通一下趴到地板上，像虔诚的佛教徒那样，匍匐爬行几下。

“怎么可能嘛，那只汉白玉缸能装两只羊羔、一只小乌龟怎么可能爬出去呢？”我说。

白瑞恩急了，爬起来申辩：“爬出去了，我确定。只有，三朵莲花，在缸里。”

这事儿够玄的。那么大个汉白玉缸，缸沿又陡又滑，小乌龟有这个作为，我倒十分服气。是不是我儿子不喜欢乌龟，看赛车前故意把它扔出去了。

白瑞恩淌着汗，无助地站在床边，一堵墙似的，屋子的光线因这堵墙显得暗了不少。小乌龟是他来上海以后，跟我到集贸市场买菜的时候买的。他要买小狗，我说我儿子不喜欢毛茸茸的东西，他就买了这么个背上带壳的东西。我问这个十九岁的人，为什么偏爱它，他说喜欢它慢慢的、笨笨的样子。

“旮旮旯旯都找找。”我说。

“请你起来，帮我找！”他说。

暑期我家有三个九零后，白天太热闹，只有晚上他们都睡了，我才能开始工作。凌晨三点我才躺下，可现在无法在床上赖下去，白瑞恩沙哑的声音和可怜的模样弄得我心软。我坐起来，拢拢头发，把衣领往上拎了拎，趿着木底拖鞋，嘎噔嘎噔来到客厅，看见汉白玉缸果然只剩下三朵莲花。

“长能耐了。空间就这么大，我就不信还能爬回美国去！”。

“它不会爬回美国，太远了。”白瑞恩还没到听懂幽默的份儿。

屋子被他刨乱了。我拾起地上的竹竿，准备把靠墙的家具角落都拨一下。“没有，木头里面没有乌龟。”白瑞恩制止我。

“要说‘木制家具角落里面没有乌龟’。”我纠正他。

“木制家具角落里面没有乌龟。”白瑞恩重复。

听见猫在院子外面叫，我让他先给猫们撒点猫粮，叫得烦人。

白瑞恩不太情愿，但还是取了猫粮。来我家十多天，他对几只养家了的野猫不太上心，他只喜欢小乌龟。

刚挤出一条牙膏，听见白瑞恩在外面叫：“乌龟在这里！——妈——猫包围它，欺侮它！”

我放下牙刷跑出去，看到五只猫围着小乌龟喵喵叫。小乌龟顽强地在猫们围起的圈子里爬行，四面被堵，根本爬不出包围圈。

“可恶！”白瑞恩爱怜地捉起他的宠物，恼火地说。

“你得感谢它们，不是它们围着，小乌龟早就跑出院子，很可能永远找不到了。”

“它们不是欺侮它吗？”

“也可能是欣赏。Enjoy，明白？”

“欣赏，Enjoy。”

“Enjoy就是欣赏。妈，我又学了一个词。”

白瑞恩把猫粮撒在地上，猫立即放弃阵地奔向同一目标。白瑞恩一只手端着小乌龟，孩子气地念叨：“Baby Baby，哥带你回家！”

我边刷牙边纳闷儿：他是我认的美国儿子，我是他中国妈，他把小乌龟喊宝贝也不考虑我的感受。

二

白瑞恩运气不错，七月初来上海，赶上我儿子放暑假从北京回来了。我儿子、儿子的香港好友陶俐俐、家政工胡阿姨加上我一共四个人，轮流教他中文知识和生活技能。我儿子，边调侃边教他用筷子的诀窍，让他把筷子当成女生的纤纤玉指就能攥得灵活，夹起菜来肯定轻巧。陶俐俐把一份《上海地图》的重要线路和标志性建筑都用英文标注好，并给他买了一支屈臣氏的治疗青春痘炎症的药膏。胡阿姨教他怎样使用洗衣机以及豆浆机。白瑞恩稀罕豆浆机，美国没有这东西，美国人只喝牛奶不喝豆浆。我能教他的就是说中国话。其实我最不适合教他说话，我武汉方言很重，几次购物，服务员请我讲普通话，而我以为自己讲的就是普通话。

我儿子喜欢看赛车，本来可以带上白瑞恩，考虑他生活拮据，必须打工才能维持在中国的生活，就不耽误他，一个人去，谁也不带。陶俐俐是个购物狂，开着我的车，不管有用没用，大包小包往家拎，好像东西不要钱似的。晚上，归巢的鸟儿，汇聚拢来，白瑞恩开始显摆他的中国话："搞么事？""我屋里锅锅（我家哥哥）""苕头二脑。（傻里巴叽）"逗得一屋人笑。我儿子劝我别教白瑞恩说话，一旦他把汉普当标准话学了，以后纠正起来很麻烦。我说那有什么关系嘛，我还教他上海话了哩，让白瑞恩说几句给他们听听。他苕头二脑地说："美国人到上海，上海闲话讲不来，咪西咪西炒咸菜。"十多天下来，我的美国儿子什么都能说一点，什么都说得不靠谱。他的适应能力还是很强的，浦东周边环境全都熟了，能独自乘地铁去游泳，去打球篮球，去给几位朋友的孩子上英语课。

为了使白瑞恩多一份收入，我帮他在一家中餐馆找到洗盘子的活儿。当时我有些犹豫，不知他愿不愿意做。这活儿是许多农民工都不愿意做的，磨人，工资少。他秋季上学需要钱，他美国的爹妈不肯多给他一个子儿，美国的规矩是孩子长到十八岁就成了搡出门的儿，泼出门的水。我的美国同学告诉我，白瑞恩家属于中产阶级，有几十万亩葡萄园，来中国，父母只给他飞机票钱和一点生活费。

“到中餐馆洗盘子，愿意吗白瑞恩？”我试探着问。

“多少银子？”他问。

跟我儿子学的，把钱说成银子。他蹲在地上逗乌龟，把一朵莲花搁在乌龟背上，回头跟我说话，乌龟背上的莲花滑进水里。

“一个月能挣一千多块钱。”我说。

“一千几？”他问。

“三个月后一千五百块。”我说。

哪知他忽地站起来，大步跨到我面前，双手抱拳说：“谢——谢——妈！”

他让我想起李玉和。

“我想快点洗盘子！”他喜悦又急切地说，一双眼眸像两颗蓝宝石，晶亮晶亮的。

我让他不要着急，今天准备准备，明天去面试，如果老板同意，本周就能上班。他欣喜地说：“nice！”

面试很顺利。餐馆老板缺的就是洗盘子小工，看到这个生气勃勃的洋小工，老板直乐，对他讲规矩：“你的，要把盘子仔仔细细地洗干净。有一顿饭我的管，你的随便吃，只要不往外拿。每天要穿工作服。还有，你的头发能不能短一点？请理一个适合中国国情的发型，不能让我的顾客被C罗的发型弄得点错了菜。你的明白？”

“他是美国人，不是日本人，语法要改一改地明白。”我说。

老板笑了，让顾客们各就各位，不要围观洋小工。

“妈，洋小工是什么？”白瑞恩问。

“洋小工就是白瑞恩。”我说。

“我的中国名字？”他问。

“你的上海名字。”我说。

捧着老板发的一件白色衬衣，白瑞恩乐得哈哈笑。真搞不懂他为什么这么喜欢洗盘子。

回到家，他把衬衣往沙发一搁说：“妈，帮我熨一熨。很谢谢！”

“妈应该做的，不用客气。”

说起来是我娇惯他，我的衣服，我儿子的衣服都是家政熨，而我却亲手给他熨衣服。说不清为什么这么疼爱一个异国孩子，也许他父母和我的小学同学是邻居，我把对同学的那份友情移植到白瑞恩身上了。还有一个原因是我儿子明年会去美国学语言，潜意识觉得，我对这个美国儿子好，我儿子到了美国，一定会对我儿子好。当然，不一定是白瑞恩爸妈，而是我积的福会换作另一种形式回报给我儿子。

三

赛车迷和购物狂都没回来。胡阿姨在做晚饭。我坐在大客厅喝咖啡，白瑞恩站在院子里打电话。望着落地窗外白瑞恩的背影，听他大着嗓门儿打电话。我英语听力马马虎虎，通过一些单词，串起大致的意思。他说他找到工作了，发了衬衣，每月能拿一千五百元钱（人民币）。明天正式上班。中国妈在喝咖啡，刚给他熨了工作服。打电话很费钱，拜拜。

真抠门儿啊，手机说挂就挂，哪儿像我的亲儿子，老说要挂电话啦，可还得哆一会儿。

抠门儿事情继续发生：白瑞恩从旅行箱拿出一个盒子，打开后取出一个理发推子。敢情这小子乐意赚钱还特别会省钱。我儿子理发总到上档次的发廊。发廊也很能掏他腰包，这回提议他换个周杰伦发型，下回提议换个阿根廷球星梅西的发型，还劝他染色，这次这种色，下次那种色，并保证开学前“免费”把颜色“变”回来。我给儿子的零用钱就这样被忽悠去。我的美国儿子大老远带这么个玩意儿，发廊别想赚他一个子儿。只见他挺着结实的胸脯，赤脚踏着地板，帅气、傻气而小气地拎着他的美国推子，像007拎着枪一样走进洗脸间。听他捣鼓一阵，发出滋儿的一声，白瑞恩骂了句FK，蹿出一股电线烧焦的气味。猜想推子出故障了。他跑出来，提溜着推子问：“中国的电怎么了？转了一下，冒黑烟了。”

估计是电压不匹配，引起短路。“烧坏了，扔掉吧，一个推子而已。”我说。

“我一直自己理发。”他说。

“出小区，往北走一百米左右，几个发廊都不贵。我的优惠卡借给你用。”我说。

“谢谢！我去超市，买一个中国式理发工具。”他带些无奈地摸着脑袋。

见过抠门儿的，没见过这么抠门儿的，这小子抠过头了。

不到二十分钟，白瑞恩挟着个新盒子，兴冲冲回来，隔着院子的树木喊我看他新买的推子。

进屋问他要不要先吃饭。他说理完再吃饭，等哥和陶回来一起吃。我说他们会在外面吃了回来。他坚持先理发。我让胡阿姨帮他。他说自己可以。

中国推子在洗脸间转得欢实，白瑞恩边推头边唱“小小少年，很少烦恼，眼望四周阳光照。”

突然，歌声停止，推子声音也停止。正要进去看究竟，听见白瑞恩喊：“胡阿姨，帮忙我。”

我纠正他：“要么说‘帮帮我’，要么说‘请帮我一下’。唯独不能说‘帮忙我’。

“这个洋祖宗怎么了，”胡阿姨揩着手上的油问我。

我学着洋祖宗的样子耸耸肩。推子又响。呜呜转了一会儿又停了。他喊我帮他一下。胡阿姨一听高兴了，说害怕跟他说话。

他把推子递给我，我有些怕，让推子在人脑瓜上来回跑可不是简单活儿。白瑞恩用他那蓝不蓝灰不灰的眼睛看着我说：“胡阿姨手不聪明”，“要说手不够灵活。”他重复一遍，说他把理发程序重新设定了一下，头发不能留得太短。我问到底留多长，他说推子知道。“我开始割麦子？”我说。“是割头发。”他说。

我选择他后脑勺正中下手，第一次手太轻，没割掉一根麦子。第二下，我手上使了些劲，只听滋儿的一声，白瑞恩后半个脑瓜出现一条十厘米左右的白条，跟两边金黄色的麦子相比，成了收割过的麦田。

“你要剃光头吗？”我问。

“光头？”他问，用渐变成灰色的眼珠盯着我。

“光头就是不留一根头发。”我说。

“NO！”他大叫。意识到程序有误。

我慌了，告诉他已经光了一条。就一条。他摸着后脑勺，拿小镜子对着大镜子照，发出狮吼般的NO。

“你把程序调成光头了，”我说，“其实赖不着我！”

“半厘米……长度……我调的。你手，重了，太用力，中间，没头发了。”

“对不起，白瑞恩，有什么办法弥补吗？”

白瑞恩耸肩摊手说：“有办法：让这一块慢慢长，让两边也剃光。”

白瑞恩从我手里取走推子，轻柔地推我出洗脸间，关上门。推子再响，足足响了十几分钟。

白瑞恩出来的时候，他的头皮明光锃亮，晃得我把眼睛眯缝起来了。白瑞恩没看我，望着别处。后来我偷眼看他，发现他的眼圈很红，可能哭过了。他得顶着个大光头讲课、洗盘子、上学。

四

接下洗盘子的活儿以后，白瑞恩就格外在意自己的体味，瞅着没人总会抬起胳膊嗅嗅自己的胳肢窝。看出这个美国佬对自己体味没自信，我不动声色放了一瓶香水在我儿子的洗脸间。白瑞恩逮住空就冲澡，冲完拿起香水就喷，喷完觉得太香，又拿毛巾擦拭。他给中国小孩上英语课不这样，也许知道餐馆与吃有关，格外讲究。

画好一幅新款围巾式样，准备歇息片刻之后扫描上电脑，着色看效果。我提醒白瑞恩下午上班别迟到。没答应，我又喊了一声也没答应，抬头看电脑上方的镜子，看到洗脸间的门没关，里面有水响，猜想他又再穷讲究。

“白瑞恩，下午上班，别忘了穿工作服。”我说。

“谢谢妈。我的工作服在哪儿？”

“昨天下班你脱在哪儿？让胡阿姨洗了吗？”

“天呐，胡阿姨今天休息，肯定没洗。”

“偶尔凑合一次，老板不会介意的。”

“我自己会介意的。我不穿脏衣服上班。”

我心想这算哪门子班嘛，还当真了。见我反应平淡，他急了，走过来，提着衬衣，要我帮他洗熨，一副淘气的样子。这都是我惯的，一次不管就成我的不是了。

“好吧，赶紧洗。”我说。

“只有两小时零七分，上班不能迟到。”他紧张地盯着我说。

“现在洗，甩干，熨一下，挂到外面吹一会儿，应该来得及。”我说。

他像热锅上的蚂蚁，在客厅来回踱步。

衬衣脱水时，陶俐俐回来，问白瑞恩怎么了。我说要去上班，等工作服呐，头天忘洗了。

“他在哪个公司做？”

“一家中餐馆。”

“干吗呢？”

“洗盘子。”

“月薪多少？”

“一千五百块。”

陶俐俐扑哧一笑：“他一个月挣的，不够我买一件内衣。”说完把名牌内衣袋往上举了举。我轰的一下脸热了，是替她臊得慌。还好，白瑞恩并没听我们说话，跪在地上让小乌龟驮莲花。

陶俐俐试她的新行头去了。我把衬衣晾到院子里。白瑞恩端起小乌龟说话，说的是英语，但我听懂了“周扒皮”“公鸡”“高玉宝”“地主婆”，还有“老板”“洗盘子”以及“扣钱”等词儿，拼凑出他唠叨的意思：餐馆老板不是周扒皮，但也不好对付。我是洋小工，如果迟到，如果身上有味道也是不礼貌的。这小子接受能力不错，我费了好大劲才讲清楚“半夜鸡叫”是怎么回事，他倒记住了故事里的人物，并能讲给小乌龟听。记得当时他用惊异的眼光盯着我，追问为什么半夜鸡会叫，老板为什么不睡觉要起来学鸡叫。

“还有五十分钟，今天乘TAXI。”他取下衬衣往身上穿。我摸了摸衬衣，领子袖子和衣襟的边比较湿，溻在身上会很不舒服。

“好样的，白瑞恩！”

“再见，妈！”

我从落地窗看到他出门洞，转弯经过院子外面，走得大步流星，充满神圣，知道的，小洋工是洗盘子去的；不知道的，还以为他上教堂祈祷去的。

五

这天是双休日。我让胡阿姨多炒了几个菜，打电话让白瑞恩来家改善伙食。白瑞恩的吃相让我觉得饭菜很香。吃得津津有味，传来QQ声，儿子上线了。我放下碗筷，来到电脑前。

他发来“周末快乐老妈！”

我发去“儿子也快乐！”

“白瑞恩在我们家蹭饭？”

“不是人家蹭饭，是我请他来的。他在上海举目无亲，可怜见的！”

儿子给我一个深情的拥抱。接着发来一行字：

“我的跑车只差一个零头了。”

儿子的小伎俩惹我发笑。

前夫上周打电话给我，说儿子给他、他兄弟姐妹都打电话说，跑车钱只差个零头了。他喜欢的是凯美瑞，二手车价钱也不得了。

“儿子，你说的零头也得百把万吧？”

他发来一个点头的卡通娃娃，表明我说得不错。

“好吧，妈今年挣的加上这些年攒的都给你凑上买跑车。你爸爸一家都要为你勒紧腰带了。到时候别忘了把我们都捎上，把武汉三镇兜个遍。”

儿子发来一颗心和一个卡通小兔，跪在地上直磕头。发来一行字：“武汉三镇不算啥，带你们跑遍天下。”

正要回复，突然发现白瑞恩站在我旁边，别着脖子，瞪大眼睛，不解盯着电脑屏幕，说：“都给哥凑钱买跑车？”

“你哥他吧，要漂亮、要派头、要圆跑车梦，我们就帮帮他呗。我和前夫就他一个儿子！”

“我在美国家里，听说中国人啃老，我不相信，今天我相信了。啃老很可耻！”

“别激动白瑞恩，是我们乐意让他啃，我们疼他，他要星星，只要有梯子，我们恨不得摘下来给他。你想想，我们要钱干什么呢？就算把钱搁到将来，也还是留给他的！”

“妈，你好辛苦，白天黑夜地构思、设计。哥不应该啃妈！”

“白瑞恩，这是你的美国思维，不是中国人的思维。”

“是的，我不明白中国人！”

我冲了两杯咖啡，递给白瑞恩一杯。我呷了一口，告诉他在我们当代中国，曾出现过一个病态的年代，有一个可笑的口号叫做‘越穷越光荣’。事实上，穷不光荣，穷可耻，我们祖祖辈辈穷怕了，我们最怕的就是让我们的孩子和我们小时候一样受穷受憋屈。你哥跟他的同学在一起是很要面子的，其他同学有的他也想有，这没错，我不能让他输给其他同学。他们这一代不像我们，不敢梦想不能梦想。那时候梦想等于白想、瞎想，自己做不到的父母也帮不了。小时候，我对父亲说我长大了想弹钢琴，我在电影上看到别人弹钢琴，羡慕极了。哪知招来父亲一顿骂，说家里米都是借的，饭都没得吃还弹钢琴，我看你等着弹命吧。那时候，别说钢琴，什么琴都买不起，当时我就对自己说：弹钢琴的梦就不要做了。我喜欢画画，是我的图画老师保护了我的艺术天性，教我画素描，观察植物景物，让我永不放弃，即使将来不当画家，成为一名艺术设计师也行。上初一那年，父母把我寄养到城里表婶家，才有条件学绘画，有机会拜名师。大学毕业后，到法国留学两年，才有今天的光景。

“早听说妈是著名品牌设计师。妈很了不起。哥没有了不起。”

“哥也很努力。他凭自己的实力考上北京一所名校。只是这孩子跟你们的价值观不同，与你们的奋斗方式也不同。你们是零起步，他们是半路腾飞，需要父母托举。只要可能，我们愿意让他的梦想一步到位。”

“我明白，哥的梦想是靠父母帮助实现的。他们成功要借助你们的奋斗成果。”

“没法子。中国绝大多数人都变得现实，实惠，非常地物质化，什么都用金钱量化。当然，你哥还不是最出格的，仅仅是入流而已。”

白瑞恩走到我跟前，乖巧地转换话题：“妈，我是你的美国儿子，我也有梦想，我的梦想不是豪华跑车，我不稀罕豪华跑车，因为我家里有三辆豪华跑车，还有好多种葡萄、收葡萄用的车。我的梦想是看大海。我快二十岁了，还从没见过大海，我的梦想怎么办呢？”

眼前的一双眼睛蓝得清澈，望着白瑞恩眼里的海，我说：

“早就知道你的家乡只有山谷，没有海。还好，你的梦想比哥的梦想简单，到时候带你看海。”

“妈——万岁！”

白瑞恩情不自禁地搂住我的肩膀摇了几下，我有些晕，没站稳，一屁股跌到凳子上。“妈，你是累的，应该跟我一块去游泳。”

“你以为我不想去，实在是抽不出时间，也没那份闲情。”

“一定要去健身！”

庆幸有个美国儿子给我宽心。也庆幸只有一个儿子要跑车，要是这一个也要，那就不是啃我们的肉，而是啃我们的一把骨头了。

六

初冬的一个晚上，儿子发来QQ信息，说放寒假就可以提跑车了，要我坐他的跑车一起回武汉过年。我给儿子发出视频邀请，捣鼓了一会儿，他说他的视频探头出现问题，改天视频。儿子告诉我，他的托福成绩不错，一起考的同学就他考了128分。我为儿子感到骄傲。好一会儿过去，我问儿子怎么没信息了，他发来一句：白瑞恩找我们家借多少钱？

我有些诧异，平时除了送点小零小碎，偶尔周末多炒几个菜，从没给过他钱，他也从没找我借过钱。我问儿子是什么意思。他说听表弟说，前些时候，白瑞恩把银行信用卡弄丢了，好像连买饭票的钱都没了。

“有这事，我根本不知道。”

“看来这个外国小弟挺要面子。”

我有些震撼，银行卡丢了，宁可蹭饭也不找他的美国父母要钱，更不找我这个中国妈借钱。

“这件事要是发生在你身上呢，儿子？”我继续输入文字。

“那我又找到要钱的理由了！嘿嘿。”儿子很直率。

“看来美国人跟中国人差别很大。”我说。

“谁让他生在美国呢！我庆幸，我是中国人！”儿子说。

“我担心你们将来弄不过美国人。美国父母狠下心训练狼崽，类似魔鬼式训练！而我们是在温室里养花。”

“妈，不要僭越。这不是一个设计师考虑的。”

“是的，可能是妈操多了心。”

记得几个月前，白瑞恩才来我家的时候，几个同行提醒我，虽说这个白瑞恩来自美国，但美国人就算富裕也抠门儿，而且不能担保个个都是善茬儿。小心无大事。我把值钱点的首饰、书画、设计珍品以及不多的一点美元欧元都装进了保险箱。我知道不会有问题，毕竟白瑞恩是我小学同学介绍来的，应该是过了政审关的，我保持起码的警惕性就行了。

如若不是儿子告诉我白瑞恩弄丢过银行卡，我恐怕永远不会知道这事儿。

我问儿子怎么知道的。他说三姨妈儿子的同学是白瑞恩的同班同学。

又过了一个月，我请白瑞恩来家吃饭，问他丢信用卡的事儿，是不是真的找同学蹭饭了。他问我是怎么知道的。

“没有不透风的墙。”我说。

“墙怎么会透风？”他问。

“中国式比喻。我听说了这事。”

“是这样：那天我去取钱，走的时候忘了取卡，回去拿，没有了。我没有钱，不能买饭、买水。”

“就找同学？……”

“噌。跟同学噌了五天。后来我也让他跟我噌。”

他边比画边说。他的手背有一层浅浅的金黄色绒毛，在灯光下闪着质感的光芒。我的美国儿子长本事了，连“噌”也会用了。

“以后别和同学噌，妈借给你钱。”

“有银子。银行卡补了。也拿到讲课费，还有洗盘子的工资。”他拍拍牛仔裤口袋。

“好样的！天天吃些什么呐？”

“吃面条，我喜欢”，他说，“穆斯林的面条很好吃，便宜，七元钱一碗，吃很饱。”

“吃出一脸痘痘？”

“擦药了，是香港的弟媳妇给我买的。”

“八字没一撇，不能叫她弟媳妇，叫美眉好了。”

“什么叫八字没一撇？”他望着我，一脸孩子气。还好，八字没一撇怕是最好解释的俏皮话了。

“她不太可能做你弟媳妇。她好乱买东西。中国东北话叫做败家娘儿们。”吐几句刻薄话，感觉很舒服。

“哦，懂了。就是说陶不可能。我弟媳妇会是别的女孩子。”他说得很认真，我忍住笑，回到原先的话题：

“以后遇到同样的问题，一定要告诉我，你是我的美国儿子，管你是必须的。”

“妈，你真好，万岁！”

“你咋跟红卫兵小将似的。”

“红卫兵是什么意思？”

“‘文革’时候的特种兵。”

“‘文革’是什么？”

又是费死力也解释不了的问题。“中国某个历史阶段出现的非常现象和非常人。”我说。

“脑袋不正常的人？”

“是的，那时候脑瓜都不正常。”

“那该怎么办？”

“不关我们的事。你的事就是快乐打工、快乐学语言、快乐过每天。等你二十岁生日，带你去看海，到海滩晒太阳。”

“谢——谢——妈！”说完一仰脖，半杯葡萄酒干了。

才来时，他爱说“很谢谢”，纠正以后，又变成李玉和的腔调了。我硬是没说出“李玉和”三个字，不然的话，解释起来，把唾沫说干也白搭。

七

春节前，儿子拥有了梦想的爱物，撒欢似的开回武汉。那天，我开着自己的旧车陪儿子上高速，然后把车停靠一边，目送他奔向远岸。朝阳把万物染成金黄色，感动过后，我费力地拉开车门，带着被掏空的轻飘坐下来，我有伤元气的重挫。原来，为儿子的梦想我一直在冲刺，我的生命因为儿子的梦想而富有意义。现在想想是有些后怕的，自己不是水平高，而是胆子大，敢同时和国内外五家大公司签订设计合同。赚钱、赚钱，还是赚钱。赚钱的感觉不敢恭维，赚钱的最佳境界是享受赚钱的过程，而我更多是吃赚钱的苦头。因为五家公司，只有HAO是我心仪的公司，能带着感情完成作品，其他几个公司以压榨我的艺术内存为目的，我调动智商以巧妙赢利为宗旨。好在他们统统迷信我的名气。我想，除了HAO公司品牌，明年不再与其他几家公司续约。现在先回老家歇一段，过了年再做决断。

回家前，我把上海家里的钥匙给了白瑞恩。家里有他的宠物，他得经管，周末也好有个落脚点。虽然他也放了寒假，但他不轻松，还兼着两份职，盘子照洗，英语课照讲。那家中餐馆要到腊月三十中午打烊。我不知道他到哪里过年。第一个圣诞节，他和班里同学疯了一天。要是春节也能和同学在一块我就不用操心了，问题是寒假一放，学生们全都各回各的家了，大过年的，他在上海举目无亲怎么办。

腊月二十七，我给白瑞恩打电话，费了一番口舌也没解释清楚过年的意思。我把“年”和“春节”解释了，把过年对中国人的重要性也说了，他还是不明白为什么都要回老家过年，而他根本不想回美国，因为他们不过年。他的这句话让我想起圣诞节。

“这么跟你说吧白瑞恩，中国人过年相当于你们过圣诞节。”

“哦！明白。中国的圣诞节。OK！OK！”

接下来我说：“腊月三十，记着，你看清日历，腊月三十是元月二十三，你洗盘子的那家餐馆中午停业，你坐当晚的火车来武汉。”

“过你们的圣诞节？”。

“对的。来我们美丽的武汉，过年。”

“OK！我要看美丽的武汉。”

想象他那多痘的脸儿被上海的风吹成紫红色，想象他边打手机边望着一摞挨一摞的盘子。

“记着白瑞恩，大年三十晚上，你到上海南站坐当晚的火车到武昌站。买票时别说武汉，因为武汉包括武昌和汉口。别忘了，目的地是武昌。这一天，火车上没几个人，所有农民工兄弟都不跟你挤座位，你相当于坐专列。大概是晚上九点多钟的火车，初一早上七点钟就到武昌火车站。”

“武昌，我记住了。我想快点到武昌过年。”

我松了口气，大冷天的，一通电话打得我一头汗。

白瑞恩在中国过第一个春节，不能让他一个人在上海吃兰州拉面，在超级繁华的大都市孤独过年。

我安排儿子在大年初一七点前赶到武昌火车站接白瑞恩。儿子说我说晚了，他已经订在初一这天去帮一个初中同学实现心愿。

我让他别神神叨叨的，哪个大年初一不在自个家呆着，所有人的心愿应该是完成一个大团圆。我儿子郑重其事地说：

“妈，我早就承诺在新年的第一天，帮我初中的同学实现梦想。我不能言而无信。”

“男同学还是女同学？”

“女同学。”

“儿子，你这叫重色轻友。”

“又给我扣帽子！我我我告诉你哦妈，这个女同学以前可挺势利了，仗着长得靓，从前在班上不怎么搭理我。可她不知从哪儿听说我有了凯美瑞，弄到了我的QQ号，加我为好友，逮住机会就黏着我聊天。她说啥我都心里有数，可她说羡慕我，能坐上凯美瑞跑车兜风简直就是她这辈子的梦想。这种女孩儿吧，能帮我找到成就感，当然你又要说我虚荣，其实自尊心和虚荣心有时是搅和不清的。反正她约我初一早上见面，我二话没说，应了！”

“这样的女孩儿少搭理！”

“不对，我喜欢她说话时的贱样儿，她那种说话语调，听着就带劲。帮人家实现梦想是行善，这是你经常说的，是吧妈？”听筒传出女孩儿清脆的笑声，猜想那个女生就在我儿子身边。这个势利的、犯贱的女孩儿想拐我儿子。我儿子被拐得心甘情愿似的。我是越来越看不懂这帮小孩儿了。

这样一来，只能把家里住址发给白瑞恩。让他打的到我家。然而白瑞恩没打的，一大早，拎着两大包行李，脖子上挂着小乌龟，坐511路公交车找到我家。

弄清他的两大包东西并没有一样是给我家带的礼物，我片刻的失望，但很快原谅了他。不能要求一个异国小青年太懂事。何况他挣的每分钱都过于艰辛。

白瑞恩没赶上三十团年，却赶上初一早上吃饺子。他握筷子的手还是不够灵活，挟不住饺子干脆用筷子扎了往嘴里喂。

初一有亲朋好来拜年，我不停地忙，一会儿在客厅端茶递水，一会儿在厨房热饭熘菜，白瑞恩成了我的尾巴。他也听话，叫他做的事做得不错，做完立即就粘在我身边。

我给晚辈每人一个红包，也给了白瑞恩一个，钱不多，二百元人民币，是个意思。美国儿子也是儿子嘛。我儿子比他大一岁，我照常给压岁钱。

白瑞恩盯着红包问这是什么意思。绕了好大一圈，也没解释清楚红包是什么意思。说它是包着钱的红色纸包，不准确；说红纸包里的钱是用来压岁的，他就更不懂了。后来还是我的小侄女聪明，一句话说得他再也不问了。“这是你中国妈送的圣诞礼物。”白瑞恩睁大一双蓝眼睛，一下子揽住我，在面颊轻撮一口，弄得我顿生神圣感。我母亲把一串玉珠戴在他的手腕。他问这又是什么意思。我说和红包的意思差不多。

“明白”，他说，“但是，但是，我更喜欢红包。红包有钱，能买东西。”

满屋人怔了一下，随即笑起来。

问我的亲朋好友，我的美国儿子实诚不实诚。都说实诚。我母亲打趣说：“也太实诚了，他一手拎一个大包，脖子上还挂一只甲鱼。知道的，是这孩子自己的家当；不知道的，还以为我的美国外孙带来好多年礼！”

不知白瑞恩是装傻还是真傻，一脸率真，看着他的中国外婆，说：

“哥怎么还没回来？”

“哥哥和他的同学在一起。帮人家实现梦想去了！”

“什么梦想？”

“回来让他告诉你。”

“妈，我的梦想别忘了。”

“不会忘的，看海。”我说。

“太好了！”他站起来，隔着茶几又要揽我，距离的关系，我伸出胳膊和他的小臂搭了搭。

“从今天开始，可以为你的梦想倒计时了。”我说。

“谢——谢——妈！”

他像个洋李玉和。

八

闺密讲述的故事到这儿只剩一个结尾了。虽然我用第一人称叙述的，可那个“我”与我没有丝毫关系。下面的我才是真实的我。文中情节虚实参半，但白瑞恩从小到大没见过海却是真事儿。我只是个写手，故事从头到尾没我啥事，但因我家就在这座城市的边缘，步行一刻钟能到海边，闺密打电话预约今天来，我当然很高兴。平时我们各忙各的，不常见面，唯一的联系是煲电话粥。我吝啬些，多数是她打给我，一打就是个把小时。我不烦她耽误我的时间，因为她的阅历和生活圈子与我完全两样，她丰富了我的人生。今天她带她的美国儿子来。我继续称他白瑞恩——一个二十岁还没见过海的美国青年。

初夏的太阳，跃出海面就迸发出热力和骄傲的气韵。为今天，我费了些心思，刻意选择了这个海滩。近处有一处海湾叫碧海金沙，够漂亮却聒噪，特别是晴朗的中午，海水煮沸了似的，海风皱起堆金积玉的波光，无数条小银鱼粉墨登场，简直像竹竿捣的喜鹊窝。还有一个深水港码头，海岸很美，但远洋货轮时不时发出一声汽笛，颇能扰乱欣赏海的兴致。看海的时候最好能让人的思绪和海沉浸在一起，用同一频率呼吸，有情绪互动和心的链接。但深水港的海做不到这一点，它在繁忙中，无法安静。

这片海有些偏僻，有些古拙，格外沉静。静谧的海面好看得很，尤其这个季节，这个时段，海面呈浅褐色，红日将光芒斜打在海面，海滩被头一天的潮水洗濯过，每粒沙子都是清新的。

美国小伙儿来这儿看海非常合适。

望着一条绿荫篷起的公路，那是来海边的必经之路，间或有几辆车飞驰而过，都不是看海的。

也许盯海面的时间过长，脑子里幻化出一面海。海，沸腾起来：一群年轻人在冲浪。海被他们搅恼了，忽而海浪滔天，把一只只冲浪板推上浪尖又拽入海底。最先钻出海面的那个人，有一双海蓝色的眼睛，颧骨由青春痘点缀，臂膀满是浅浅的金黄色绒毛，在阳光下闪着质感的光芒。他与闺密描述的白瑞恩酷似。他不断被浪头击沉，一次又一次钻出海面，孤独而顽强地朝着彼岸滑翔。这位执着、狂野、缥缈的美国青年，由特写变远景，终于凝成远岸的一道帆影。

（发表于2013年《杨树浦文艺》）

终极放逐

命中注定，母亲要被那个男人纠缠一生。

我一直以为母亲会在父亲去世的若干年后给我发展一个继父，现在看来，追求者不少，继父却没有。按说母亲再嫁不是件难事，五十出头，看上去顶多四十，依然面如凝脂，明眸皓齿，体态婀娜。有人说女人如花，只开一季，母亲似乎特殊，像要绽放一生。后来知道，母亲无心应酬追随者，她眷恋着那个人。母亲老是说追随者的纠缠叫人烦，我嫉妒那些人对母亲的执著，揶揄她看是谁纠缠，如果是那个阿旺，恐怕只嫌纠缠不够了吧。母亲弯眉一挑，质问这是怎么跟妈妈说话哩。只要被说中，母亲就会拿这种腔调封嘴。

我说的阿旺是母亲的初恋情人，是母亲甘愿被纠缠的唯一。母亲和阿旺在青春年少时做了深刻的会晤之后就擦肩而过了。我母亲纵有倾城倾国貌，终究还是没和自己最爱的人结婚，而是成了大龄青年之后嫁给我父亲。我猜想，父亲只左右了母亲的身体，而阿旺完全左右了母亲的精神。

从那双清幽的眼眸里，我总能看出母亲在搜寻一个人的影子，水活的瞳仁写满眷恋，这让我心生嫉妒。虽说我年轻，但年轻从来没帮过我什么。追母亲的男人像马拉松，有些不屈不挠，追我的男人像百米赛跑，冲刺一番，达到终极目的，撤。怨谁哩。跟母亲一比就知道，一个女人要是没具备被男人粘贴一生的条件其他就不用多说。但活出母亲这种境界的女人还真不多，母亲那模糊了年龄的笑容总能看到女人最初的娇羞、自信和骄傲。

隔些时日，母亲就会收到一封求爱信，之所以断定是那种信，是因为母亲的表情——恐慌、神秘、惬意。环顾四周，折好，锁进保险柜。母亲以为那样就保险了，其实正是这种反常的做法把谜底都摊给了我。

那天我说出了自己的想法，父亲已经去世，如果想再组家庭，把喜欢的人弄到身边不就可以了嘛。

母亲说我幼稚，阿旺现在在哪里呢？有没有家庭呢？愿不愿意重归旧好呢？分手几十年的人，各自的想法和生活习惯都会发生很大变化，可不比宠物市场挑选小猫小狗，喜欢哪只牵回家就行了。

的确是不简单。我说除了阿旺，就不兴从过去的同事朋友里面挑选一个。母亲苦笑一下说，你以为半老徐娘改嫁就那么容易。有人追求和娶你回家根本就是两码事。我虽然不像其他女人残花落尽、凋谢得不可收拾，但也是色厉内荏，心里有一个支撑，但它时隐时现，既脆弱又缥缈。

我让母亲不要怀疑自己的魅力，其他徐娘再嫁不容易，像母亲这样的徐娘就特容易，比小女孩都容易。母亲嗔怪贫嘴。我说这是实话实说。

找不准一个欣赏同性的角度，只好向男友咨询。一个快到做外婆年龄的女人，到底还有多少风韵魅力可言。男友有些愣头愣脑，见我问得正儿八经，也就不含糊地告诉我，女人从小到老都带足了风韵和魅力，也可以浓缩成两个字：风骚。少女有少女稚嫩的风骚，那是掩抑不住的有着远期希望的蠢蠢欲动；少妇有少妇的风骚，那是蓄足了油的松明，身上每根汗毛都饱蘸着张开嘴巴的欲望小毛刺，经不得半点儿火星的。我让他别离题千里，我问的是老女人在年轻男人眼里到底残存多少魅力。男友瞪了我一眼说，别以为老妪身上就没有风骚，耷拉的眼皮、垂悬的干瘪奶子简直就是风骚的极致。我很紧张，追问为什么。他说老妪太能撩拨人的想象，令人想象它们珠圆玉润时的样子。男友说这话的时候看上去一脸率真，居然如此这般地审评女人，让我讶异极了。他不色情，不是因为挑逗才说出这番有着色情嫌疑的话。这是他的视角。

我想母亲的半生经历该是有东西可挖的，我喜欢猎奇，也喜欢打探隐私，不满足包装畅销书这种混饭吃的活儿，想弄一点走进灵魂的东西，不那么浅显，看完之后逼人思索一点什么。但母亲怎么肯平白无故地对我说，来，我说你写，我年轻时候有一场风花雪月的事。

好一阵子我都在动母亲的心思，临了想好，设个圈套，让母亲写日记。母亲说那还不如写回忆录哩。我说敢情好，就写回忆录吧。我明确告诉母亲，写一点我要看一点。母亲转动两下好看的脖子，用一洼深潭似的眼睛看了看我说，为什么。我说我想写一下那个年代的爱情给现代人看。母亲问那又为什么。我说不少现代人都面临找不到真感情的困惑，着实悲哀。母亲叹气摇头说，人啊，还是守身如玉好哇。我倒不太认同，守的意义是什么呢。母亲说，愿意守就不会细究意义。从前是为阿旺守，现在是为父亲守，从没想过意义。

那个时代过来的人，脑子都短路。

果然，母亲在动笔的第二个星期，我就开始渔利了。

别看母亲这个岁数，笔调特像一个情窦初开的小女孩，因内心洁净使流淌出的文字也像当年她们生活的环境一样，特别环保。母亲对那个人有几分痴情就有几分耿耿于怀，满满篇都是道不尽的遗憾和悔恨，而我需要的是情节和细节。

正担心母亲会天天发感慨，老文工团成员的一次聚会成了催化剂。那天母亲从楚北市的忆秦娥饭店回来，也许喝了一点酒，也许流过一点泪，脸蛋红红，眼圈红红，不理我，径直走到自己的房间，虚掩房门，埋头写啊写。母亲一定是睹了今人思旧人，见到那么多的老同事和老朋友，独独见不着那个最上心的，倍感伤恸。

母亲详细写下了和那个人的相识、相处、恋情以及分手。

母亲面向窗外，逼人的绿荫，侵袭得人心儿颤颤。眼前的人工灌木丛极易让人和丫脖岭的原始森林产生置换。写字台的旁边有一个盆景，据说是阿旺那年跑到城里看母亲带来的，名叫一把伞兰心，雨伞一样的兰花点缀了母亲的背影，虚幻并诗化了意境。我从未意识到人的背影是可以如此生动。那一刻，我把母亲想象成了玛格丽特·杜拉斯，母亲比杜拉丝年轻二十多岁，尽管她们笔下流淌的是两个完全不同的情人，但她们全都像动了春情的少女。语气都差不离，调子基本上就是“看看我吧，看看我吧，那一年我十五岁，在湄公河的岸边——”也许是眼泪模糊了双眼，母亲停下来取手帕，一下又一下地揩拭。这一刻我真想抽自己耳光。母亲啊，饶恕我的没心没肺吧。

小品里一对农民夫妇，得知儿子在美国洗盘子，发感慨“可怜我儿头倒着洗盘子。”（他们理解美国人全都脑袋朝下）。而我咀嚼母亲那段往事，感觉脑袋朝上，像猫在山脚，仰视海拔三千公尺的山顶演绎过的一切。

母亲上穿白绸衫，下穿粉红灯笼裤，在操场的皂荚树下甩动着一双大辫子教女学员跳《红头绳》。母亲的一招一式像正规舞蹈学院出来的，其实不过是跟外婆学了几年的戏剧基本功，会唱念做打，还会转碟和耍火球。外婆是楚北市的名演员，但她反对自己任何一个孩子搞文艺。母亲学艺的几年，吃了铅的身体像被酵母发开，一个亭亭玉立的、美目顾盼的美少女就这样长成了。美少女在那个年代也不比谁脑袋大，也得像不美的那些少女一样响应党的号召上山下乡，一下就下到华中第一峰腹地丫脖岭。外婆以为无用的文艺却歪打正着帮了母亲。

各路知青汇集丫脖岭，搞了一次联欢，母亲代表楚北知青跳了一段《万泉河水》，把在场的全看傻了。镇政府的头头说，好，人才！到文工团唱样板戏去。

母亲只上了山，还没来得及下乡就被安排到文工团。团长高兴得嘴也合不拢，一个劲儿地说，谁说天上不能掉下馅饼，我说就能。捡最好的房间给母亲住，叮嘱炊事员每天要保证母亲一个鸡蛋。炊事员说赶上母鸡歇窝怎么办。团长腮帮子一鼓眼一瞪说，就是从鸡屁股里抠也要也要保证一天一个鸡蛋。后来母亲只要一吃鸡蛋就能嗅见鸡屎味儿。

母亲的头衔是导演兼武功教练。要知道，母亲那时还不满二十一岁。

我母亲到文工团没几个月，那个名叫阿旺的也到了文工团。并非像我想象的那样，阿旺是一个俊秀飘逸的万人迷，正好相反，长得奇丑无比。五官和脸轮廓都像中国猿人，面黑、嗓子粗，身材方方正正，只有脑袋和肩膀，没有脖子过渡，脑袋像是直接架到肩膀上去的。阿旺是丫脖岭原住民，走平路身子也会前探，眼神怯怯的，多半是飞眼看，每句话的尾部爱带一个“哒”。比方说吃了“玩了”“跑了”，都会被他说成吃哒“玩哒”，跑哒。这样一个土著，和我那白天鹅似的母亲裹到一起本身就是一件奇事。怎么说母亲都是不屑于搭理中国猿人的。但事实是，他们就是相识并相爱了。万幸的是，母亲并没和他有结果！

阿旺混进文工团也有蹊跷，传说团长和阿旺母亲有一腿儿。别看阿旺长得足够二十四个瞎子看，而他的母亲却是本村的一枝花，曾救过团长的命。团长是一位南下干部，曾在丫脖岭一带打游击，受伤倒在半山腰被阿旺母亲用半壶奶水救活，还领回家住了一个月。一个月里，阿旺母亲采了数不清的草药给团长治伤，省些粮食让团长养伤，还总是克扣阿旺哥哥的奶水给团长补身体。一个月下来，团长对阿旺母亲还真的生出那么一点儿意思。伤好归队的那天，团长翻过了好几架山，流着眼泪朝着阿旺母亲的方向喊一定会回来报答她。也许是因为乳汁里有血丝，喝过谁的奶汁，身体里就融进谁的血液。这样说来，团长和阿旺就有了某种血亲。怨不得团长为了报恩而放弃原则，破例收阿旺进文工团，团长要让恩人的儿子转吃商品粮。从阿旺的外在条件看，根本不是当演员的料。

那天学员正随母亲绕云手，仿佛无数朵雪莲盛开在皂荚树下。团长领了阿旺走进雪莲丛中，学员们停下，看清团长身后的人，就开始咯咯笑。团长问他们笑什么，一个葫芦七个眼儿，人家一个眼儿也没少，有什么好笑的。团长看恩人的儿子当然是百看不厌的，而我母亲却觉得看一眼后悔大半辈子。团长笑眯眯地对母亲说：相貌是不能顶真看的；正角儿演不成演反角儿也是可以的；嗓子不好不演唱的演打的。母亲一听想笑，是什么迷了团长的心窍，让他变成了一个护犊子的父亲。

母亲让其他学员解散，让阿旺收腹挺胸站好，她要检查一下胳膊腿儿。母亲左手压住阿旺的肩，右手托起阿旺的腿，上扳，再上扳，越往上越困难。母亲眉头拧起了疙瘩，阿旺的腿分明就是钢筋棍。阿旺才十七岁，因为过重的体力劳动使得骨骼过早长硬实。阿旺被扳出了大滴大滴汗珠，脸色由黑红变成灰白，又由灰白变成乌紫，胸脯急剧起伏。

再检查腰，阿旺的腰像吃了扁担，母亲挑了一下弯眉，双手端住腰，让他尽量往后弯，好容易弯过去了，双手扶地，但整个看上去就是一座颤颤悠悠的长江大桥。母亲正担心这座危桥还能支撑多久它竟訇然塌下了，母亲差一点儿被带倒，看热闹的学员笑得捂肚子。团长在一边龇牙咧嘴帮阿旺用力，两只手痉挛地比画，像患了半身不遂。阿旺一倒，团长在第一时间拽起他，打圆场说，咋就这么不小心哩，咋不通知一声就罢工哩。好像阿旺本来可以不倒，而是一不小心倒的。

母亲有些恼火，连说要不得，骨骼已经老化，趁早干点别的，省得瞎耽误功夫。团长哭笑不得，又不好对母亲发脾气，只好绕了弯说，艾雨眸同志，别看阿旺胳膊腿儿硬点儿，那可是劳动人民的本色所在。看看他，才十七岁已经把骨骼练硬了，思想肯定红得可以。阿旺家正宗的三代贫农啊，如果收他进来，咱文工团也等于多了贫下中农一分子嘛。好了，我看就这么地吧。团长让阿旺对母亲说声谢谢，阿旺红着脸就是不开口，只管低头看自己一伸一缩的脚趾。他想，人的胳膊腿儿要是和脚趾一样灵活就好了。

进文工团不久，阿旺就憎恨起自己的脸来，老对着镜子抽耳光，是真抽，都抽红了。这事儿传到母亲耳朵里，心头掠过阿旺傻模样，顿生恻隐之心，不忍心让他这么胡整，现在看上去还基本像人，再抽得没了人样儿就更寒碜了。母亲把学员们召集到操场，不指名地批评了阿旺。母亲说，我们自己的脸哩，是生命的一部分，要爱护，至少不能抽它，打人犯法，打自己也犯法。母亲讲到这儿，有人开始咯咯笑，母亲让那个笑的人站起来，罚他翻三百五十个前桥。母亲又说了，以后谁再抽自己的脸，让我知道，也要罚，罚一千五百个小翻，不让他累趴下我就不叫艾雨眸。

从那儿以后，母亲看阿旺的眼神就多了几分沉重的母爱和深重的怜悯。阿旺也不再老是躲着母亲。

天不亮母亲就喊阿旺到溪边教唱郭建光的《朝霞映在阳

澄湖上》。阿旺很犟，硬是不开口。母亲说，演员就是吃开口饭的，不开口肯定不行。阿旺说他声音难听，让人听见会笑话。母亲说怕让人听不行，以后还要上台，台下全是陌生人。母亲让他跟着一块儿唱。阿旺梗着脖子，脸憋得通红就是发不出声音。母亲拽他走到一个大瀑布下，巨大的水的冲刷声把所有声音都压住了。阿旺说，在这儿练差不多可以。母亲教了一会儿，阿旺学得挺快，只是面对瀑布能唱，背对瀑布又唱不了了。母亲说这可不行，以后剧场还能搬到瀑布底下不成。母亲让阿旺背对瀑布，她唱一句，他跟着唱一句。母亲的声音像一串细密的针脚在那挂飞帘里游走。阿旺的声音则像一把铁锤，一下又一下把飞帘砸上一个又一个坑，只是坑能够在瞬间弥合。

母亲唱累了，让阿旺也歇会儿，心理上不能依赖这地方，我们不是唱给石头和森林听的。阿旺木讷地说就是唱给石头和森林听。母亲灵机一动，说那就把人群当石头和森林吧。母亲让阿旺在心里把他们互换一下。阿旺琢磨了一会儿，觉得一下子就换过来了。母亲站起来，和阿旺跑到溪边，一唱，不跑调。趁热打铁，再到操场上唱，也还行，没跑调。克服了心理障碍，母亲觉得阿旺还是可以登台的。

《杜鹃山》里有几场武打戏，母亲想让他学会了给雷刚打个B角，在舞台上露一鼻子，省得团长老是说教练没在他身上用心，也省得阿旺被人小瞧。好多学员的口头禅是：不干好事，让你今晚梦见阿旺。

那天，母亲和阿旺练的是空手夺棍。阿旺赤手空拳和拿着棍棒的母亲对打，打一阵之后，他要把母亲手里的棍棒夺下来。练了几个回合之后，母亲香汗涔涔，阿旺气喘吁吁，母亲说再练一遍就休息。几招下来，母亲举棍一个横劈，阿旺应该是侧闪，右挑棍，一个鱼跃、接棍。结果母亲那个横劈他就没有侧闪，吃了当头一棒，木头桩子一样怔在那儿等待母亲做出反应。母亲慌了神，扔下棍棒甩了辫子跑上前，又是吹又是揉，又用袖口给阿旺擦额头，一个紫色的包在母亲晶莹的泪滴里绽开，变胖，姹紫又嫣红。母亲问他怎么会忘记躲闪呢。阿旺吃了辣椒那样吸溜着嘴很惬意地享受一番服侍，提议再来一遍，母亲战战兢兢，注意又注意，阿旺又吃一棍。母亲百思不得其解，再打时，母亲蓄了心眼儿，做了一次假打，举起棍棒假意横劈，发现阿旺根本没想侧闪，闭了眼睛立在那儿。识破了阿旺的诡计，母亲一甩辫子，气得左右扭着脖子说好啊你，心眼儿长多了是吧，我要是拿剑横劈你也装木头！

阿旺做了错事的孩子那样，顶着包可怜兮兮地看着母亲。母亲的眼眸深蓝水活，泛着妖妖的光，那是掉进去就爬不上岸的一洼深潭哩。

阿旺渐渐就怕了母亲的眼眸，只要波光一闪，魂儿就没有了，跑调、忘词、挨棍照样会有。阿旺出了错，就会拍打额头，小声地操这操那。母亲问他怎么回事，他就嘟囔道，还不都是眼珠子惹的祸。

母亲是个故事迷，全团男性无一例外地翻了花样给母亲讲故事。显然，母亲对那些听鬼啊神的东西听腻了。再听时，母亲会不屑地嘲讽说，戏演三遍没人看，饭炒三遍无人吃，话说三遍猪狗都嫌。母亲的脾气就是那个时候被惯坏的。母亲之所以嫁给我父亲，是因为父亲能容忍她。漂亮女人从根本上说就是一个说一不二的女皇，颐指气使，是众多男人的暴君，是我父亲的皇后，是我的皇阿玛。

阿旺的故事是母亲的精神填补，当然，阿旺身世演绎成的故事也很特别，不用艺术加工也显得魅力四射，光照千里。有了这份填补，春深似海的母亲便少了许多青春期烦恼。母亲对阿旺产生迷恋成了情理之中的事。

我的脑海总是定格着这样一幅画面：溪边的嶙峋怪石上，坐着两个人，可以说他们像埃丝美拉达和卡西摩多，也可以说他们像奥赛罗和苔丝狄蒙娜，但唯独不像一双情侣。阿旺不再飞眼看母亲，而是笃定的、大大方方的看，看得率真、坦荡、痴迷，心里有什么，眼里就播放什么。母亲和阿旺总是长时间的凝视。一双眸子从此岸出发，不拐弯地驶向彼岸，中间有一条秘密隧道，用生物波和生命密码传递，解码的只有他俩。

阿旺再也不是看一眼后悔半辈子的阿旺了，练功把阿旺的脖子扯长了，以前身板敦敦厚厚，木头桩子一般，现在有棱有角，各部分比例还挺匀称，举手投足连同一招一式刚柔相济，漫溢出隽永的气韵。团里生出了怪话：中国猿人进化了，倒是某个人的脑子退化了，人、猿之恋，冤不冤哪！

阿旺母亲临盆那天还在山上种土豆，破了羊水才回家待产。阿旺全家住的是四面透风的茅草棚，人气不旺的话，野兽也敢跑进去做窝的。那天阿旺父亲赶集没回来，亲戚里道的都隔着几架山。外婆知道羊水先破不好生，不敢耽搁，立即到别的山坳请接生婆。丫脖岭的老林子野着哩，碰上个狼啊熊瞎子啥的简直就是小菜一碟。外婆一路都在祈祷不要撞见那些大家伙，吃她一个等于害了屋里的娘儿俩。外婆翻过了两座山，天已经麻麻黑了，各种动物的叫声忽远忽近直往耳朵里灌，外婆每走一程都要回头看一眼，这样就看到了一个铁塔似的红毛怪物。说外婆也怕，只是顾不得怕，翻一座山，过一条溪，见红毛怪物并没要对她怎么样，外婆跑得快，它就追得快，外婆跑得慢，它就追得慢，总是和外婆保持一段距离。外婆渐渐稳住了神，心里纳闷儿：有了个红毛怪物，大大小小的野兽都见不着了。

母亲忍不住追问，外婆请到接生婆没有，是否平安降生了孩子。红毛怪物后来怎么样了。阿旺咯咯笑，就地来个滚坛，说那天生的就是他，红毛怪物在第二天天亮以后最后一个离去，临走还发出一串呵呵呵。外婆说，红毛怪物虎着脸，煞星一般，在阿旺家门口守了一夜。

母亲讶异得嘴也合不拢，瑟瑟地问：红毛怪物真有那么好。阿旺说，当然有那么好。不然，就没有今天讲故事的人了。

阿旺和母亲是非常显眼的两个人，只要头一天他俩单独出去，第二天就会有人在黑板写上一句话。诸如：“癞蛤蟆想吃天鹅肉”，“雨眸雨眸你别犟，养了孩子让你变个相”之类。再后来，他俩还不收敛，就有人跑到团长那里反映情况。理由很充分，文工团明文规定年龄不满二十五不准谈恋爱。毕竟我母亲是文工团重量级人物，而阿旺又和团长不是亲人胜似亲人。团长反问打小报告的人是不是有什么证据证明他们在谈恋爱，他俩单独在一块儿不能说明问题，兴许就是师傅带徒弟。打小报告的人心里直犯嘀咕：文工团莫非是他们家办的，团长也是他们家聘请的。

母亲和阿旺仍然像泥鳅一样，轻易就能滑出人们的视线，天知道他们上哪儿了，干什么去了。有人又在黑板写上谁谁谁和某某某“躲在阴山背洼偷吃禁果”，某某某和谁谁谁“早就生米做成了熟饭”。

我缠着母亲问，是不是那时候已经和阿旺偷吃禁果了。母亲闪动深蓝色的眸子，无可挑剔的脸上掠过似笑非笑，不无揶揄地说：你以为我们是你们？和阿旺至今都没吃什么禁果。我说是不是很遗憾哪，还是我们现代人好吧，想什么时候吃就什么时候吃，吃光算数，不留遗憾。母亲说吃光才是真正的遗憾哩。此话似乎有点道理。

母亲和阿旺没能偷吃禁果肯定有多方面原因，其中一个就是阿旺对母亲的爱带足了敬重，甚至还指望母亲主动点儿。母亲是个回城狂，人在丫脖岭，心在楚北市。阿旺是本地人，如果和他生米做成了熟饭，就等于天使弄丢了翅膀，天使一旦丢了翅膀就不再是天使了，就很难飞回城里了。我问除了那件事，搂搂抱抱的事总归有的吧。母亲一下子满脸通红，窘得像个小女孩，问我这是怎么跟妈妈说话哩。她色厉内荏，没准还是有戏。

县委下了文件，全乡镇文工团要赶排《红色娘子军》，一个月后县委宣传部要派专人检查。母亲扮演吴清华，阿旺扮演南霸天。文工团一下子炸开了：这下好玩了，吴清华和南霸天黏糊上了，乱套了！怪话说得最多的当然是洪常青，他觉得吴清华非他莫属。单单吴清华讨厌的就是这个娘娘腔。那是一个广东来的知青，每句话后面都带个“得啦”，只要他在母亲寝室“得啦”三次，母亲就会说你出去吧，我要换裤子。后来洪常青见母亲老是说要换裤子，就犯嘀咕，早不换晚不换，我一来你就换，这是笑我没见过女孩儿换裤儿得啦。

那时候，几乎天天有人反映见到了“野人”，不断有人到野考办送“野人”毛发和粪便，而母亲和阿旺，除了排练，闲的时候恨不得脑袋撞墙，野考办成了他们唯一的好去处。阿旺爱“野人”有些物爱其类，母亲则是爱屋及乌。或许两人是在迷恋一个虚幻影像的同时迷失了自己。

那天彩排完毕，母亲和阿旺妆也不卸就往野考办跑。他们听说有人拍到了“野人”的脚印。俩人一进门，也不坐凳子，扑通一下跪在地上，看玻璃下面压着的标本和照片。借助这些实物，“野人”的形象在他们脑海里鲜活起来，完全能够想它们的吃喝拉撒睡。

野考办管理人员觉得找到了知音，告诉他们马上要招收野考队员，如果有兴趣，完全可以成为同行。阿旺和母亲相互对望，阿旺笃定地点头，母亲怔了好久摇摇头，嘟囔道：我想我妈，我习惯了城市的一切，城市才是我的根。

管理人员从资料柜里拿出一沓资料让阿旺看，说对他会有帮助。母亲抢过那些资料想先睹为快，阿旺一把夺过来说，叶公好龙，看什么看。母亲一甩辫子，跑了。阿旺见母亲真生气，冲出去追，追上之后把资料塞给母亲，说自己才是叶公好龙，不配看这些资料的，只配当猿猴翻跟头。说着就围着母亲学猿猴走路。母亲让他赶紧打住，小心被人当“野人”捉去。

原来，“野人”的历史也够精彩的。远在西周初年，西南少数民族就捉到过红毛“野人”，并拿它当供品敬献给周成王。战国时期成书的《山海经》和战国时期的伟大诗人屈原所作的《山鬼》也有这方面记载。汉代的《尔雅·释兽》篇中就有“狒狒如人，披发迅走，食人”的记载。这和野考办记录的，有些村民看到的，“野人”“披头散发”“直立行走”“行动迅速”等特征非常吻合。丫脖岭山地一带，历代的地方志中记载“野人”活动的事例也很多。

母亲和阿旺看资料看得一惊一乍。阿旺一高兴就拍腿，母亲一高兴就咂嘴。阿旺时不时还打母亲一捶，母亲当然也不客气，把阿旺耳朵拽得老长。

一高兴，母亲就拿粉笔给坐在嶙峋怪石上的阿旺画像，几描几勾，竟和丫脖岭附近出土的汉墓群中，铸在九子灯上的画一模一样：大眼睛、粗眉脊、有头发没尾巴，像猿又像人，作举目远眺状。阿旺又羞又恼又好笑，捧水冲掉母亲的画，又朝母亲身上浇水，母亲被水渍了眼睛，从石头上滑到溪流中，身子一歪倒了下去，阿旺拽起母亲，双手挟住母亲的腰肢，举她坐到石头上。石头满是青苔，母亲再次滑入溪流。阿旺接住母亲，一阵烘热从心头腾起，他吻着母亲额头、鼻子、嘴巴，然后去解滴水的纽扣。当那双手摸索到练功带的一刻，母亲从眩晕中清醒，明白这是要取天使翅膀，于是紧捂前胸，用力把阿旺推了个趔趄，迈开修长的双腿，蹚过溪水，跳上岸。

母亲和阿旺一个星期没说话。后来还是野考办的人打电话询问他俩怎么突然不来玩了，“野人”天天都有新鲜事儿。母亲和阿旺在野考办撞见，别扭了一会儿就因为同一个话题和好如初。

一大早，阿旺从山边跑回文工团，嚷嚷着见到了，总算见到了。大伙儿呼呼啦啦围上来，问他到底见到什么了。刚要开口讲，团长截住阿旺的话说：你，阿旺，现在就到办公室来一下。阿旺不甘地闭上嘴，咽下两口唾沫，恋恋地看着大伙，无奈地跟团长到了办公室。

团长问他刚才想说什么，说出来听听。

阿旺说不得了啊。团长让他别激动，慢慢讲。阿旺说在山脚练唱腔来着，尿急，绕到背阴处撒尿，大约撒到一半，离他五十米左右的半山腰冒出三个红毛“野人”，一公一母一崽子。崽子大概有十二岁小孩那么高。阿旺揉了揉眼睛，崽子学着他的样子也揉揉眼睛。公“野人”提起崽子扔过小溪，回头招呼母“野人”走。母“野人”盯着阿旺好一阵，冲他呵呵呵地一阵叫，像是叫他一块走。而这时的阿旺吓得尿也撒不好了，全撒到裤腿上了。

阿旺见团长也听怔了，就抱起团长的水杯一阵咕咚。阿旺辣得猛咳，才知道杯里不是水是酒。酒把阿旺的胆儿变大了，一屁股坐到藤椅上，大腿跷二腿颤悠着说，不看不知道，一看吓一跳。和书上写的一模一样，百分之百的红毛“野人”：公的，东西吊在裆下；母的，奶子坠在胸前，浑身都是红毛。红毛“野人”皮实得很，经摔，公“野人”把小崽子扔过溪也没见摔坏，要是大人像这样扔小孩还了得，起码也会骨折的。

团长早就想发作，但迟迟没发作，因为眼前老是晃荡着阿旺母亲的影子，还有水壶的嘴儿。那个女人在眼前晃荡的意思很明显，就是不让团长发火。团长干咳了两声，拿出十二分的耐心说：阿旺啊阿旺，实话跟你说吧，顶着流言蜚语收你进文工团吃商品粮，是巴望能当一个人用。看看现在，刚刚能上场，尾巴蹶得不在尾巴桩上了。不好好演戏歇着别生是非也行啊，偏偏整出个红毛“野人”，还被缠得三魂丢了六魄。这下好了，“野人”都被你分出公母来了，看来是不可救药了。你到底是恋爱昏了头，还是被“野人”勾了魂呢？

团长多想阿旺能拍案而起，大吼一声没那事。然而阿旺蔫不拉叽不吱声，团长知道，这样就是默许了。团长说小小年纪谈恋爱影响不好，要知道，那个女孩儿是你的老师，追谁也不能追她。你敢一个人霸在手里，挨了黑砖都不稀奇，唾沫星子淹死你也不稀奇。

阿旺眨巴几下眼睛说不明白这话什么意思。团长说，谁要是和艾雨眸明确关系，等于是和全体男性宣战。阿旺一根筋地反问，全团男性包括团长吗。团长红了脸说，我就排除在外罗，不是你们一朝人，足以做你们的爹哩。阿旺说他喜欢母亲，而母亲也喜欢他。团长问，如果今晚开一个交心会，会上你俩都有勇气站起来说在和对方恋爱我就特赦你们。阿旺问是不是真的。团长说君子口中无戏言。团长问能不能保证艾雨眸也敢承认恋爱。阿旺迟疑了一下说，应该会承认吧。阿旺让团长不要反悔，要拉钩，团长不想拉，阿旺坚持要拉，团长又想到了壶嘴，就和他拉了。阿旺问团长是不是可以走了。团长说可以，但有几句话还是想提醒他，艾雨眸是台柱子，同时又是大众偶像出不得半点差错的。况且阿旺也还小，尤其不能在他眼皮底下出问题，要不然那就谁也对不起。

阿旺应承着退出办公室，心里既高兴又不服，大众偶像？难道让她不和一个人结婚而和大众结婚？偶像是什么，那是挂起来让人当菩萨供的，岂不是糟蹋粮食。

阿旺仰脸看看丫脖岭的天空，蓝得像假的一样，而他一大早就撞到真真切切的两件喜事。谁说福不双降，福，硬是结成了对子砸到了这个名叫阿旺的头上。

阿旺用整个白天祈祷着晚间的来临。他因幸福而心不在焉，也因幸福而飘飘忽忽，谁都笑话我阿旺是癞蛤蟆想吃天鹅肉，这下肯定是吃定了，只是我阿旺哪里舍得吃天鹅的肉哟，连抚摸一片羽毛也怕碰疼她了哩。可见是龙就有三潭雨，是精就有三分妖。阿旺庆幸着自己的幸福，难怪外婆一直说丑人自有丑人福哩。

晚上，阿旺第一个来到会场，按捺住内心的狂跳，仿佛在等待卫星点火。阿旺觉得团长的开场白简直比二万五千里长征还要长，好容易听到团长让他起来发言，阿旺却紧张得嗓音发颤，样子也有点呆傻，但他的勇气是足够的，讲了一番对母亲的爱恋，赞美了母亲的美，说到母亲对他的关心、爱护和相同的业余爱好等等。话说得太多，有人不耐烦了，其他同志也有些不耐烦，嘟囔道，总该让人家艾雨眸同志发发言吧。

会议室静得让人打怵，母亲站了起来，双手绞着辫梢，细如凝脂般的面庞泛起潮红。母亲被阿旺的一番话说得脸热心跳。让一个人当着全体员工挑明那种关系本身就显得不对劲。母亲没阿旺那么傻，知道团里土政策，硬和土政策作对会有什么好呢，阿旺你真是缺心眼儿啊。母亲朝阿旺投去一瞥，有爱恋，有责怪，更有歉疚。母亲镇定了一会儿说：我和阿旺其实没什么，不过就是普普通通的同事关系。在座的人面面相觑，阿旺以为耳朵出了毛病，只有团长掠过一丝不易觉察的得意。

会议室炸开了，团长大喊肃静也没用，像轰炸中的羊圈。阿旺怔了半天站起来，走到母亲跟前，有些紧张，有些不甘，也有些可怜，笃定地看着母亲说，雨眸，你忘了，那天在月光下练功，我说好喜欢你，你也说好喜欢我。我母亲说，是的，我是说过，喜欢并不是爱呀。阿旺不屈不挠，雨眸，你仔细想想，你还送过我什么。我母亲想了想，摇摇头。阿旺喉头滚动了一下，转动两下拉长了脖子说，照片啊，你怎么忘了呢。母亲不以为然，反问阿旺是不是那张扮演柯湘的剧照，阿旺说对啊。母亲不屑地环顾四周，说全团哪个同事没有她的剧照啊。起哄更甚。有人站起来手舞足蹈，是啊，咱们谁没有艾雨眸的剧照。有剧照就是恋爱信物了，岂不是都在和她谈恋爱。

可怜的阿旺在一片哄笑中痴愣愣站在那儿，眼珠子也不会动了。

如果阿旺能在白天某个时候和母亲透透底儿，也许不会在晚上的交心会上下不来台。这都怨阿旺有点轻狂，自以为对母亲的感情太有把握。阿旺蓄着的那点儿虚荣心也害了他。阿旺不想在这样的事上作弊，这样不光彩。

母亲后来后悔了，琢磨出对阿旺构成的伤害之后才知道拉弓没有回头箭。团长觉得正中下怀，要的就是这个效果，让当事人自己拆散自己。

阿旺最后一个离会，面无表情地盯着每个从身边走过的人。他觉得人们眼中都有一把剜刀，或轻或重地剜他一下。他哩，也想回剜一下，可惜眼珠子剜不动。阿旺瞳孔里的人幻化成了各种各样的动物。于是，猴子、河马、大猩猩、羚羊、野猪、蛤蟆等等就把阿旺晃得有几分眼晕。临了，阿旺看到母亲逃命似的从眼前跑过，怔了一下，心想，这个女孩是什么动物呢？眼镜蛇？不对，她不戴眼镜，那是丹顶鹤，不行，不能用这么好的动物来比她，她不配，对，她更像一条美女蛇。好了，美女蛇就是她了，关键时刻很会吐信子。真他妈阴啊。好了，你不喜欢我，我也犯不上喜欢你。阿旺走出会议室，抬头看天，满是繁星，看着看着星星飞舞起来，月亮也变成了若干个，阿旺说：假啊，连月亮也骗我，明明只有一个，却要弄成几个来骗我。团长站到阿旺身后，瓮声瓮气地说着什么话，阿旺没回头，心里在想团长像什么，对了，像一只老狐狸。老狐狸还在说话哩，让他到办公室坐坐，可谁敢去坐呢，早上坐了一会儿就把美女蛇坐跑了，还是别去坐了吧。

那一晚，阿旺把母亲的所有剧照剪得稀碎，一口口吹得满屋都是。他把“野人”的红毛一根根排在纸上，小心翼翼包好，长出一口气，仰面倒在床上，头枕双臂，睁眼到天亮。

县委宣传部验收文工团的《红色娘子军》，给了四个字的评价，难能可贵。虽然不能和电影比，不能和大剧团比，但肯定能够代表丫脖岭文工团的水平。重点表扬了阿旺，虽说是一个反面角色，但人物把握得特别准，略带神经质，达到这种境界，需要很高的艺术造诣。团长也胡乱把阿旺表扬了一通，什么根正苗红，潜心钻研艺术达到了癫狂的程度等等。阿旺咧开嘴角，玩世不恭地笑了，心想，根正苗红的南霸天，简直是损人不交税嘛，也就只配让你们损了。

母亲看出阿旺不对劲，想找个机会解释一下，可是很难找到机会了。只要不排练、不演出，阿旺就跑到山顶上发呆。后来他干脆也不练功了。母亲说他跟人赌气但不要跟工作赌气。阿旺说跟谁也不赌气。母亲说下班到溪边说点事，他说没那闲工夫。

也许，冥冥中的尊神也为母亲交心会上一番话生气了，心想你红口白牙说谎话就不再撮合你俩了。后来果真有一个力量把他俩朝着不同方向推。母亲和阿旺像被雷电击断的丫脖树，终没接上茬。

阿旺气顺一些之后，不再那么尖锐地躲着母亲，似乎有些麻木过头，看见与没看见没什么反应。后来又隐隐期望母亲能对他说点什么。这当口，母亲被镇政府借调，去陪打死一头金钱豹的女英雄。女英雄虽说只有二十五岁，长得那是膀大腰圆，虎背熊腰，发语词是“舅子”，于是乎，无论省长、市长、县长、镇长、部长都一准按上前坠：舅子。镇长说女英雄的发语词听起来不雅，影响英雄形象，也影响丫脖岭的形象，找个英雄代言人吧，一般不让女英雄开口，非开口不可，也让代言人教好了再让她说。镇政府就借调母亲全天候陪同女英雄。那段日子多亏母亲在前面给她撑着，算是绝好的掩饰。本来各路人马是来一睹英雄芳容的，但对母亲比较折服。

市里想给女英雄解决点实际困难，就弄了一个进城当工人的指标，哪知女英雄直冒傻气，说不喜欢进城，若是进了城，再遇上豹子吃小孩儿可就完蛋了。市里领导问女英雄不想进城当工人想做什么。女英雄想也不想就说，弄个基干民兵当就行了。母亲当时在一边，听到女英雄说不想进城当工，讶异得嘴巴张很大，自言自语说，我可是做梦都想回城哩。市里领导一听，说这不正好，指标不能浪费，就成全你吧。母亲绽开一个明媚的笑，瓷器般的白牙晃出了太阳的影子。母亲喜泪盈盈。女英雄想不通，城里到底有什么让这个精怪似的演员直掉蛤蟆尿。

团长是后悔不迭的，借调借调，一借就把人借跑了。拿一个班换艾雨眸一个都觉得不合算。

母亲临走的头一天，想和阿旺见一面，可那天阿旺去集上买气枪了。晚上省群艺馆安排给女英雄拍幻灯片，让母亲帮忙摆造型。阿旺回团听说母亲要走，赶紧跑到镇政府，但那里已经围满了人，只能踮着脚，远远看着戏中人似的母亲。

阿旺渐渐湿润了眼睛，下意识抚摸额上的包，包是早好了，可是不再平整，陷下去一个坑。抚摸着，阿旺觉得心上也有同样的坑，那是被心爱的女人挖去的一个坑。额上的包是自己的雕虫小技，心里的包就是别人的雕虫小技了。艾雨眸，我就是难以相信你的世故多变。

阿旺头重脚轻地回到寝室，发现了一张纸条，上面是母亲留下的城里地址，百感交集。心想这又是何苦，倒不如快刀斩乱麻，钝刀割人才是残忍的。但又一想，有钝刀割，比没刀割或许还好那么一点。阿旺辗转反侧一整夜，终于想通，硬让一个女孩当着二百大众承认自己谈恋爱是多么不可思议的事，自己也真昏了头，根本没必要看重一句承诺，心里有对方不就行了吗，有什么必要弄得像面对党旗宣誓似的。临了，阿旺觉得说什么都嫌迟，倒不如让母亲走得从容，无所牵挂。于是爬起来写了一句违心的话：梦里寻你千百遍，无奈“野人”在召唤。这是阿旺给母亲的第一封信。

当母亲坐着蜜蜂似的小吉普踽踽在盘山公路的时候，阿旺又开始抽自己耳光了。

文工团沉寂了。不少人把母亲走掉的失落发泄在阿旺身上："该走的没走，不该走的走了。"阿旺渐渐明白了这句话的意思。的确，母亲不该走，而他阿旺天天说走却迟迟不走。阿旺觉得是走的时候了。阿旺不喜欢往城里走，喜欢往山里走。阿旺越来越喜欢把母"野人"的样子和母亲的样子叠映在一起品味，但想不出哪个更温情。

母亲走后，阿旺胡子不刮头发不理，蓬头垢面像个颓废派诗人，无论蹲在哪里，总能看到母亲的影子。阿旺唯一想做的就是逃掉，但为什么而逃，逃到哪里去，什么时候逃，阿旺渴望理由和契机。好在这时野考办招兵买马，算是给阿旺解了围。阿旺报了名，度日如年地等待通知，人没走，但魂早就飞走了。

要走没走的当口，阿旺还应付着文工团的事。他对团里其他女演员基本不理，只谈"野人"的话题，于是传出怪话，说阿旺不爱女人只爱"野人"，脑子也不正点了。为了不太难为团长，阿旺还得上班，偶尔也像祥林嫂唠叨狼叼了孩子一样，话匣子一打开就没个收管，人家不摁OFF就永远播送下去。阿旺无心练功、无心演戏，人们听腻了他的红毛"野人"。阿旺见人走开，怔怔地张着嘴巴，心里更加厌恶人、怕人，迫切想要躲着人。阿旺也经常回忆和母亲在一起的点点滴滴，理不出头绪，心里像打翻了五味瓶。对母亲，阿旺是爱不得恨不得，念不得忘不得。阿旺自想自解，外婆不就老早就说咱和"野人"有缘么？没准就是有缘，母亲生咱就是"野人"站岗放哨，而且占的是"野人"的时辰，那就去与"野人"为伍吧。

丫脖岭四周的气氛让阿旺感到窒息，到处是悬赏捉拿红毛“野人”的告示，捉住一个奖励十万。阿旺知道，他不干，肯定有人干，“野人”的处境不太妙，一旦捉拿，凶多吉少。阿旺感到这件事比演戏、比艾雨眸重要得多。

团长看出阿旺病入膏肓，也不敢给他安排重要角色，怕他演出时犯迷糊，他爱坐到山顶发呆就让他发呆。那阵子，《沙家浜》演得正起劲，只让他在十八个八路军伤员里面胡乱混混。恰巧有位演员患重感冒，让阿旺在转移伤员那场戏临时喊一句“同志们，暴风雨来了！”经他一喊就出了个经典，变成：“同志们，暴风雨来哒！”而且尾音区整个就是刚学着打鸣的小公鸡。

团长在台下为阿旺不堪入耳的喊叫羞臊万分，观众笑过之后也提意见，团长再次训了阿旺。团长说，你要是人拉不走，鬼拉飞跑就怨不得我了。我对你已经做到了仁至义尽，也算对得起你妈一个月的粮食和几壶奶水了。

阿旺好像再没有申辩的必要，他知道自己要走了，走了，走了，一走百了。挨训出来，嘴里一个劲儿嘀咕：你倒说得轻巧，光是粮食和奶水啊，你还转我母亲的心思哩，转一下心思值多少钱你算得清吗？

大概是半个月以后，野考办吸收阿旺为野考队员。阿旺背着气枪，牵着猎狗阿健栽进了万泉峰的原始森林。

阿旺多半因母亲而遁世，但遁世后的精神支柱却是母亲。那一个时期，和母亲通信就成了阿旺的全部精神寄托。母亲和阿旺接下来便是鱼雁传鸿了。

母亲拿出几封发黄的、在她看来足以见证爱情的东西让我看。我突然理解了母亲为什么一直割舍不了阿旺，此时连我也有些喜欢阿旺了。假如遭遇阿旺的不是母亲而是我，说不定会有一场更加惊心动魄的爱情。也许我会不顾一切地和他一起进山找“野人”。我这该死的乱伦心理！

阿旺信中说他又遇到过“野人”，但他不对“野人”开枪。他还亲眼看到“野人”从野猪嘴边救下一个农夫。母亲把阿旺的经历当做演讲素材，激励了许多青年立足岗位建功立业。正当他们纸上谈兵谈得如火如荼，阿旺出事了，从峭壁上摔下来，右腿摔成粉碎性骨折，不是阿健聪明，从山外衔着一个人的裤腿往山里拽，阿旺坟上的草也长好深了。阿旺躺在医院，想到自己会终身残废，就再没给母亲写过一个字。直到五年过后，阿旺奇迹般地扔掉了拐杖，才又急切地给母亲写信。但那个时候母亲所在的工厂已经搬迁。

阿旺在一个白雪皑皑的冬夜想母亲想得肝肠寸断，下决心到城里看望她。阿旺翻山越岭几天几夜，终于从茫茫雪原走了出来，几经辗转来到楚北市。他打听到母亲所在的单位，得知母亲于四天前休了产假。母亲生我的那一天，就是阿旺异常想念母亲的那一天。

阿旺坐在花坛边，把从山野捎来的连着土的珍稀植物一把伞兰心放到冬青丛中，心想这次是真正、彻底的失去母亲了，都怪这条该死的腿，不然，怎么也不会是这样的结果。他狠狠地拧着右腿。阿旺把自己拧累了，平静地问自己，即使腿没被摔坏，能拉母亲一道进山过人不人鬼不鬼的生活吗。回答是否定的。阿旺临走时已经很平静，抹了一把脸上的泪珠，不承认自己哭，只承认城市的灰色天空晃出了满眼的泪，跟哭无关。阿旺搓掉手上的土渣，对自己说，艾雨眸应该结婚，应该生孩子，她已经把最好的年华耗费了。好了，也了无牵挂了，可以一门心思和“野人”耗日子了。

我问母亲，从那儿以后阿旺有没有来过信。母亲说，来过信，笔迹是他的，但不署名，不友好，语气怪怪的，刁刁的，像一个异类在嘲讽人类。

母亲的回忆录至此戛然而止，前后翻看一遍，不一定能派用场。我得从母亲和阿旺浪漫而缥缈的往事中走出来，回到我务实的工作中去。

这天下班回来，一进家门，母亲攥紧我的手说，快，进山，把阿旺找回来。我伸手去摸她额头。她把我的手拂开，说自己很正常，就是让我进山把阿旺找回来。我说阿旺恐怕早就变成“白毛仙姑”了，和咱们早就不是一码事了。母亲很焦急，说不找不行，丫脖岭的一个爱看戏的老乡告诉她，近日在万泉峰遭遇了阿旺。老乡城里的表弟承包了万泉峰一条支脉。那天老乡的表弟带了人马去砍树、掘石板，不到十分钟，电锯的声音把阿旺引了出来。看着眼珠红红的阿旺，老乡一行好言解释，这山是他们出钱买下的，相当于在自己家里搬东西。阿旺仍然红着眼珠，慢慢举起了钢叉。老乡的表弟警告阿旺不要乱来，伸手掏出砍伐证，阿旺两眼喷火，当胸给了表弟一钗。现在老乡的表弟胸椎戳断两根，失血过多，还在医院抢救。阿旺要了那人的大半条命，医生说生死没把握，看造化了。当地公安对阿旺也有耳闻，说他不是“野人”也是疯人，逮捕的意义都没有，让他在山里混着危害还小一点。至于外界的人，别招惹他就是了，他不准你砍木头你就别砍木头，他让你别挖石头就别挖石头。谁要是招惹他，后果自负。

这么一说，我就更不敢去找阿旺了，一个类似于恐怖分子的家伙找回来干吗。母亲说不找回来，他肯定会危害更多的人。我说那就不是咱的事了。母亲有些恼火，说我们这代人怎么像狼孩转世。我冷笑一下说，多谢抬举，如果能够上狼孩，我的生存能力会比现在好一万倍。就像一句新格言：魔鬼过得好，耶稣总要受难。不是吗？

母亲不听我说，哆哆嗦嗦拿出阿旺的四封信让我看。一九九八年发大水的一封信说："恐怕不是报复的全部。"第二封信是林业部发难丫脖岭一带没有红毛"野人"，信上写道："只要我活着，盖棺定论的话就说得太早。"非典时期的那封信带些调侃："口罩捂住造孽的嘴巴就能解决问题，那世间事不就太简单了吗。"禽流感是母亲收到的最后一封信，上面写着："百鸟群兽冲进人群在搞自杀性爆炸哩。"

我问母亲这些信能说明什么，根本就是一个神经不正常的人对一个没得到的女人终极纠缠，一种并不新鲜的恶作剧，这样做是为了平衡心理，不必理睬，大半辈子了，受到的骚扰还少吗？母亲说绝对不是简单的恶作剧，也不是浅薄的骚扰，从这些信里我觉得是类似交换意见，起码还有和谈的可能，再晚了恐怕就来不及了。我说如果是这样，那就已经晚了。母亲却说一切都来得及。

母亲有一个星期没提进山的事，我以为此事搁下。这天下班回来，母亲睁着一双哭过的眼睛说，丫脖岭的村民打来电话，说阿旺就住在万泉峰主峰的一个酷似子宫的洞里，毛发全白，手拿钢叉，腰间围着的树叶不足以遮羞，常有流血事件发生。母亲让我赶紧进山，不是找人，是救命。我说母亲是想让自己的女儿给“国王”讲一千零一夜故事吧。母亲说即使是这样，起码可以保全一千零一个生命。我和母亲谈条件，请上保镖或若干武警。母亲说那样的话，和阿旺的关系就更加对抗了。应该让阿旺感到我们是和他攻守同盟的。我还想找理由推脱，母亲让我别多说了，去吧，找他回来，说我们都爱他，欢迎他回到人群中来，过正常人的生活，至少我不拿他当异类。

母亲提议我先到丫脖岭，找到当年的打豹女英雄，说清前因后果，猜想她不会拒绝寻找阿旺。

或许是受不了旧伤感带来的新疼痛，或许是写回忆录彻底唤醒了沉睡的情感，母亲终日如坐针毡，像一个锁在家中不准赴情人约会的小女孩。

我只能铤而走险了，如果能侥幸地找回该死的阿旺，或者找不回他，而我幸运地回来，写一个传奇的素材是绰绰有余了。

没多费事就找到了女英雄。看到女英雄的样子，我就想若是带保镖是多么可笑，女英雄的状态，即使再遇上一头豹子也还是能搞定。但要是遇上拿钢叉的阿旺呢？我感到心里没底。

她让我别再称她英雄，因为现在金钱豹濒临灭绝，不少国家的环保分子都说她是凶手，不是英雄。女英雄说当年那豹子要是不吃她侄子她打它干什么呢？而那些外国佬把豹子看那么精贵又是干什么呢？因为不是来考证叩问英雄的，所以无心回答女英雄的任何问题，而且她也没有要我回答的意思。但我能看出她非常乐意我叫她女英雄。我自然而然提到了阿旺。女英雄眼睛亮了一下，阿旺时代，正是女英雄要雨得雨要风得风的时代。女英雄少女般地红润了两腮。谁也不会相信一个连豹子也能摆平的人会如此娇羞。我说母亲一直想把阿旺找回来。女英雄笑笑说，好多人都说也只有母亲能把他找回来，母亲伤了他的心。我说母亲来不了，身体虚弱，血压不稳。女英雄说丫脖岭的山泉能治母亲的病。

进山先是坐快客，后来租小面包，再后来只能雇马帮，钻进人烟稀少、人迹罕至的原始森林，虽然不担心有土匪出没，但遭遇野兽怕是一点不稀奇。为了一个“孝”字，我的代价不小了。想到母亲为一个初恋情人不惜拿亲生女儿的性命冒险，我感到悲哀极了。

路上，女英雄也讲了一些关于阿旺的许多传闻。说他不光是摔断过腿，还遇上过雪崩和蛇咬。阿健就是给他舔蛇伤中毒丧命的。

我在颠簸中想着要对阿旺说的话。我说什么呢？就说母亲没有背叛他，几十年来对他痴情不改，就连我父亲她也不爱。可这叫人话嘛！我的战术就是连懵带骗，骗得他动心，乖乖跟我见母亲就算完事。

上了万泉峰，感觉到了神仙妙境，万丈深渊被翻滚的雾气填满，清甜怡人的气息让我几乎忘记来这儿的初衷。面对若隐若现的子宫似的洞穴，女英雄说阿旺可能就住在这种地方，让我说话。我捧起双手冲群山大喊：阿旺叔，我是艾雨眸的女儿，接您出山，有没有“野人”不重要，不影响咱吃饭睡觉过日子。母亲一直惦记着您，给您写过许多信，我家房前屋后也种着您捎去的一把伞兰心，母亲每天都给它浇水，从没停止过对您的思念。

女英雄碰碰我的手，示意我别说了，又指着远处的一块硕大山石让我看，上面有投影，跟放电影似的。石头屏幕上走出浑身白毛的人，手拿钢叉，四下搜寻，站定，回身，面向我们，举起钢叉做一个亮相。我感到毛骨悚然，正不知所措，白毛大喊："同志们，暴风雨来哒！"接着便是一阵呵呵呵。我攥紧女英雄的手，比我的手还冰凉。突然，石头屏幕上的音像完全消失，四周呈现一片死寂。女英雄说，阿旺多半不在人世了。我说何以见得。她说这样的环境，不可能活着。我说刚才的投影和呐喊怎么理解。还有，许多人都说见过阿旺。女英雄说，就像当年，一个人说见到"野人"，就有九十九个跟着说见到了。女英雄叹息道：还是大山有能耐，能把若干年前的好多声音、影像吸进去再吐出来。只是，天知道刚才播放的是猴年马月的事。女英雄说到这儿，突然意识到什么，拽住我就跑。我问怎么了。她说相对这方净土，我们都是来自外界的俗物，阿旺即使活着，也不会跟我们出去，他早就跟我们不共戴天了。我还想留下来再说点什么，寄希望阿旺好端端地走出来，跟我回家见母亲，毕竟他是母亲后半生的指望。可女英雄拽得我快要栽倒，她仍然力大无比。

我边跑边问，这样回去，怎么和母亲交代呢。她说简单，就说阿旺已经人不人鬼不鬼了，别再想他就是了。

这种说法我不太满意，因为我终究没弄清阿旺还属不属于人类，到底是死是活，母亲是不是永远失去他了。

带着沮丧和疲惫，站到母亲面前，侥幸感荡然无存。母亲似乎早就知道我找不回阿旺，眼神里没流露太多的失望。或许母亲只想让我去尽一份心，哪怕走个过场也可以。看着母亲楚楚动人的凄美模样，突然不想复述女英雄的话，那样太残忍。忍住哽咽，我一字一句地说：妈妈，阿旺说他热爱您，更热爱他的山林，他不喜欢外界打扰，爱他，就别再去劝降他。

母亲深潭似的眸子泪影闪烁，满意而知足地点头。我移开目光，看见天际盛开一朵血色玫瑰，做着妖娆的、空前绝后的绽放。

我肯定是不孝的，从劝母亲写回忆录开始，也许更早，已经不孝了。一切的一切可都是命中注定？不得而知。

（发表于2005年《太湖》第3期）